BIBLIOTHÈQUE MORALE

DE

LA JEUNESSE

2e SÉRIE IN-4°

En vain le malheureux quadrupède tentait de reprendre pied.

(Jeunes Esclaves. — Titre.)

LES
JEUNES ESCLAVES

PAR

Le Capitaine MAYNE-REID

Traduit de l'anglais par E. DELAUNEY

ROUEN

MÉGARD ET Cie, LIBRAIRES-ÉDITEURS

1884

LES

JEUNES ESCLAVES.

I.

L'ÉTHIOPIE.

Terre d'Ethiopie, dont le centre brûlant n'est pas moins infranchissable que les glaces du pôle, quand tu offres une libre retraite aux fauves du désert, ainsi qu'aux diverses tribus d'hippopotames, de rhinocéros, de dromadaires, d'éléphants, d'antilopes et de timides gazelles, pourquoi l'homme ne trouve-t-il sur ton sol inhospitalier qu'un épouvantable esclavage ?

Et tandis que nous, Européens, nous sympathisons au triste sort de tes noirs enfants, pourquoi réserves-tu à des milliers de nos semblables un sort plus cruel encore : celui d'esclave de tes esclaves ?

Soulevons pour un instant le voile qui nous dérobe ces scènes du désert, et nous apprendrons, nous, enfants de Sem, si fiers de notre supériorité intellectuelle, que, malgré notre mépris pour les descendants de Cham et de Japhet, nous sommes loin, bien loin encore d'être les maîtres du monde.

Sur la côte occidentale d'Afrique, se trouve, entre Suse et le Sénégal, un rivage plus redouté des navigateurs qu'aucun de ceux des autres parties du globe. Son approche impressionne les plus braves; et comment s'en étonner, puisqu'un nombre si considérable de marins et de passagers y ont trouvé la mort dans les flots de l'Océan, ou, ce qui est plus redoutable encore, dans les chaînes d'un cruel esclavage?

Là, sur un immense espace qui n'a pas moins de dix degrés de latitude terrestre, s'étendent deux déserts, l'un sablonneux, l'autre liquide, le Sahara et l'Atlantique. Ces déserts confinent l'un à l'autre, et rien ne les sépare qu'une ligne imaginaire. La vaste solitude de l'Océan embrasse celle des sables, non moins à craindre pour les infortunés qui viennent y faire naufrage.

Depuis les trois derniers siècles surtout, toutes les nations maritimes ont eu lieu de regretter l'approche de ces parages; car c'est par milliers qu'il faut compter les victimes qu'elles ont laissées sur cette côte, si justement nommée côte de Barbarie.

Ces nombreux sinistres sont le résultat d'un courant oriental de l'Atlantique. La cause de ce courant (qui semble contredire la théorie des vents alizés, et celle de l'inclinaison centrifuge attribuée aux eaux de l'Océan) est due à la chaleur du Sahara, dont le sable est échauffé par les rayons d'un soleil tropical, que ne tempèrent aucune humidité ni aucune verdure. Il s'en élève par conséquent une atmosphère embrasée qui, rencontrant l'atmosphère plus froide de l'Océan, détermine cette tendance vers l'est des eaux de la mer, et forme sur cette côte éthiopienne comme un autre maëlstrom fatal à tout ce qui l'approche.

C'est le récit d'un sinistre de cette nature et des conséquences qui en furent la suite, que nous entreprenons de raconter ici. La scène se passe à moitié route des caps Badajor et Blanco, dans une région où une bande de terre desséchée et blanchie par les ardeurs du soleil s'avance de plusieurs milles dans l'Atlantique, semblable à la langue d'un serpent altéré qui chercherait à se rafraîchir dans la mer.

II.

TROIS TYPES ORIGINAUX.

C'est vers cette pointe de terre qu'un soir de juin 18.. se dirigeaient atre naufragés juchés sur un espar. Heureusement pour eux, nul l n'était assez proche pour distinguer ce que pouvait être ce point ir qui s'avançait lentement vers la côte. Du sommet des dunes qui levaient comme des vagues blanches à l'intérieur du continent, elqu'un aurait pu découvrir l'espar à l'œil nu; mais il eût fallu e lunette d'approche et une observation longue et soutenue pour reconnaître le véritable caractère, car la distance de près de it kilomètres séparait ce point noir de tout observateur ssible.

Quant aux naufragés, de quelque côté qu'ils portassent leurs gards, à l'est, au nord et au sud, ils ne découvraient que le sable nc du désert, et à l'ouest, que les eaux bleuâtres de l'Océan.

Un navire avait dû sombrer dans la tempête qui s'était déchaînée deux jours auparavant, et l'espar et les hommes qui s'y trouvaient réunis devaient être les épaves du naufrage. Peut-être les épaves étaient-elles plus nombreuses, peut-être d'autres hommes de l'équipage avaient-ils échappé, eux aussi, de la même manière ; mais en vue il n'y en avait point d'autres.

Sur les quatre naufragés, trois étaient des adolescents de même taille ; leur âge variait à peine de quelques mois, et l'aîné n'avait pas plus de dix-huit ans. Leurs jaquettes de drap bleu, à boutons de cuivre bruni, leurs casquettes de même couleur, galonnées d'or, leurs cols brodés d'une couronne et d'une ancre, tout les désignait pour des aspirants de la marine anglaise. Ce rang, à bord de la frégate perdue, les avait rendus bien fiers ; mais, sur leur épave flottante, il ne leur laissait plus qu'une parfaite égalité avec leur compagnon d'infortune — un simple matelot celui-là — dans les efforts à faire pour se maintenir à flot.

Ils étaient donc à première vue aussi semblables que possible, ces trois enfants jetés par la destinée sur cette côte inhospitalière ; cependant on ne tardait pas à voir s'accuser des dissemblances qui trahissaient des nationalités différentes. Ils avaient beau avoir le même uniforme, appartenir au même navire du même gouvernement, ils semblaient choisis à plaisir comme les types les plus purs des races qu'ils représentaient.

Harry Blount était Anglais, Térence O'Connor Irlandais et Colin Macpherson Ecossais.

Le quatrième naufragé différait essentiellement de ceux-ci, surtout par l'âge. Les printemps réunis des trois adolescents n'eussent point égalé le nombre de ses hivers, qui avaient laissé des signes irrécusables de leur passage dans la patte d'oie bizarrement sillonnée qui s'épanouissait sur ses tempes. Quant à découvrir de qui il était le compatriote, c'était une difficulté qui eût mis à l'épreuve le linguiste le plus exercé. Lorsqu'il parlait, chose rare, nous devons l'avouer, il émaillait son discours d'*h's* si singulièrement distribués, qu'on pouvait se trouver en présence d'un Cockney de la plus belle eau ; mais à peine était-on arrivé à cette conclusion, que les *ochs* et les *shures* caractéristiques de la langue populaire irlandaise vous plongeaient dans un doute humiliant pour votre sagacité, tandis que votre perplexité s'augmentait bientôt des *wees* et des *bonnys* qui, en d'autres instants, l'eussent fait prendre pour un Ecossais de naissance.

Ni son accent ni ses paroles ne laissaient deviner lequel des trois royaumes avait eu l'honneur de lui donner le jour ; mais, quel qu'il fût, il pouvait se vanter d'avoir fourni à la marine anglaise un bon et loyal marin. Il n'y avait qu'à le regarder pour se convaincre qu'on était en présence d'un vrai loup de mer. Il portait le costume d'un simple matelot et répondait au nom de Bill ; mais ce diminutif n'étant point rare sur les registres de l'Amirauté, on y avait adjoint un qualificatif de nature à mieux identifier son propriétaire. Et à bord de la frégate comme à bord de l'espar il n'était plus désormais que « vieux Bill ».

III.

LA TERRE.

En effet, un navire avait sombré.

Surprise par le dangereux courant dont nous avons déjà parlé, une corvette destinée à aller croiser sur les côtes de Guinée s'était heurtée, la nuit, contre un banc de sable et avait coulé presque instantanément sur les brisants. Les bateaux furent lancés aussitôt, et les hommes qui purent en approcher s'y entassèrent pêle-mêle. Les autres se saisirent de n'importe quels débris qui leur tombèrent sous la main; mais atteignirent-ils le rivage? C'est ce qu'aucun des naufragés n'aurait pu dire.

Tout ce qu'ils savaient, c'est que la corvette avait achevé de disparaître fort peu de temps après qu'ils s'étaient lancés à la mer. Tout le long de cette nuit lugubre, ils dérivèrent au hasard, fréquemment immergés sous les vagues qui roulaient sur eux avec un bruit de tonnerre et menaçaient de leur arracher leur frêle point d'appui.

Quand l'aube parut, la tempête s'était apaisée, un temps splendide se préparait; mais la houle ne cessa pas avant une heure assez avancée de la journée.

Alors seulement ils commencèrent à nager, en se servant de leurs mains en guise de rames.

Rien n'était en vue que le ciel et l'eau. Ils savaient ne pouvoir trouver la terre qu'en se dirigeant vers l'est; aussi le soleil qui s'abaissait à l'horizon leur fut-il d'une grande utilité pour les guider dans la direction qu'ils avaient à suivre. Après son coucher, les étoiles leur tinrent lieu de compas, et de la sorte ils purent, pendant cette seconde nuit, continuer leur voyage vers la côte.

Le jour reparut de nouveau, mais sans offrir à leurs regards rien qui fût de nature à annoncer la proximité de la terre.

Exténués de fatigue, torturés par les angoisses de la faim et de la soif, ils étaient sur le point de s'abandonner au désespoir. En ce moment les rayons du soleil levant, pénétrant à travers les eaux transparentes sur lesquelles ils flottaient, firent briller à leurs yeux un sable blanc qui couvrait le fond de la mer. Cette vue ranima leur courage en leur permettant de constater que les eaux n'avaient en cet endroit que peu de profondeur, quelques brasses à peine. La terre ne pouvait être loin.

Remontés par cette espérance, ils redoublèrent d'efforts et continuèrent à ramer pendant la matinée, ne s'accordant de temps à autre que quelques courts intervalles de repos. Mais bien avant midi ils se virent réduits à une inaction forcée. Ils se trouvaient alors sous le tropique du Cancer, presque sous la ligne. On était en plein été, et le soleil au zénith dardait ses rayons perpendiculairement sur leurs têtes. Leurs corps ne projetaient qu'une ombre à peine visible sur le sable du fond de la mer.

Impossible de reconnaître la direction à suivre. Il fallut nécessairement s'abandonner aux courants, qui étaient à peu près imperceptibles. Pendant cette période d'inaction, qui dura plusieurs heures, ils gardèrent un silence autant dire complet. De quoi parler? De leur affreuse situation? Le sujet était réellement épuisé.

S'ils avaient pu alors élever leurs regards d'un mètre seulement au-dessus de l'eau, ils n'auraient pas eu besoin d'attendre que le soleil baissât à l'horizon pour continuer leur route, ils auraient vu la terre; mais, immergés comme ils l'étaient, ils ne pouvaient apercevoir le sommet des dunes.

Quand le soleil descendit à l'ouest, ils recommencèrent à nager, poussant toujours l'espar dans la direction opposée. Au moment où le soleil couchant allait disparaître, ses derniers rayons éclairèrent tout à coup quelques points blancs qui semblaient sortir de la mer.

Etaient-ce des nuages? Non. Leurs sommets arrondis coupant le ciel d'une ligne claire détruisaient cette supposition. Ce ne pouvait être que des monticules de neiges ou de sable. Or, cette région n'étant pas celle des neiges, ce devait être du sable.

Le cri : Terre! terre! s'échappa de toutes les lèvres. Les efforts redoublèrent, et l'espar glissa sur l'eau plus rapidement que jamais. En cet instant la faim, la soif, la fatigue, tout fut oublié.

S'imaginant avoir encore plusieurs milles à franchir avant de toucher le rivage, les quatre naufragés concentraient toute leur énergie sur leur fatigant labeur, sans songer à lever la tête. Cependant le vieux Bill, ayant par hasard tourné les yeux vers la terre, poussa une exclamation joyeuse, aussitôt répétée par ses jeunes compagnons. Ils venaient d'apercevoir la longue pointe de sable qui s'avançait vers eux comme une main amie tendue pour leur souhaiter la bienvenue.

A peine la joie causée par cette première découverte était-elle un peu calmée, qu'ils en firent une autre non moins propre à les réjouir et à les soulager. A califourchon comme ils l'étaient sur l'espar, ils sentirent bientôt que leurs pieds touchaient le fond.

Avec quelles délices, abandonnant la position fatigante qu'ils avaient dû conserver pendant plus de quarante-huit heures, ils dirent adieu à l'espar, et plongèrent dans l'eau transparente pour ne s'arrêter que sur la pointe extrême de la péninsule !

Souffrant de la faim et de la soif comme ils en souffraient, on eût pu croire que leur première impulsion aurait été de se mettre en quête d'un soulagement à cette double torture. Il n'en fut rien. Ils cédèrent avant tout à un besoin plus impérieux, plus irrésistible encore, au sommeil. Depuis cinquante heures ils n'avaient pu fermer les yeux, leur salut était à ce prix.

L'indicible émotion qu'ils avaient éprouvée en se retrouvant sur la terre ferme leur avait pour quelques minutes prêté une surexcitation factice ; dès qu'elle tomba, chacun de nos amis, tour à tour et à fort peu d'intervalle, se laissa choir sur la grève et s'endormit profondément.

IV.

LA MARÉE.

Suivant la conformation qui se rencontre fréquemment dans les isthmes, cette langue de terre se trouvait, à son extrémité, élevée de plusieurs pieds au-dessus du niveau de la mer, tandis que le col qui la rattachait à la terre était à peine au-dessus de sa surface.

C'était vers cette extrémité que les naufragés avaient pris pied et s'étaient ensuite endormis, sans que ce fût de leur part un choix raisonné. Ils s'étaient arrêtés au premier endroit qui leur avait permis d'atterrir, et, le trouvant sec et moelleux, ils en avaient profité.

Si primitive que fût leur installation, il ne leur fut pas permis d'en jouir longtemps sans conteste. Ils reposaient depuis deux heures à peine, quand tous à la fois se réveillèrent sous une même impression de froid et de terreur. Ils se sentaient suffoqués et en proie à un cauchemar dans lequel ils se noyaient. Cherchant à analyser leurs sensations, ce qui s'était passé leur fut vite expliqué, et leur frayeur instinctive se changea en consternation,

Au lieu du sable fin et blanc sur lequel ils s'étaient endormis, leurs pieds enfonçaient plus haut que la cheville dans l'eau qui écumait autour d'eux et montait avec une rapidité inquiétante.

Hélas! les pauvres gens! dans leur immense besoin de sommeil, ils n'avaient plus songé à la marée montante, qui se préparait à les engloutir. Ils reconnaissaient et déploraient maintenant leur imprudence; mais que faire? Heureux encore étaient-ils de s'être réveillés à temps. S'ils avaient dormi quelques minutes de plus, ils auraient été complètement submergés. Il avait fallu leur immersion de quarante-huit heures dans l'eau froide et leur extrême épuisement, pour que la première invasion des vagues n'eût pas suffi à les mettre sur leurs gardes. Actuellement même ce n'était pas l'humidité qui les avait fait tressaillir, mais la suffocation produite par l'eau de mer.

Toutefois, quand ils furent certains de n'avoir à lutter que contre le flux, ils se tranquillisèrent et résolurent de suivre l'étroite langue de sable qu'ils avaient observée avant de prendre pied, pour arriver au véritable rivage qui ne pouvait pas être à une distance considérable. Une fois là, ils se choisiraient un dortoir plus élevé et achèveraient en paix leur nuit.

Telles furent leurs réflexions, suivies bientôt, hélas! d'un désappointement beaucoup plus grand que le premier.

S'étant tournés dans la direction où ils croyaient trouver la terre, ils n'aperçurent plus rien, ni monticules de sable, ni rivage, ni même l'étroite langue sur l'extrémité de laquelle ils avaient abordé. De quelque côté qu'ils plongeassent leurs regards, qui ne pouvaient s'étendre à plus de deux mètres d'eux, il n'y avait que de l'eau. Oui, c'était bien la mer qu'ils entendaient mugir et dont, malgré l'obscurité, ils voyaient les flocons de blanche écume tourmenter la surface agitée.

De plus, un brouillard épais se levait de l'Océan; et bien qu'ils fussent très rapprochés les uns des autres, ils s'entrevoyaient avec des formes spectrales qui n'avaient plus rien d'humain.

Rester où ils se trouvaient, c'était s'exposer à une mort certaine. Il fallait donc à tout prix s'éloigner. Mais dans quelle direction? Telle était la question d'où dépendait actuellement leur salut, et que rien absolument ne les aidait à résoudre. S'ils se dirigeaient vers la haute mer, ils perdaient pied, et c'en était fait d'eux. De plus, le vent soufflait avec violence; de grosses lames commençaient à rouler sur eux, même en cet endroit où l'eau était encore très basse, et chacune arrivait plus haute que la précédente.

Non, il n'y avait pas un instant à perdre. Il s'agissait de trouver rapidement la bonne direction, de la suivre, ou sinon de se résigner à mourir parmi les brisants.

V.

IMPOSSIBLE MÊME AVEC VENTS & MARÉE.

Mais, dira-t-on peut-être, comment étaient-ils si embarrassés? Le flot et le vent ne les poussaient-ils pas vers la terre? N'avaient-ils pas connaissance de ce fait bien connu des navigateurs, que la brise maritime, dans les régions équatoriales, et par conséquent au Sahara, souffle toujours vers la terre pendant la nuit? La marée, dans sa période ascendante, montant vers la rive, il n'y avait donc en apparence qu'à suivre les vagues en tournant le dos au vent.

Tel fut le raisonnement qu'ils se tinrent, eux aussi, et ils se lancèrent dans cette direction. Mais il ne leur fallut pas longtemps pour reconnaître qu'ils se trompaient, ou du moins que suivre cette ligne directe était au-dessus de leurs forces. Ils n'avaient pas fait une centaine de brasses, qu'ils s'aperçurent que l'eau croissait rapidement et leur arrivait aux aisselles. Un peu plus ils perdaient pied, il fallait donc retourner en arrière.

Après maints efforts, ils parvinrent à retrouver les eaux basses, c'est-à-dire seulement presqu'aux genoux ; mais dès qu'ils reprenaient leur marche en avant, ils enfonçaient jusqu'aux épaules.

Après quelques moments donnés à la consternation, ils s'expliquèrent ce phénomène. La pointe de sable ne se présentait pas perpendiculairement à la côte, mais dans une direction diagonale. C'était une sorte de brisant formant un des côtés de la baie conique qui s'étendait entre le promontoire et le rivage. Cette particularité les avait déjà frappés en prenant pied, mais ils l'avaient vite oubliée dans leur joie d'échapper au danger. Elle leur revint en mémoire à ce moment critique et leur démontra que le vent et le flot qui eussent dû se faire leurs guides, leur étaient pour le moment contraires.

Ils étaient enfermés dans un cercle vicieux.

Pour éviter une erreur de direction qui les livrerait infailliblement à la pleine mer, il leur fallait du temps; et ce temps, qu'ils employaient en mesures de prudence, donnait à l'eau la possibilité de monter autour d'eux comme une vivante muraille.

D'après les observations qu'ils avaient faites avant le coucher du soleil, ils savaient que la terre ne devait pas être à moins de trois ou quatre milles. Même en ayant pour eux bien des circonstances qui leur étaient contraires, l'atteindre eût été encore une question de temps.

Enfin ils avaient de bonnes raisons de redouter les marées des rivages du Sahara. C'en était une qui avait jeté leur navire sur les brisants et avait fait d'eux des naufragés. Qu'est-ce que celle-ci leur réservait ?

VI.

QUEL PARTI PRENDRE ?

Pendant un certain temps ils continuèrent à avancer en sondeurs. Généralement le vieux matelot passait le premier, et les autres suivaient à la file ; mais souvent, emportés par leur désir d'activer des recherches dont le résultat était si important pour eux, les jeunes gens s'avançaient sur une même ligne. Il y avait vraiment de quoi se décourager. Bien loin de trouver un niveau plus bas, les infortunés étaient maintenant immergés jusqu'aux cuisses. Aussi ne s'étonnera-t-on pas que leur courage fût en raison inverse de ce niveau de l'eau qui croissait toujours, la mer devenant de plus en plus profonde de chaque côté.

Enfin le vieux Bill, ayant scruté les vagues de son œil de marin, finit par trouver l'angle dans lequel elles se brisaient sur la barre, et dès lors ils purent suivre le bon chemin sans crainte de trop s'égarer. Malgré leur extrême lassitude, ils marchaient toujours, ne s'écartant pas du sommet submergé, qui à chaque pas semblait se déprimer encore. On eût dit que plus on avançait vers la terre, plus la péninsule s'abaissait. Ce n'était cependant qu'une illusion, car ils avaient dépassé l'endroit le plus profond, et n'avaient désormais à lutter que contre l'effet de la marée qui montait toujours plus vite.

Bientôt les vagues se brisèrent au-dessus de leurs têtes. Il n'y avait plus d'hésitation possible, il fallait s'abandonner bravement à la merci des flots et nager vers la terre.

On se demandera peut-être pourquoi ils n'avaient pas déjà pris ce parti. Il leur restait à peine deux milles à parcourir, et, ayant en leur faveur les vents et la marée, il semble que c'eût été le plus sage.

D'abord, ils n'étaient pas certains de la distance, et l'étaient encore moins de pouvoir la franchir. Une fois lancés sur cette large baie, il s'agissait d'avoir la force d'atteindre la terre; car, s'ils se sentaient faiblir, il était hors de question de songer à regagner les eaux basses, le courant étant désormais contre eux.

À cette considération s'en joignait une autre. Ils nourrissaient inconsciemment l'espoir que le flux aurait bientôt atteint son apogée et que la mer allait peut-être commencer à décroître. Cet espoir, si vague qu'il fût, les avait soutenus quelque temps, alors même que les vagues bouillonnant autour d'eux leur démontraient l'inanité de leurs prévisions à cet égard, et menaçaient de les emporter à chaque coup.

Mais une autre raison déterminante les retenait encore et les faisait hésiter. C'est qu'il fallait se séparer.

Trois d'entre eux seulement savaient nager, et, sans s'être consultés, ils étaient arrivés à la même conclusion : Coûte que coûte, on n'abandonnerait pas le quatrième.

VII.

SÉPARATION FORCÉE.

Quel était l'infortuné auquel les trois autres étaient résolus à se sacrifier ?

Ce n'était aucun de nos jeunes aspirants ; ce qui, vu leur âge, se fût peut-être plus facilement expliqué ; mais bien le vieux Bill, auquel manquait cette science si particulièrement recommandable aux gens de mer.

Si étonnant que cela paraisse, cet homme, dont la vie entière s'était passée à bord d'un vaisseau, ne savait pas nager. Il arrive beaucoup plus fréquemment qu'on ne pense de compter dans un équipage plusieurs individus, et des meilleurs marins, incapables de faire une seule brasse.

Ceux qui ont négligé d'apprendre à nager étant enfants s'y mettent rarement plus tard. Sur mer, à bord d'un navire en croisière, les occasions, bien que cela fasse l'effet d'un paradoxe, sont beaucoup plus rares que sur terre. Et quand il relâche dans un port, le matelot a bien autre chose à faire pour employer ses loisirs qu'à se jouer au milieu des flots.

C'était un sentiment généreux qui poussait les trois compagnons du vieux marin à ne point l'abandonner dans ce moment critique, alors qu'eussent-ils été seuls, ils n'avaient qu'à se jeter dans l'élément qu'ils connaissaient si bien et gagner le rivage.

— Je vous en prie, laissez-moi, criait le vieux Bill, tâchez d'atterrir ; je m'en tirerai comme je pourrai. Je vous en conjure, que je ne sois pas la cause de votre perte. Je suis bien vieux et bien las de la vie. Du reste, il n'est pas dit que je ne m'en tirerai pas. Allez, allez, bientôt il ne sera plus temps.

— Impossible ! Nous ne vous laisserons pas, répétèrent les nobles enfants.

Ils avaient compté sans une circonstance plus déterminante que les objurgations du vieux marin.

A ce moment, une vague plus forte qu'aucune de celles qui l'avaient précédée arriva sur eux et les enleva. Les trois aspirants furent emportés par elle à une demi-encâblure de l'endroit où ils essayaient encore de se maintenir debout.

Ce fut en vain qu'ils tentèrent de reprendre pied, aucun d'eux ne pouvait plus toucher le fond.

Pendant quelques secondes ils se débattirent sur la crête du flot, les yeux tournés vers l'endroit d'où ils avaient été balayés. Ils se serraient les uns contre les autres, faisant une tentative désespérée pour regagner contre vents et marée ce point noirâtre, visible à la surface de l'eau, qui indiquait encore l'existence de Bill. Ils hésitaient toujours à s'éloigner volontairement de lui.

Il devina leur pensée intime. Sa voix leur parvint une fois encore, elle disait :

— Allez, enfants ! Surtout n'essayez pas de revenir. Cela ne servirait à rien. Ne vous occupez plus de moi, mais songez à vous. La marée vous serait trop dure à remonter, tandis qu'elle vous portera au rivage. Adieu ! nobles enfants, adieu ! et bonne chance !

Cet adieu porta à son comble la tristesse des jeunes gens. S'ils avaient pu imaginer un moyen extrême pour sauver leur compagnon, ils eussent préféré risquer vingt fois leur vie plutôt que de s'en éloigner ainsi ; mais ils sentaient que leur dévouement serait inutile, et l'arrivée d'une seconde vague qui les enleva de nouveau trancha la question. Dès lors ils nagèrent ensemble et vigoureusement vers la terre.

VIII.

AU RIVAGE.

La traversée fut plus courte qu'aucun d'eux n'eût osé l'espérer. Ils avaient à peine fait un kilomètre à travers la baie, que Térence, le plus mauvais nageur des trois, ayant par lassitude laissé traîner ses jambes, sentit sous son pied quelque chose de résistant.

— Si c'était vrai !... s'écria-t-il hors d'haleine. On dirait presque que j'ai touché le fond ! Non, je ne me trompe pas, continua-t-il en prenant pied, sa tête et ses épaules complètement dégagées sortant à la surface de l'eau.

— Tout va bien, s'écria Harry, imitant le mouvement de son camarade. Dieu soit loué !

— Dieu soit loué ! répéta Colin avec une égale ferveur.

Puis tous les trois se retournèrent instinctivement, et une même exclamation sortit de leurs lèvres :

— Pauvre vieux Bill !

— En vérité, nous aurions pu l'amener jusqu'ici, s'écria Térence, dès qu'il eut recouvré la respiration, ne vous semble-t-il pas?

— Sans doute, dit Harry, si nous avions su qu'il n'y avait pas à nager plus longtemps.

— Eh bien! si nous retournions? Il serait peut-être encore temps.... Qu'en dites-vous?

— C'est impossible, affirma Colin.

— Est-ce bien ton avis, à toi le meilleur nageur d'entre nous, demandèrent à la fois ses deux camarades, qui, dans leur désir de sauver le vieux matelot, favori du bord, avaient compté sur les talents natatoires de Colin.

— Je l'ai dit, c'est impossible, répéta ce dernier, plus prudent que les autres. Je serais tout aussi désireux que vous de le tenter, si nos efforts devaient avoir la moindre chance de réussite. Mais à quoi bon tenter l'impossible? Nous ferions mieux de nous assurer si nous sommes nous-mêmes hors d'affaire. Il se peut qu'avant de gagner le rivage nous ayons encore à nager. Avançons jusqu'à ce que nous soyons sûrs de fouler enfin la terre ferme.

L'avis du jeune Ecossais était trop sensé pour être repoussé. Tous les trois marchèrent du côté du rivage, en se laissant guider par la marée.

Ils continuèrent ainsi quelque temps; mais ils n'avançaient que lentement et avec beaucoup de peine; aussi, lorsqu'ils se trouvaient par trop fatigués, durent-ils alterner entre la marche et la nage: ils gagnèrent ainsi quinze à vingt brasses. Les eaux devinrent enfin trop basses pour que ce dernier moyen de locomotion pût être employé.

Ils reprirent pied, scrutant l'obscurité du regard, dans l'espoir d'y découvrir quelques indices certains de la côte.

Bientôt des lignes blanches ondulées se dessinèrent faiblement dans les ténèbres, présentant des contours trop arrêtés pour être confondus avec les vagues. Ce ne pouvait être que les dunes qu'ils avaient entrevues avant le coucher du soleil. Ils n'avaient plus d'eau que jusqu'aux genoux, et tout leur faisait conjecturer qu'ils n'étaient pas loin du rivage.

Enfin l'eau baissa encore. On était arrivé.

Harry et Térence étaient un peu en avant lorsque Colin les appela.

— Qu'y a-t-il? demandèrent les deux jeunes gens d'une même voix, en revenant en arrière.

— Avant de toucher terre, si nous essayions de découvrir quel a été le sort du pauvre vieux Bill?

— Comment le pourrions-nous?

— Restons un moment immobiles, reprit Colin, et nous verrons bientôt si sa tête est encore au-dessus de l'eau.

Harry et Térence se soumirent à la proposition de leur camarade, mais sans la bien comprendre.

— A quoi veux-tu donc en venir? demanda l'impatient Irlandais.

— A savoir si la marée monte toujours.

— Dans quel but?

— C'est que dans ce cas nous ne verrons plus notre pauvre vieux camarade, il aura été couvert par elle.

— Ah! je comprends, dit Térence.

— Moi aussi, dit Harry. Puis il ajouta tristement : Son corps nous sera apporté ce matin par le flot, peut-être même avant le jour.

Tous les trois restèrent immobiles. Ils observaient l'eau qui bouillonnait autour de leurs jambes, prenant note de l'endroit où elle s'arrêtait, chaque fois que le flux et le reflux se faisaient sentir. Ils continuèrent le cours de cette observation monotone et minutieuse pendant plus de vingt minutes. Au bout de ce temps ils avaient acquis la douloureuse certitude que la marée montait toujours et que l'eau avait encore gagné sur eux. Ils en conclurent qu'elle devait s'être élevée au moins d'un mètre depuis leur départ, et une triste certitude se dégagea pour eux de ce fait acquis : le vieux marin était depuis longtemps submergé.

Le cœur oppressé, ils se tournèrent vers le rivage, plus préoccupés du triste sort du vieux Bill que de leur propre avenir, encore si incertain.

A peine avaient-ils fait une vingtaine de pas, qu'un cri poussé derrière eux les fit se retourner précipitamment.

— Holà! attendez donc! criait une voix qui semblait sortir des profondeurs de l'Océan.

— C'est Bill! s'écrièrent-ils tous les trois d'une haleine.

— Est-ce bien vous que je revois, mes cœurs? continua la voix. Je suis si fatigué, que j'ai besoin d'une petite halte pour me reposer. Attendez un peu, et je serai des vôtres aussitôt que j'aurai pris un ris à mon hunier.

La joie causée par ces paroles fut grande, et cependant elle n'égala pas la surprise de nos trois amis. Ils pouvaient à peine en croire leurs oreilles, et il fallait la vue de Bill lui-même émergeant de l'eau à quelques pas d'eux, pour qu'ils ne se crussent pas le jouet d'une illusion. Ils se précipitèrent vers lui et l'accueillirent en s'écriant :

— Oh ! se peut-il ?... Est-ce bien vous ?

— Et qui donc serait-ce, je vous prie ? Etait-ce le vieux Neptune que vous comptiez voir, ou bien m'avez-vous pris pour une sirène ? Allons, donnez-moi une bonne poignée de main, mes braves. Le vieux Bill n'est pas né pour mourir noyé, voilà tout.

— Mais comment avez-vous fait ? La marée n'a pas cessé de monter.

— Oh ! dit Térence, je m'explique la chose : la baie n'est pas si profonde après tout, et vous avez marché tout le temps.

— Oh ! pas du tout. Il y a assez d'eau entre l'endroit où vous m'avez laissé et celui-ci pour noyer toute une armée. Je n'ai pas traversé la baie à pied, surtout à pied sec.

— Comment alors ?

— Je me suis embarqué sur un gentil petit radeau que vous connaissez bien, le même qui nous a portés à la pointe de sable.

— L'espar ?

— Tout juste ! Au moment où je croyais pousser mon dernier souffle, quelque chose me frappe derrière la tête si rudement, que je bus un fameux coup ; mais j'avais reconnu la vergue de perroquet. Je vous réponds que je n'ai pas mis longtemps à sauter dessus, et je ne l'ai quittée que là tout près, quand mes pieds ont été certains d'avoir touché le fond. Et voilà comment, mes bons amis, le vieux Bill a pu vous rejoindre. Maintenant, en marche tous les quatre comme auparavant, et voyons vers quelle rive nous allons enfin aboutir.

De chaleureuses poignées de mains s'échangèrent alors entre nos pauvres naufragés, tout joyeux de se retrouver ensemble ; puis on se porta en reconnaissance vers cette terre qui n'avait jusque-là rien de bien hospitalier.

IX.

POINT DE LUXE, ENCORE MOINS DE CONFORT.

Nos explorateurs marchèrent plus de vingt minutes avant de trouver la terre ferme ; mais comme la marée continuait à monter, ils jugèrent plus sage d'aller assez avant sur la plage pour être à l'abri d'une nouvelle surprise.

Ils eurent à traverser une vaste étendue de sable humide avant d'arriver au degré d'élévation qu'ils cherchaient. Une fois là, ils s'arrêtèrent pour délibérer sur ce qu'il convenait de faire. Ils avaient tous grande envie d'un bon feu pour sécher leurs vêtements, car la nuit était très froide, grâce au brouillard.

Le matelot avait bien son amadou et son briquet renfermés dans une boîte d'étain, mais le combustible manquait. L'espar, à supposer qu'ils eussent pu le réduire en morceaux, flottait à plus d'un mille de là dans les eaux basses. Il n'y fallait pas songer.

Obligés de renoncer à tout espoir de se procurer du feu, ils adoptèrent le seul moyen pratique pour se sécher un peu : ils ôtèrent leurs habits, puis les tordirent de toutes leurs forces pour en extraire l'eau de mer qui les alourdissait; après quoi ils les remirent, comptant sur leur chaleur naturelle pour compléter l'opération.

Pendant ce temps, le brouillard s'était peu à peu éclairci, et la lune, se dégageant soudain d'un nuage, leur permit de voir plus distinctement le rivage sur lequel ils venaient d'aborder. Si loin que leurs regards pussent atteindre, ils n'apercevaient que le sable blanc, argenté par les rayons lunaires. Ce n'était point une surface unie, mais une agglomération de dunes, formant un labyrinthe qui semblait se prolonger indéfiniment.

L'idée leur vint de gravir un des monticules les plus élevés, dans l'espoir de découvrir une oasis quelconque où ils trouveraient à s'installer plus confortablement. Mais à chaque instant ils enfonçaient dans le sable presque jusqu'aux genoux, et il leur fallut une véritable persévérance pour atteindre le sommet. Ils n'en furent guère récompensés du reste : à perte de vue se prolongeaient ces dunes arides, séparées par de profondes vallées, sans que rien qui ressemblât à un arbre leur apparût dans le lointain. De quelque côté qu'ils regardassent, ils n'aperçurent que des dunes. Le sable, nous l'avons dit, brillait comme de l'argent sous les rayons de la lune, et la contrée semblait toute couverte de neige. On se serait cru en Suède ou en Laponie.

L'effet était d'abord étrange et agréable; mais cette monotonie lassait bien vite, et les naufragés furent tout heureux de reposer leur vue sur l'Océan, non moins monotone, mais aux teintes plus douces.

N'eût été leur fatigue, ils eussent essayé sur l'heure de pousser plus loin, soit à travers les dunes, soit le long de la plage, car maintenant ils y voyaient assez pour guider leur marche. Mais tous, y compris l'infatigable Bill, étaient à bout de forces, tant physiques que morales. Leur court sommeil, dont ils avaient été si brusquement arrachés, ne les avait que peu rafraîchis; et une fois sur le sommet de la dune, le besoin de dormir se fit sentir à tous plus impérieusement que jamais.

L'endroit leur paraissait assez propice, et ils allaient s'y étendre, lorsqu'une circonstance inattendue leur suggéra l'idée d'aller plus loin.

Le vent soufflait de l'Océan, et, d'après les prévisions de Bill, qui était à l'occasion un météorologiste habile, présageait un ouragan prochain. Il était déjà violent et de plus assez froid pour rendre leur installation sur la dune peu confortable. Rien ne les empêchait de choisir un endroit plus abrité au pied même du monticule, et tous les quatre se lancèrent sur la pente douce qui devait les mener à leur dortoir improvisé.

En arrivant en bas, ils se trouvèrent dans un étroit ravin. Le sommet qu'ils venaient de quitter était le plus élevé d'une longue chaîne de dunes aboutissant à la côte. Une autre chaîne de collines courait parallèlement à la première vers l'intérieur. Les bases en étaient si rapprochées, qu'elles formaient un angle aigu, et la ravine qui sillonnait les deux versants ressemblait à une cavité produite par l'enlèvement d'une tranche prise sur un gigantesque melon.

C'est dans le bas de ce ravin que les naufragés se trouvèrent, après avoir descendu le versant de la dune, et là, ils se proposèrent de passer le reste de la nuit.

Quel ne fut pas leur désappointement en trouvant le lieu désigné pour leur campement si restreint et si peu favorable ! Le fond de la ravine n'offrait pas la longueur d'un lit, même pour le plus petit d'entre eux, en le supposant désireux de se coucher en travers. Il n'y avait certainement pas trois pieds parfaitement unis et horizontaux. Dans le sens longitudinal même, le ravin allait en pente, car il commençait à l'angle où se rencontraient les deux chaînes et descendait de là vers la mer.

En découvrant l'étroitesse de la gorge où ils venaient d'aboutir, nos pauvres naufragés, désagréablement surpris, hésitèrent à y prendre leurs quartiers. Mais la fatigue l'emportant, ils se décidèrent à faire contre mauvaise fortune bon cœur et à tirer le meilleur parti possible d'une détestable installation.

Ils essayèrent d'abord d'une position demi-verticale en travers du ravin, le dos appuyé à l'une des pentes et les pieds reposant sur celle d'en face. Cette position, commode et agréable tant qu'ils avaient les yeux ouverts, avait de graves inconvénients dès que, ce qui ne tardait pas, le sommeil, relâchant leurs muscles, s'emparait d'eux. Ils perdaient bientôt l'équilibre, et, brusquement précipités, se réveillaient au bas de la ravine où l'on ne pouvait songer à s'installer plus avantageusement.

Quand cette désagréable interruption à un repos si mérité se fut répétée plusieurs fois pour chacun d'eux, ils se secouèrent pour tout de bon et reprirent leurs délibérations. Il ne pouvait être question de dormir dans des conditions semblables.

Térence, dont la patience avait été mise à une rude épreuve par cet état de choses, manifestait hautement son indignation et annonça son intention bien arrêtée d'aller chercher ailleurs un lit où l'on ne fût pas exposé à basculer toutes les cinq minutes, et, joignant l'action à la parole, il était tout prêt à s'éloigner.

— Il vaudrait mieux ne pas nous séparer, suggéra Harry Blount. Nous courons le risque de ne point nous retrouver.

— Il y a du vrai dans ce que tu dis là, répondit le jeune homme; il ne me semble guère prudent de nous perdre de vue. Qu'en dites-vous, Bill?

— Je dis qu'il faut rester ensemble. C'est le moment de serrer les rangs. Nous sommes amarrés, restons-y.

— Mais qui pourrait dormir ici? répondit le fils d'Erin. Un cheval surmené et un éléphant dorment et se reposent, dit-on, sans se coucher; mais pour ma part, je préférerais un espace bien horizontal de deux mètres de long sur une pierre dure à tout ce sable mou où l'on dégringole.

— Arrête, Térence, calme-toi; j'ai une idée, s'écria tout à coup Colin.

— Oh! des idées, ce n'est pas ce qui manque; seulement il faut en avoir de bonnes.

— Si tu te défies des miennes à l'avance, je les garderai pour moi, répondit l'Ecossais d'un petit air offensé, sous lequel perçait le sourire de sa bonne humeur habituelle.

— Allons, Colin, interrompit Harry Blount, ce n'est pas le moment de plaisanter; si tu as un bon avis à nous offrir pour trouver le repos, il sera le bienvenu; mais ne le fais pas attendre, je t'en prie.

— Ce n'est pas un avis, mais un exemple, mes amis. Faites comme moi, et vous vous en trouverez bien. Maintenant bonsoir, bonne nuit!

Et, prêchant d'exemple, au lieu de persister à se coucher en travers, il s'allongea en suivant la pente douce de la gorge.

Ses camarades l'imitèrent, en se demandant comment une idée si simple ne leur était pas venue plus tôt. Bientôt ils dormirent si profondément, que tous les tambours de la terre n'eussent pu les réveiller.

X.

GARE AU SABLE. — QUATRE CAUCHEMARS

La ravine dans laquelle les naufragés avaient cherché un abri étant beaucoup trop étroite pour leur permettre de s'étendre côte à côte, ils s'étaient allongés à la file; et comme la disposition du terrain, ainsi que nous l'avons dit, offrait une inclinaison sensible, nos dormeurs avaient dû se placer de manière à ce que leurs têtes fussent plus hautes que leurs pieds.

Colin était le premier anneau de cette bizarre chaîne humaine, et Bill en était le dernier.

Il fut également le dernier à s'abandonner au sommeil. Ses compagnons avaient depuis quelque temps perdu tout sentiment du monde extérieur, qu'il écoutait encore le mugissement de la mer qui s'engouffrait et gémissait entre les versants des dunes. Cependant, vaincu par la fatigue, il finit par s'endormir à son tour.

Mais, avant de fermer les yeux, il avait fait une observation dont le caractère ne pouvait échapper longtemps à un vieux loup de mer expérimenté comme lui. Le soudain obscurcissement du ciel, la disparition totale de la lune, sa teinte rougeâtre au moment où elle s'était éclipsée, la force toujours croissante de la houle, celle du vent qui soufflait en rafales, et mille autres signes précurseurs, tout annonçait l'approche d'une tempête.

Instinctivement il notait ces bruits bien connus; et eût-il été à bord d'un navire, il n'eût point hésité à donner l'alarme et à faire prendre toutes les précautions requises; mais sur la terre ferme, à quoi bon?

La terre ferme!... Oh! Bill, était-ce bien la terre ferme?

Toujours est-il qu'entre ces hautes collines, Bill et ses camarades pouvaient à bon droit se croire à l'abri de tout danger. Aussi le vieux matelot se contenta-t-il de murmurer : « Au diable la tempête! » Puis il appuya sa vieille tête, sur laquelle tant de tourmentes avaient passé, sur son oreiller de sable aux pieds d'Harry Blount, et s'enfonça dans le pays des rêves.

Malheureusement, ses prévisions ne furent que trop tôt justifiées. Nos amis avaient à peine dormi une demi-heure quand l'ouragan se déchaîna. Ce fut une de ces soudaines colères des éléments, fréquentes dans toutes les contrées tropicales, mais surtout dans les régions désertes de l'Afrique et de l'Arabie : c'était le simoun.

La vapeur brumeuse suspendue quelque temps dans l'atmosphère avait été balayée par la première rafale de vent. A sa place, sans cesse entretenu par les tourbillons qui s'élevaient incessamment vers le ciel, se trouvait un nuage de sable blanc qui s'étendait fort loin sur l'Atlantique.

De jour, on eût vu d'immenses nappes de sable s'enrouler sur les dunes et se transformer comme les décors d'une féerie. Ici, c'étaient de massives colonnes qui paraissaient d'abord immobiles comme des piliers, et qui tout à coup s'animaient et s'avançaient fièrement sur le sommet des collines, pour se briser ensuite et s'éparpiller en masses confuses qui allaient se reformer plus loin, à moins que les plus lourdes parcelles, n'étant plus soutenues par la force du tourbillon, ne se répandissent en pluie de sable sur la terre.

Malgré ces torrents d'un nouveau genre qui ruisselaient sur eux de toutes parts, les naufragés dormaient toujours.

On pourrait supposer, comme le vieux Bill, qu'ils ne couraient aucun danger.

Aucun danger?

Mais les malheureux étaient déjà à moitié ensablés, et à moins que l'un d'eux ne se réveillât, ils allaient se trouver avant peu complètement ensevelis à plusieurs brasses de profondeur.

Les Arabes — qui s'y connaissent — disent qu'une fois submergé par le sable, l'homme perd toute énergie ; ses sens s'engourdissent, sa torpeur devient insurmontable ; c'est une prostration semblable à celle qui saisit le malheureux surpris par la neige, c'est la mort.

Les naufragés paraissaient déjà sous cette influence. Ils semblaient avoir été frappés d'une inexplicable paralysie. Malgré le bruit des vagues qui se brisaient avec force sur les récifs, malgré les longs sifflements du vent, malgré la poussière qui, leur entrant dans la bouche, les narines et les oreilles, menaçait de les suffoquer, ils dormaient profondément.

S'ils n'entendaient pas l'ouragan déchaîné sur leurs têtes, s'ils ne sentaient pas le sable qui pesait lourdement sur eux, comment échapperaient-ils à un assoupissement aussi dangereux ?

Une heure s'était à peine écoulée depuis le commencement de la tempête, et déjà nos dormeurs avaient une couche de sable assez épaisse sur le corps pour qu'une personne traversant la ravine ne se fût fait aucun scrupule de poser les pieds sur eux, tant il eût été difficile de supposer que quatre hommes gisaient sous ces masses poudreuses.

Une circonstance semblable eût certainement été ce qui aurait pu leur arriver de mieux ; et par le fait, il y eut quelque chose de cela dans la cause qui détermina leur réveil.

Tous les quatre commençaient à éprouver une impression de suffocation, accompagnée d'une lourdeur étrange dans les membres. Un immense fardeau semblait poser sur eux et leur rendre tout mouvement impossible. C'était une impression comparable à celle que nous connaissons tous et que l'on redoute dans le cauchemar. Elle pouvait aussi bien être le résultat de leur extrême fatigue que provenir du poids du sable qui les accablait.

Leurs têtes, reposant plus haut que leurs corps, n'étaient pas aussi profondément enterrées. Leur souffle combattait la poussière et permettait encore à l'air de passer. Tous les quatre se débattaient sous l'étreinte d'un affreux cauchemar, et, chose étrange, ce cauchemar déterminé par la même cause chez ces quatre hommes ne produisit pas un seul effet semblable.

Harry Blount rêvait qu'il était tombé dans un précipice; Colin, qu'un ogre gigantesque était parvenu à s'emparer de lui; le jeune Hibernien se croyait au milieu d'un incendie et faisait d'inutiles efforts pour y échapper; enfin le vieux Bill se débattait sous l'eau avec la sensation d'enfoncer sans espoir de salut.

Le vieux marin fut le premier à secouer cette douloureuse torpeur, car ils furent réveillés en sens inverse de l'ordre où ils s'étaient couchés. A une seconde de distance, chacun de nos infortunés dormeurs fut arraché à ce lourd sommeil par une sensation des plus affreuses. Il leur semblait qu'on trépignait sur leurs corps, qu'une masse énorme les étouffait.

Cette pression s'étant répétée deux fois à intervalles à peine perceptibles, les malheureux reprirent assez leurs sens pour comprendre qu'ils seraient écrasés s'ils ne tentaient un effort vigoureux pour sortir de cette position.

Leurs exclamations, diverses dans leur uniformité, prouvaient surabondamment qu'ils appartenaient encore au monde des vivants; mais leurs cris n'expliquaient en rien la cause de ce brusque réveil.

Ils éternuaient et toussaient à ne pouvoir proférer deux paroles avec suite. Le simoun soufflait toujours. Ils avaient du sable dans la bouche, dans les narines et dans les yeux. Aussi leur conversation ressemblait-elle plus au caquetage de singes fourvoyés dans un débit de tabac qu'à l'échange de réflexions sensées entre des êtres humains.

Il se passa quelque temps avant qu'aucun d'eux pût articuler une phrase intelligible pour ses voisins, et alors il se trouva que le récit des impressions de chacun était identique. Tous avaient senti le même poids inexplicable et aperçu plus ou moins distinctement une créature énorme qui avait passé sur eux. Ils en conclurent que ce devait être un quadrupède; mais de quelle nature, c'était le point que nul ne pouvait éclaircir. Ce qu'ils en savaient, c'est que c'était un animal gigantesque, baroque, le cou et le corps prodigieusement étroits et allongés, avec des jambes qui n'en finissaient plus, et des pieds! oh! des pieds surtout qu'ils avaient sentis peser sur eux.

Nos trois aspirants, ne l'oublions pas, n'étaient guère que des enfants grandis, sur l'esprit desquels les contes de nourrices et de grand'mères n'avaient pas eu le temps de perdre toute influence. Quant à Bill, cinquante années d'intimité avec l'Océan l'avaient confirmé dans la croyance que la magie noire est loin d'être aussi chimérique que certains philosophes voudraient nous le faire admettre. Aussi, en faisant la part du trouble dans lequel le cauchemar, leur malaise physique et leur brusque réveil les avaient jetés, s'expliquera-t-on qu'ils fussent disposés à attribuer cette étrange apparition à quelque cause surnaturelle.

A peine revenus à eux-mêmes, et le cerveau plein des plus bizarres réminiscences, au lieu de chercher à quel ordre zoologique appartenait ce singulier quadrupède, ils se laissaient envahir par une sorte de terreur superstitieuse qui les empêchait même de communiquer entre eux et de se faire part de leurs suppositions fantastiques. Ils étaient loin de se douter du danger auquel l'intrus, quel qu'il fût, les avait arrachés; autrement ils auraient éprouvé pour lui un sentiment de gratitude profonde.

Muets, immobiles et tout frissonnants, ils prêtaient l'oreille, dans la crainte de ce qui allait suivre. Les premiers bruits qui leur parvinrent n'avaient rien que de très naturel. C'était le grondement de la mer, les plaintes du vent, le bruissement du sable en se déplaçant autour d'eux. Mais bientôt ils en distinguèrent d'autres vraiment inexplicables.

Sur les monticules de sable au-dessus d'eux, ils entendaient une sorte de piétinement sourd et rythmé, comme si quelque créature géante se fût adonnée au culte de Terpsichore. Il s'y mêlait par intervalles des ébrouements et des cris qui pouvaient faire supposer une lutte, mais qui certainement n'avaient rien d'analogue à ce que nos jeunes gens connaissaient des bruits de la nature. Même le vieux Bill, qui, dans le cours de ses multiples voyages, avait ouï, à peu près, toutes les voix de la création, ne pouvait se prononcer sur ces bruits-là.

— Du diable si j'y comprends quelque chose, murmura-t-il en se grattant la tête. C'est affreux, voilà tout ce que je puis dire.

— Chut! s'écria Harry Blount.

— Hélas! fit Térence.

— Chut! murmura Colin; quoi que ce soit, cela se rapproche. Chut!

Le jeune Ecossais disait vrai. Le bruit de pas, les ébrouements, les cris surnaturels se rapprochaient, et un corps massif descendait avec impétuosité l'étroite gorge au fond de laquelle ils se trouvaient, conseillant une prudente retraite à ceux qui en occupaient le milieu.

Instinctivement les quatre naufragés se retirèrent de côté, de manière à laisser le champ libre à l'intrus. A peine avaient-ils trouvé le moyen d'assurer leur équilibre sur la pente rapide où ils étaient contraints de chercher leur salut, qu'une masse indistincte passa à toute vitesse en les frôlant presque.

Malgré cela, pas un n'aurait pu dire ce que c'était. Et lorsque, poursuivant son chemin vers l'extrémité de la ravine, la bête eut disparu dans un tourbillon de sable, ils ne se trouvaient pas plus avancés qu'auparavant. C'était encore un assemblage d'objets noirâtres et disgracieux, rappelant la forme de la tête, du cou et d[illegible]mbes de quelque animal d'autant plus fantastique, que sa voix entendue de si près n'était décidément pas de ce monde.

XI.

LE DROMADAIRE. — UN DÉJEUNER LIQUIDE.

Les jeunes gens restèrent quelque temps immobiles, retenant leur souffle ; Bill, tout pensif, se tenait à l'écart.

Ils continuaient à entendre par intervalles les sons qui les avaient tant étonnés ; les piétinements, cris et ronflements procédant de l'animal redevenu invisible.

Si les naufragés n'avaient pas su être sur cette terre d'Afrique si féconde en créatures bizarres, leur esprit eût été encore plus enclin à admettre le surnaturel. Mais la réflexion et le sang-froid commençaient à leur revenir, et ils se disaient que ce monstre formidable qu'ils avaient tous vu, ou plutôt entrevu, entendu et senti, ne pouvait être qu'un énorme quadrupède qui s'était égaré sur eux pendant leur sommeil.

La principale objection à cette supposition était la conduite singulière de l'animal. Pourquoi avait-il une première fois monté la gorge pour la redescendre si précipitamment et demeurer ensuite à son extrémité comme un forcené?

Il n'était guère possible de répondre à ces questions avant le lever du soleil, qui, du reste, ne se fit pas longtemps attendre. Avec les premières lueurs de l'aube, le simoun avait cessé, et les naufragés reconnurent à qui ils avaient eu affaire.

C'était bien un quadrupède; et s'il leur avait paru étrange et disgracieux lorsqu'il se profilait dans les ténèbres, il ne l'était pas moins maintenant qu'il s'offrait à leurs yeux, couché sur le flanc au fond de la ravine, et qu'on pouvait le détailler à loisir.

Bien plus haut qu'un cheval, il avait un long cou busqué, une tête à laquelle les oreilles semblaient faire défaut, tant elles étaient disproportionnées; de longues jambes mal plantées, à genoux calleux et cagneux, terminées par des pieds énormes, à larges sabots fendus; la croupe étroite et maigre, ornée d'une queue ridiculement chétive, terminée par une touffe de poils hérissés et grossiers; enfin l'énorme bosse qui se projetait entre les épaules, tout indiquait un dromadaire.

— Hé! hé! hé! Ce n'est après tout qu'un chameau, s'écria le vieux Bill avec stupéfaction. Que peut-il bien être venu faire ici?

— Il est évident que c'est cette élégante créature qui nous a foulés aux pieds pendant notre sommeil. J'ai bien cru en perdre la respiration, quand j'ai senti son pas léger sur le creux de mon estomac.

— Et moi donc, fit Colin, vrai! il m'avait enfoncé d'un pied au moins dans le sable. Du reste, nous pouvons nous féliciter d'avoir eu la chance d'être à demi enterrés, sans quoi cette grosse brute nous eût totalement écrasés.

Il restait encore un mystère à éclaircir. Que le chameau eût remonté cette gorge étroite dans l'intention d'y chercher un abri contre la tempête, ça se comprenait ; mais pourquoi la redescendre si promptement par sauts et par bonds saccadés ?

Cela s'expliqua bientôt à la complète satisfaction de nos amis, qui entouraient l'animal et l'examinaient avec une vive curiosité.

Il était couché, non comme s'il se reposait, mais dans une attitude contrainte. Son long cou était engagé dans ses jambes de devant et sa tête gisait plus bas, à demi ensablée. Comme il se tenait immobile, ils le crurent mort, et pensèrent qu'il avait dû se blesser dans sa course ; cela donnait la clef de ses brusques soubresauts qui devaient alors être des convulsions d'agonie.

Toutefois, en le touchant, ils reconnurent qu'il était non seulement vivant, mais en parfaite santé, et découvrirent la cause de sa singulière conduite.

Un fort licou en crin, attaché autour de sa tête, s'était pris dans la bifurcation de ses sabots de devant, où un nœud l'ayant retenu avait déterminé sa chute et la série de culbutes qui l'avaient amené, la tête la première, au bas de la vallée, où gisait le licou inextricablement entortillé autour de ses jambes.

La triste situation du chameau fut loin d'inspirer des réflexions mélancoliques à ceux qui l'examinaient. Affamés comme ils l'étaient, sa chair pouvait leur servir de nourriture ; et comme la soif les rendait peu difficiles sur le choix du réservoir où ils puiseraient de quoi la satisfaire, ils se souvenaient que son estomac devait contenir la provision d'eau après laquelle ils soupiraient.

Ils s'aperçurent toutefois avec satisfaction que, pour calmer leur soif, point ne serait besoin de massacrer l'animal. Sur le sommet de sa bosse, ils découvrirent un petit coussin plat fermement retenu à sa place par une forte lanière de cuir passant sous le ventre. Cela indiquait un chameau de selle, un de ces animaux à l'allure si rapide que les Arabes emploient dans leurs longues courses à travers le désert, et qui sont très communs parmi les tribus du Sahara.

Ce ne fut pas la vue de la selle qui causa la joie de nos amis, ce fut celle d'une espèce de sac qui y était solidement assujetti et pendait derrière la bosse de l'animal. Ce sac était en peau de chèvre et se trouvait à moitié rempli d'eau. C'était en réalité l'outre ou le *gerba* appartenant au propriétaire de l'animal, article plus indispensable à l'équipement que la selle elle-même.

Les quatre naufragés, torturés par la soif, ne se firent aucun scrupule de s'approprier le contenu de l'outre ; et nous vous laissons apprécier, cher lecteur, ce qu'il fallut de temps pour que le précieux liquide, approximativement divisé, eût été bu jusqu'à la dernière goutte.

Ils tinrent ensuite conseil pour aviser à calmer la faim qui les dévorait. Fallait-il tuer le chameau?

Ce parti semblait être leur unique ressource, et l'impétueux Térence avait déjà dégaîné et s'apprêtait à plonger son poignard dans le corps de l'animal. Colin, toujours plus froid et plus prudent, lui cria d'attendre jusqu'à ce qu'ils eussent bien examiné les divers côtés de la question.

Et le débat recommença. Les opinions étaient fort partagées : Térence et Harry Blount étaient d'avis de mettre immédiatement la bête à mort et de se rassasier de sa chair ; tandis que le marin et Colin s'accordaient à suspendre encore l'exécution de ce projet.

— Servons-nous-en d'abord pour nous faire transporter quelque part, disait le jeune Écossais. Il sera temps plus tard, si nous n'avons rien trouvé, de manger cet animal.

— Mais que peux-tu attendre d'un pays pareil? demandait Harry. Regarde autour de toi ; il n'y a de vert que l'Océan. Inutile de se faire des illusions ; il n'y a pas ici de quoi fournir au souper d'une marmotte.

— Ici, je ne dis pas le contraire ; mais quand nous aurons fait quelques milles, nous rencontrerons peut-être une région moins aride. Suivons la côte, nous y trouverons probablement quelques coquillages bons à manger. Regardez là-bas, je vois un endroit noirâtre où je ne serais pas surpris de trouver ce qu'il nous faut.

Tous les regards se tournèrent instinctivement du côté désigné, tous, excepté ceux de Bill. Mais une exclamation qui lui échappa, ainsi que le mouvement qu'il fit, ramena promptement sur lui l'attention de ses camarades.

— Au diable les coquillages ! J'ai envie de déjeuner avec quelque chose de moins froid que vos huîtres. Ne voyez-vous pas que cette bête est une femelle ? Elle a eu un petit depuis peu. Voyez, elle a du lait. Il y en aura assez pour tous, je vous le garantis.

Comme pour prouver ce qu'il avançait, le vieux Bill se mit à genoux près de l'animal toujours couché, et, prenant une des mamelles dans sa bouche, commença à téter.

L'animal ne fit aucune résistance. S'il s'étonna du singulier petit qui s'était attaché à lui, ce fut seulement à cause de sa couleur et de son costume ; car, sans nul doute, il était habitué à l'application du même traitement par son propriétaire africain.

— Parfait! de première qualité! cria Bill, s'interrompant pour reprendre haleine. Cela vaut la crême la plus riche. Si nous avions seulement un morceau de pain pour manger avec, ou un peu de votre porritch écossais, monsieur Colin. Mais je m'oublie vraiment.... Mes pauvres enfants, continua-t-il en s'écartant pour leur faire place, vous devez avoir encore plus besoin de vous restaurer que moi. Allez, chacun son tour. Il y en aura pour tout le monde.

Sans qu'il fût besoin de les presser beaucoup, ils s'agenouillèrent, comme avait fait le marin, et l'un après l'autre ils burent copieusement à cette fontaine du désert.

Lorsque chacun eut bu à peu près la valeur d'une pinte de ce liquide nourrissant, la mamelle de l'animal, qui pendait flasque et vide, les avertit que pour cette fois la provision était épuisée.

XII.

LE MARIN ET LES COQUILLES.

Il n'était plus question de tuer le chameau : c'eût été détruire la poule aux œufs d'or. Bien qu'ils fussent loin d'être rassasiés, le lait avait apaisé les tiraillements les plus douloureux de leurs estomacs, et tous déclarèrent pouvoir rester maintenant quelques heures sans manger.

Une fois ce point acquis, il s'agissait de déterminer de quel côté il convenait de se diriger.

Le lecteur s'étonnera peut-être que l'on en fit un sujet de discussion.

Le chameau étant sellé et bridé, on devait en conclure assez naturellement que l'animal s'était égaré, et que son propriétaire ne pouvait être loin. Il restait à savoir où l'on pouvait le rencontrer.

Les naufragés connaissaient assez par la lecture ou par ouï-dire la côte sur laquelle ils venaient d'échouer, pour supposer que le maître du chameau devait être un Arabe, et qu'on ne le trouverait ni dans une maison, ni dans une ville, mais sous la tente, et, selon toute probabilité, en compagnie d'autres Arabes.

Térence, toujours plus impétueux que les autres, proposa de se mettre sur-le-champ à la recherche du propriétaire de l'animal. La terrible réputation des habitants de la côte de Barbarie n'était pas, semblait-il, parvenue jusqu'à lui. Bill, au contraire, avait des raisons toutes spéciales pour redouter leur approche.

— Mais enfin, dit Térence, ce ne sont pas des cannibales; ils ne nous mangeront pas, je suppose.

— Je n'en suis pas si certain, monsieur Térence, répliqua Bill. Mais en admettant même qu'ils ne nous mangent pas, ils pourraient faire pire.

— Pire! allons donc!

— Oui, pire, je le répète; car, s'ils nous découvrent, ils nous tortureront jusqu'à nous faire désirer la mort comme un bienfait.

— Mais qu'est-ce qui peut vous le faire supposer?

— Hélas! monsieur Térence, ce n'est pas une supposition, reprit en soupirant le vieux marin, dont la joviale physionomie prit soudain une expression de tristesse que ne lui avaient jamais vue ses jeunes compagnons. Je pourrais vous raconter quelque chose qui vous convaincrait de la vérité de ce que j'avance et vous donnerait une idée de ce que nous aurions à attendre de ces féroces Arabes, si par malheur nous tombions entre leurs mains.

— Qu'est-ce donc, Bill? Parlez, parlez.

— Eh bien! jeunes maîtres, c'est simplement que mon propre

frère Jim a fait naufrage sur cette même côte, il y a dix ans de cela, et il n'a jamais revu l'Angleterre.

— Peut-être s'est-il noyé.

— Non, pauvre garçon! cela eût bien mieux valu pour lui, mais il n'a pas eu cette chance. Son équipage (il était sur un navire marchand) se crut sauvé quand, après le naufrage, il aborda au complet sur la côte. Mais il n'y fut pas plus tôt, qu'il fut découvert et fait prisonnier par une bande d'Arabes. De tous les hommes, un seul est revenu au pays raconter leur triste sort. Encore n'a-t-il dû sa liberté qu'à un marchand juif de Mogador, qui, ayant appris qu'il avait des parents riches, espéra recevoir une forte rançon. Je l'ai vu quelque temps après son retour en Angleterre, et il m'a raconté toutes les souffrances que lui et mon frère Jim ont endurées, car ils avaient été emmenés par la même tribu. Pauvre Jim, quelles cruautés n'a-t-il pas subies! Ah! la mort eût été mille fois préférable. Mais je pense qu'il a péri depuis longtemps. Pour moi, je n'aurais pas pu supporter une telle vie plus d'une semaine, et il y a de cela dix ans. Non, monsieur Térence, bien loin de chercher le propriétaire de la bête, nous devons faire tous nos efforts pour l'éviter, lui et ses pareils.

— Que conseillez-vous, Bill?

— Je n'en sais trop rien, ne me faisant aucune idée du point où nous sommes. Mais, quel qu'il soit, le mieux est de longer la côte et de ne pas nous écarter de l'Océan. Si nous nous enfonçons dans l'intérieur des terres, nous sommes certains de nous perdre d'une façon ou d'une autre, tandis qu'en descendant vers le sud, nous pourrons arriver à quelque port faisant le commerce avec les Portugais.

— Alors en route! s'écria l'impatient Térence.

— Non, monsieur Térence, nous ne devons pas bouger d'ici avant la nuit, reprit le vieux marin.

— Comment, pas avant la nuit! exclamèrent les trois jeunes gens, mais c'est impossible!

— Il le faut, mes garçons; et non seulement il faut rester ici, mais encore nous cacher; car aussi sûr que nous sommes en vie, quelqu'un se mettra à la recherche du chameau, et nous ne nous en apercevrons que trop tôt. Si par malheur nous nous mettions en marche pendant le jour, on nous découvrirait certainement des hauteurs. Des bandes de pillards, à ce qu'on dit, sont toujours aux aguets quand il y a eu un naufrage sur la côte, et je parierais que cet animal appartient à l'une d'elles.

— Mais comment ferons-nous pour nous procurer de la nourriture? demanda l'un des jeunes gens. Le chameau, n'ayant eu ni à boire ni à manger, ne nous donnera point de lait, et nous tomberons d'inanition avant la nuit.

La justesse de cette réflexion s'imposant à tous, nul ne la combattit. Cependant les yeux de l'Ecossais s'étant dirigés vers le rivage, il attira de nouveau l'attention de ses camarades sur les coquilles.

— Que peut-il y avoir là-bas? dirent-ils.

— Taisez-vous, mes amis, dit le vieux marin, et tenez-vous collés le plus possible contre la colline, pendant que je vais tenter une reconnaissance dans ces parages, pour voir s'il y a quelque chose de bon à manger. Comme le soleil est déjà haut, il serait imprudent de marcher; je vais me glisser à quatre pattes jusque-là.

Ce disant, le vieux loup de mer, aussitôt après être sorti de la gorge, se jeta la face contre terre, et, comme un gigantesque lézard, avança en rampant jusqu'à l'endroit désigné.

La marée s'était retirée; mais la plage humide commençait à une très petite distance de la base des dunes. Après dix minutes d'efforts, Bill atteignit l'endroit que Colin croyait être couvert de coquilles.

Le vieux marin fut bientôt activement occupé : ses mains s'étendaient dans toutes les directions, pour revenir souvent se plonger dans les vastes profondeurs des poches de sa jaquette. Evidemment son excursion promettait un résultat satisfaisant.

Après une demi-heure environ de cet exercice répété, on le vit revenir sur ses pas pour reprendre le chemin des dunes. Mais son retour s'effectua plus lentement que son départ; ce qui pouvait faire supposer qu'il était lourdement chargé.

En arrivant dans la ravine, il ne tarda pas à être débarrassé de son fardeau, qui consistait en trois cents coquilles environ, paraissant avoir beaucoup de ressemblance avec les moules. Elles n'étaient pas seulement mangeables, mais elles parurent délicieuses aux pauvres affamés. Dès ce moment ils se réconcilièrent avec l'idée de demeurer cachés jusqu'au moment où la chute du jour leur permettrait d'échapper à la monotonie de leur situation.

XIII.

LES CAVALIERS. — LA PISTE SUR LE SABLE.

La mer n'était point visible de l'endroit où le chameau était couché. Il fallait pour l'apercevoir se hausser sur la pointe des pieds, ou gravir un pli de terrain derrière lequel se dérobait la plage ; les naufragés ne couraient donc aucun risque d'être découverts en restant assis derrière le monticule qui les abritait, à moins, ce qui était peu probable, qu'il ne prît la fantaisie à un indigène de gravir quelque dune plus élevée et d'inspecter l'horizon.

L'intérieur du pays semblait n'être qu'un labyrinthe de dunes sans aucune ouverture qui pût indiquer un passage soit pour les hommes, soit pour les bêtes.

Selon toute probabilité, c'était guidé par son instinct que le chameau s'était dirigé vers cette gorge, pour y chercher un refuge contre la violence du simoun. Le fait qu'il était porteur d'une selle indiquait que son propriétaire devait être en marche quand il lui avait échappé.

Si nos amis avaient été plus au courant des coutumes du Sahara, ils n'eussent point eu de doute à ce sujet ; car, à l'approche du simoun, dont les signes précurseurs sont bien connus, les Bédouins lèvent en toute hâte leur campement et se mettent en marche avec tout ce qui leur appartient; autrement ils courraient le risque d'être enterrés sous les sables mouvants.

D'après les avis du marin, qui semblait aussi familier avec le désert qu'avec l'Océan, les naufragés s'allongèrent de façon à n'être point aperçus du rivage.

A peine avaient-ils adopté cette humble attitude, que le vieux Bill, qui était resté aux aguets pendant tout le temps de cette installation, annonça qu'il voyait quelque chose.

En effet, deux formes sombres s'avançaient le long du rivage, venant du sud, mais à une telle distance, qu'il était impossible de découvrir quelles sortes de créatures ce pouvait être.

— Laissez-moi regarder, proposa Colin; par bonheur, j'ai ma lunette ; elle était dans ma poche quand nous avons quitté le navire, elle pourra nous être utile.

Tout en parlant, il atteignit un petit télescope demeuré en parfait état. Il le déploya et le dirigea vers l'endroit en question, en ayant soin de maintenir sa tête aussi proche que possible du niveau du sol. Puis il annonça le résultat de son examen.

— Ce sont des gens charmants, dit-il, habillés de toutes les couleurs de l'arc-en-ciel. Je vois des châles éblouissants, des coiffures rouges, et des manteaux bariolés. L'un est à cheval, l'autre sur un chameau tout semblable à celui-ci. Ils avancent lentement et regardent de tous côtés autour d'eux.

— Ah! c'est précisément ce que je craignais, dit Bill. Ce sont probablement les propriétaires de l'animal. Ils sont à sa recherche. Heureusement que le sable a couvert ses traces; autrement ils se dirigeraient droit sur nous. Baissez-vous, baissez-vous, maître Colin, il ne faut pas montrer nos têtes au-dessus de la dune; n'en dépassât-il que la hauteur d'une pièce de dix sous, ils auraient bientôt fait de l'apercevoir.

Colin comprit la justesse de l'observation du marin, et replaça immédiatement sa tête à l'ombre du parapet protecteur. Cet incident mettait les pauvres gens dans une position tout à la fois ennuyeuse et fatigante. A défaut d'autre chose, la curiosité eût été suffisante pour les rendre désireux d'observer les mouvements des nouveaux venus. Leur sécurité même rendait cette surveillance nécessaire, car ils couraient le risque de lever la tête au moment précis où les cavaliers seraient à portée de les voir.

Le marin l'avait dit, la moindre protubérance sombre se détachant sur le sable pur et blanc de la dune devait infailliblement être aperçue de loin; et si aucun d'eux se hasardait à en faire la dangereuse expérience, il risquait de le déplorer longuement.

Pendant qu'ils discutaient cette difficulté en apparence insurmontable, un certain temps s'était écoulé, et leurs craintes s'en augmentèrent. Ils savaient ces enfants du désert doués d'une sagacité toute particulière et d'une expérience qui leur permet de découvrir la plus légère anomalie dans l'aspect des lieux qui leur sont une fois connus.

Leur situation était donc pleine de dangers ; heureusement ils en furent quittes plus tôt qu'ils ne l'avaient espéré. Ce fut Colin qui trouva le moyen de tourner la difficulté.

— J'ai une idée, s'écria-t-il, je vais surveiller ces individus sans qu'ils aient la moindre chance de nous découvrir. Je vous le garantis.

— Comment? comment? demandèrent ses compagnons.

Colin ne leur répondit point verbalement, mais il enfonça son télescope dans le parapet de sable de manière à ce que l'extrémité pût arriver de l'autre côté. Dès qu'il eut terminé cet arrangement qui demandait mille précautions, il mit son œil à la lentille et annonça que les deux cavaliers se trouvaient exactement dans son champ de vision.

Le tube du télescope, solidement encastré dans le sable, se tenait tout seul. Il suffisait de l'incliner d'un côté ou de l'autre pour que les cavaliers fussent toujours en vue.

Par ce moyen, nos amis purent suivre tous leurs mouvements sans courir de grands risques. Chacun à son tour se mit à la lunette pour satisfaire sa curiosité; après quoi l'instrument fut laissé à son propriétaire, qui tint constamment son œil fixé dessus, communiquant de temps à autre le résultat de ses observations à ses camarades.

— Je puis maintenant distinguer leurs visages, murmura-t-il; ils sont assez laids, je vous en réponds. L'un est jaune et l'autre noir. Ce doit être un nègre; oui, je ne me trompe pas, ses cheveux sont laineux et crépus. C'est lui qui monte le chameau, un animal tout pareil à celui que nous avons. L'homme jaune, sur le cheval, a une barbe pointue. Il a le regard dur et pénétrant de ces Maures que nous avons vus à Tétouan. C'est un Arabe, je suppose. Ce doit être le maître du nègre. Je lui vois faire des gestes comme s'il lui donnait des ordres. Ah! les voilà arrêtés! Ils regardent par ici.

— Miséricorde! murmura Bill, ils auront vu la lunette.

— En vérité, ce n'est que trop probable, observa Térence, la lentille doit briller au soleil et être visible pour un œil arabe.

— Ne ferais-tu pas bien de la sortir? suggéra Harry Blount.

— Certainement, répondit Colin; mais je crains qu'il ne soit trop tard maintenant. Si c'est là ce qui les arrête, c'en est déjà fait de notre lieu de retraite.

— C'est égal, retire-la doucement. S'ils ne la voient plus, ils peuvent ne pas se diriger précisément de ce côté.

Colin allait suivre cet avis, quand, en donnant un dernier regard au télescope, il s'aperçut que les voyageurs continuaient leur route le long de la plage, comme s'ils n'avaient rien vu de nature à les faire dévier de leur course.

Une ravine coupait en cet endroit la chaîne des dunes, elle était beaucoup plus large que celle où nos amis étaient cachés et débouchait sur le rivage à quelque distance au-dessous. C'était cette ouverture qui venait d'attirer l'attention des cavaliers; et d'après leurs gestes, Colin comprit qu'ils délibéraient sur l'opportunité de prendre cette direction ou de continuer leurs recherches le long du rivage.

Enfin l'homme à la face jaune tourna sa monture du côté du ravin; celle-ci partit au galop, et le nègre suivit.

A leurs yeux constamment fixés sur le sable, comme pour y chercher une trace, ou bien occupés à interroger l'espace, il était évident qu'ils étaient à la recherche de quelque chose, probablement du chameau égaré, qui en cet instant était couché à l'entrée de la gorge, tout près du lieu où se trouvaient les marins.

— Bon ! ils se trompent de route, tant mieux ! dit Colin, aussitôt qu'il les eut vus disparaître derrière les dunes. Le cœur commençait à me manquer ; un peu plus, c'en était fait de nous.

— Tu penses qu'ils n'ont pas vu briller la lentille ? demanda Harry Blount.

— Certainement non ; sans quoi ils se seraient rapprochés d'ici, tandis qu'ils ont complètement quitté la plage. On ne les voit plus, ils se dirigent vers l'intérieur.

— Ce n'est pas malheureux ! s'écria Térence en élevant la tête au-dessus de la dune ; ce que firent également les trois autres.

— Ah ! vous pouvez bien dire que ce n'est pas malheureux, maître Térence ; voyez un peu quels fous nous sommes tous les quatre, nous n'avions pas songé aux traces.

En parlant ainsi, Bill indiquait le rivage et la direction qu'il avait suivie dans son excursion du matin. Là se voyait encore sur le sable humide l'empreinte de son corps, semblable à celle d'une grande tortue ou d'un crocodile qui s'y serait traîné.

La vérité de ces paroles apparut à tous ; et ils comprirent que le hasard seul, et non leur prévoyance, les avait sauvés du danger qu'ils couraient. Si le propriétaire du chameau avait continué d'avancer sur la plage l'espace d'une centaine de pas encore, il eût infailliblement découvert la double trace laissée par le marin dans son trajet d'aller et de retour, et, en la suivant, fût arrivé jusqu'à leur retraite.

Heureusement il s'était détourné à temps pour le salut des pauvres naufragés, qui se réjouirent, non sans raison, de ne plus découvrir aucune créature humaine dans toute l'étendue du désert que leur vue pouvait embrasser.

XIV.

LE VAISSEAU DU DÉSERT.

Bien qu'il n'y eût plus rien en vue de nature à les alarmer, nos amis jugèrent plus sage de ne pas quitter la gorge avant la tombée du jour. Ils n'élevaient pas même leurs têtes au-dessus de la dune, excepté à de longs intervalles pour s'assurer que la côte était toujours libre, et, satisfaits à cet égard, ils reprenaient aussitôt la position que par prudence ils avaient adoptée.

Peut-être s'étonnera-t-on de ces précautions exagérées, si l'on n'est pas au courant des raisons qui leur faisaient tellement redouter d'être aperçus. Mais, nous l'avons dit, les hommes qu'ils étaient appelés à rencontrer ne pouvaient être que des ennemis; pire que cela : des tyrans, peut-être des bourreaux. Bill en était parfaitement sûr; Colin et Harry avaient acquis par leurs lectures la même conviction; seul, Térence restait incrédule, en dépit des assurances positives du vieux marin.

Toutefois, malgré son impétuosité naturelle, le jeune homme se laissa guider par ses compagnons ; et jusqu'à l'heure où le crépuscule commença à empourprer la mer, personne ne tenta de s'éloigner de la retraite commune.

Le chameau continuait à la partager. Il est vrai de dire qu'on avait pris des précautions pour qu'il ne pût pas s'éloigner. Vers le soir il fut trait de la même manière que le matin, et, ranimés par ce lait nourrissant, les naufragés se préparèrent à quitter un gîte dont ils étaient singulièrement fatigués.

Leurs préparatifs étaient faciles et n'exigeaient que peu de temps. Ils n'avaient qu'à délier le chameau et à se mettre en route, ou, comme Harry le disait en riant, à démarrer le vaisseau du désert et à commencer leur voyage.

Ce fut au moment où le jour tombant abandonnait les blanches crêtes des dunes pour illuminer d'un dernier rayon les eaux de l'Océan, qu'ils se glissèrent sans bruit hors de leur cachette pour se lancer dans un voyage dont ils ne pouvaient prévoir ni la durée ni l'issue. Ils ne savaient même à quoi se décider pour la direction à suivre. Ils croyaient que la côte allait du nord au sud, et qu'il fallait se diriger vers l'un de ces points : c'était presque pour eux une affaire de pile ou face ; et s'ils avaient été mieux au courant de leur véritable situation, autant eût valu laisser au hasard le soin de décider. Le vieux marin croyait très fermement qu'il existait des forts portugais le long de la côte, principalement vers le sud, et qu'en suivant le rivage ils y arriveraient. En effet, ces forts existaient et subsistent encore aujourd'hui ; et bien qu'à cette époque ils fussent plus près du point où leur navire avait échoué, aucun cependant n'était assez rapproché pour être atteint par nos amis, quelle que fût leur persévérance.

Cependant, comme ils ignoraient à quel point leur tentative était impraticable, tous l'entreprirent avec une ardeur et une énergie dignes d'un meilleur sort.

Pendant quelque temps, Bill conduisit le chameau par la bride. Après le long repos et l'immobilité de cette journée, aucun d'eux ne se souciait de profiter de la monture. Mais la marée commençait déjà à mouiller les anses du rivage; et pour éviter de marcher dans l'eau, ils étaient forcés de faire d'assez longs détours, qui les conduisaient à travers le sable mou et ne leur permettaient d'avancer que lentement. Au bout d'une couple d'heures la fatigue les gagna, et l'on émit la proposition d'essayer l'animal, qui avançait sur la surface mouvante avec la légèreté d'un chat. En y montant à tour de rôle, il y aurait un repos possible pour chacun des membres de la petite caravane.

Aussitôt dit, aussitôt fait. Térence, le promoteur de cette sage proposition, fut hissé sur le dos du chameau. Mais, bien que le jeune O'Connor eût été habitué au cheval depuis son enfance, il ne tarda pas à prendre à partie la selle du dromadaire. Le balancement, les sursauts, en d'autres termes, comme le définissait la victime, le tangage de babord à tribord, d'avant en arrière, de haut en bas, fit bientôt crier grâce à Térence, qui redescendit sur le sable mou avec un bien plus grand désir de marcher qu'il n'en avait eu auparavant de cesser de le faire.

A
B

Harry Blount prit sa place; mais, quoique le jeune Anglais eût été grand chasseur et bon écuyer, il trouva que son expérience en pareille matière n'allait pas jusqu'à lui faire trouver ses aises sur la bosse d'un chameau. Et il fut bientôt démonté.

Le descendant des highlanders le remplaça sur ce siége élevé. Que ce fût par cet amour-propre naturel qui a donné tant de héros à l'Ecosse, ou que, doué d'une plus forte dose de patience, il pût résister plus longtemps, toujours est-il que Colin se maintint dans sa haute position d'une façon plus honorable que ses deux camarades. Malgré cela, ses nerfs écossais finirent par se lasser d'une tension pareille, et Colin lui-même déclara à son tour qu'il aimait mieux se contenter de l'omnibus de ses jambes.

Ce disant, il se laissa glisser prestement de dessus les épaules du disgracieux animal, dont on abandonna complétement la direction au vieux Bill, qui jusque-là n'avait pas un moment lâché la bride.

XV.

LE CHEMIN DE L'ÉCURIE.

L'expérience d'autrui ne sert jamais à grand'chose. Après les tentatives infructueuses de ses jeunes compagnons, le sage marin aurait dû s'abstenir d'essayer du chameau, d'autant plus que le digne homme n'avait pas la première notion de l'équitation. Cependant il n'en fut pas ainsi, et pour des raisons toutes spéciales. Si mal à l'aise que le vieux loup de mer pût se trouver sur une selle, il y serait toujours mieux, pensait-il, qu'à pied, c'est-à-dire à terre.

Placé sur le pont d'un navire et au milieu des agrès, nul n'était plus sûr de lui-même et de son équilibre ; mais sur la terre ferme, quand il s'agissait d'aller de l'avant, il désappointait toutes les espérances. Autant demander une course en ligne droite à un poisson sur la paille. En réalité sa démarche se rapprochait beaucoup plus des mouvements du phoque et du lamantin que de ceux de nos congénères.

Comme le pauvre marin venait de patauger pendant plusieurs kilomètres dans le sable humide et mou, ce qui n'est pas du tout commode, il était profondément convaincu que n'importe quel autre genre de locomotion était préférable à celui-là. Aussitôt que le jeune Ecossais eut touché terre, il s'élança pour prendre possession du siège vacant.

Pour ce faire, il n'eut pas à se donner beaucoup de peine, car la docile chamelle, dressée à cela, s'agenouillait dès qu'on voulait la monter. Le marin venait de s'assurer sur sa selle, lorsque la lune se leva et se mit à briller d'un éclat qui rivalisait presque avec la lumière du jour. Au milieu de ce paysage désert, sur le sable blanc, les ombres du chameau et du cavalier s'allongeaient d'une façon vraiment grotesque; et bien que l'un fût au figuré un vaisseau, et l'autre réellement un marin, leur juxtaposition offrait le plus comique des contrastes. Cela parut si drôle à nos aspirants, que, la jeunesse reprenant le dessus, ils oublièrent tout danger et éveillèrent les échos du Sahara par l'éclat de leur folle gaieté.

Tous avaient vu des chameaux ou des dessins qui les représentaient, mais jamais un de ces animaux portant un marin. L'idée d'un dromadaire amène forcément avec elle celle d'un Arabe, individu maigre, nerveux, au teint basané, au costume pittoresque, le front ceint d'un turban, et revêtu d'un burnous flottant autour de son corps. Mais cette haute chamelle surmontée du vieux marin en jaquette de drap était de nature à faire perdre le sang-froid aux sept sages de la Grèce; ainsi le pensaient nos trois jeunes gens, dont les éclats de rire témoignaient de ce qu'il y avait de bizarre dans ce spectacle. Bill ne s'en formalisa pas; il était, au contraire, tout joyeux de voir ses jeunes amis en si bonnes dispositions; et en leur recommandant de ne pas s'écarter, il lâcha la bride à sa monture et s'élança dans l'océan de sable.

Pendant quelque temps, à force d'efforts, ses compagnons purent lui tenir pied, mais bientôt la distance s'accrut dans de telles proportions, que le marin lui-même comprit qu'à moins de parvenir à réprimer l'impétuosité de l'animal, il serait bientôt séparé de ceux qui le suivaient.

Mais c'était là précisément ce que le cavalier se sentait incapable de faire. Il est vrai qu'il tenait la bride, mais elle ne lui donnait que peu de prise sur l'animal. Le mors n'était point des plus perfectionnés, et il n'en connaissait pas le maniement; en somme, le vieux marin se sentait aussi inhabile à diriger sa monture que s'il avait été en présence d'un immense vaisseau ayant la barre de son gouvernail démontée. Du reste, pour justifier cette comparaison, le chameau se conduisait précisément comme un navire désemparé : tantôt dérivant dans cet océan de sable mouvant, tantôt escaladant les pentes sablonneuses ou les descendant comme si elles eussent été des vagues, ou bien avançant d'un mouvement uniforme comme une chaloupe sur une mer calme.

Ce qui différait par exemple beaucoup, c'étaient les réflexions du pauvre diable emporté par ce vaisseau du désert. Qu'elles eussent été autres ses impressions, s'il avait foulé de nouveau le pont d'un vrai navire !

— Arrêtez-le ! arrêtez-le ! cria-t-il dès qu'il sentit l'animal s'emporter. Hé ! qu'a-t-elle donc encore cette vieille brute ? Amarrons, et plus vite que ça. Il va falloir faire monter tous les hommes sur le pont pour serrer la voile. Du diable si je sais où elle veut aller. Ah ! vous avez beau rire, vous autres, c'est une maudite embarcation que celle-là ! C'est tout ce que je puis faire de maintenir le gouvernail dans la bonne direction. Allons, bon ! la voilà qui file sous le vent ! Que faire ?... Au secours !...

Au moment où le marin proférait ces dernières exclamations, l'animal redoublait de vitesse. Il fit entendre au même instant un cri étrange qui tenait du hennissement et de l'ébrouement, et que rien chez son cavalier n'avait pu déterminer.

Le chameau était déjà d'une centaine de pas en avant ; mais, après avoir poussé ce singulier cri de ralliement, il prit une allure si rapide, qu'il laissa loin derrière lui nos trois aspirants consternés, et bientôt ceux-ci ne virent plus que l'ombre fantastique de la bête et de son cavalier, qui s'allongeait démesurément sur le sable et qui disparut au détour d'une nouvelle dune.

XVI.

UNE DANSE INTERROMPUE.

Laissons nos pauvres amis occupés à se reprocher le court répit de gaieté qu'ils s'étaient permis, et qu'ils expiaient maintenant, et suivons le vieux marin et la monture qui l'emportait. Car c'était bel et bien un enlèvement, devant aboutir à quoi? Voilà ce que personne ne pouvait dire. Tout ce que Bill était en état d'apprécier, c'est qu'il avançait à raison de neuf à dix nœuds à l'heure, et qu'au lieu de se maintenir dans la direction qu'il aurait choisie, son vaisseau l'entraînait à l'intérieur des terres là où il avait de bonnes raisons pour tenir à ne pas aller.

Le vieux marin n'avait pas tardé à s'apercevoir qu'il n'avait pas le moindre contrôle sur la chamelle. Il avait tiré sur la bride et crié « halte », jusqu'à ce que ses mains et son gosier fussent fatigués, le tout en pure perte. L'animal ne tenait aucun compte de ses commandements réitérés, faisait la sourde oreille à ses raisonnements les plus irrésistibles, et ne cédait en rien aux sollicitations de la bride, qui semblait plutôt le déterminer à montrer un esprit de contradiction des plus provoquants. Il dressait de plus en plus son cou disgracieux et n'avançait qu'avec plus d'ardeur dans le sens inverse de celui où l'on cherchait à l'engager.

Il faut tout dire : il n'y avait guère de vigueur dans les tentatives faites par le marin pour l'arrêter, car il avait déjà fort à faire pour se maintenir sur son siège élevé, assis qu'il était sur la selle à la manière arabe, c'est-à-dire comme sur une chaise, les pieds appuyés sur le cou de sa monture. Cette position rendait son assiette très peu sûre ; mais aucune autre n'étant possible sur le dromadaire, force lui fut de s'en contenter.

Au moment où l'animal avait commencé à s'animer, Bill aurait pu se laisser glisser sur le sable sans grand danger de se faire mal. Il y avait même un moment songé ; mais la pensée que pendant ce temps la bête pourrait recouvrer sa liberté et s'enfuir, l'avait décidé à rester dessus dans l'espoir de s'en rendre maître.

Lorsqu'il eut enfin acquis la certitude qu'au lieu d'être venu à bout de sa monture, c'était elle au contraire qui faisait de lui ce qu'elle voulait, il était trop tard pour descendre sans de grands risques ; car non seulement elle allait si vite, que c'eût été s'exposer à une chute dangereuse, mais de plus elle avait quitté les sables unis, pour s'engager dans une gorge profonde, dont le fond tout raviné était plein d'éclats de rochers, qui du reste ne ralentissaient en rien sa marche.

Il ne fallait donc pas songer à mettre pied à terre, et Bill s'accrochait à l'animal avec toute l'énergie de ses mains crispées. Il avait continué ses cris quelque temps encore après avoir perdu de vue ses compagnons ; mais, voyant l'inutilité de ses appels, il les avait cessés et continuait sa course en silence.

Comment se terminerait-elle? Où le chameau le conduisait-il? Les pensées qui se présentaient à son esprit en réponse à ces questions n'étaient pas de nature à calmer les appréhensions du digne homme.

L'animal reniflait le vent tout en courant, et semblait attiré par une attraction irrésistible. Et quelle autre attraction pouvait exister pour lui en dehors de son campement, de la tente du maître loin duquel il avait erré, et vers qui il revenait avec toute la célérité que lui permettaient ses grandes jambes? Malheureusement ce maître était sans aucun doute un habitant du désert, un de ces hommes contre lesquels Bill avait si sérieusement mis en garde ses jeunes compagnons.

Le vieux marin n'eut pas le loisir de se livrer à de longues conjectures, car le dromadaire arrivait au tournant d'une colline d'où son œil put embrasser une scène qui réalisa ses pires craintes.

Une petite vallée entourée de montagnes s'étendait devant lui ; sa surface poudreuse et grisâtre était parsemée de taches que la lune, brillant dans un ciel d'azur, révélait pour des touffes d'herbe et des buissons de mimosas.

Vers le centre de ce vallon, s'élevait à plusieurs pieds au-dessus du niveau de la terre une demi-douzaine d'objets sombres. A leur grandeur et à leur forme, Bill reconnut les tentes d'un camp de Bédouins. Le vieux loup de mer, il est vrai, n'en avait jamais vu; mais il ne pouvait s'y tromper, malgré la rapidité de la course qui l'empêchait de voir bien distinctement.

En quelques secondes toutefois il fut assez proche pour mieux distinguer les alentours des tentes. Elles étaient groupées dans un espace circulaire d'une vingtaine de mètres de diamètre, au milieu duquel allaient et venaient des hommes, des femmes et des enfants. Mêlés à ce fouillis humain, on voyait des groupes d'animaux de différentes espèces : des chevaux, des chameaux, des moutons, des chèvres et des chiens. Ce tableau mouvant était parfaitement visible à la lueur argentée de la lune.

On entendait des voix criant, chantant, s'accompagnant d'une sorte de musique tirée de quelque instrument grossier, et les formes humaines se mêlaient, puis se dégageaient dans une ronde tourbillonnante, au centre de laquelle sa monture l'emportait à toute vitesse.

Le camp était appuyé à la base de la colline. Bill venait de se décider à se jeter bas, coûte que coûte, mais le temps lui manqua. Avant d'avoir pu prendre son élan, il comprit qu'il était découvert.

Un cri simultané, parti des tentes, ne lui laissa aucun doute à cet égard. Il était trop tard pour tenter de fuir, et il resta immobile sur sa selle, frappé de stupeur et cherchant à se dissimuler de son mieux.

Le chameau, accueilli par les appels de ses camarades, répondit par un hennissement sonore et se précipita dans le cercle des danseurs. Alors, au bruit des acclamations des hommes, des glapissements des femmes, des cris des enfants, des ébrouements des chevaux et des dromadaires, des bêlements des moutons et des chèvres, et des aboiements d'une vingtaine de chiens, la chamelle s'arrêta si brusquement, que son cavalier, pris à l'improviste, fut projeté à plusieurs pieds en l'air et retomba fort étourdi tout de son long sur le sol.

Ce fut avec ce cérémonial que le vieux Bill fit son entrée au milieu du camp des Arabes.

XVII.

RÉCEPTION TRAGI-COMIQUE. — LES DEUX CHEIKS. — TRISTE DÉBAT.

Inutile de constater que l'arrivée de l'étranger produisit quelque surprise parmi la foule des adeptes de Terpsichore, au sein de laquelle il se trouvait introduit d'une manière si peu courtoise. Cette surprise cependant ne fut pas aussi grande qu'on aurait pu s'y attendre. Un marin en uniforme anglais, avec jaquette et large culotte de drap, coiffé d'un chapeau verni, devait être, ce semble, une curieuse apparition pour des hommes vêtus de burnous, à longues robes de couleurs voyantes, portant des sandales aux pieds, et la tête couverte de fez et de turbans. Il n'en fut rien.

La surprise qu'ils témoignèrent provenait uniquement du sans-façon de cette arrivée; aux premières exclamations succédèrent bientôt d'immenses éclats de rire. Les animaux eux-mêmes semblèrent se tordre les côtes avec tous les spectateurs de cette scène, d'autant plus comique que le dromadaire, maintenant son long cou penché sur sa victime, avait l'air d'un maître des cérémonies procédant réellement à son introduction. C'était burlesque au possible.

Ce fut au milieu d'une hilarité universelle que le marin se releva. Cette réception eût été bien faite pour le déconcerter, s'il avait assez retrouvé ses sens pour comprendre ce qui se passait. Mais tout abasourdi par sa chute, il ne s'était remis sur pieds qu'avec l'intention de fuir pareille compagnie.

Après avoir fait quelques pas en trébuchant, il revint complètement à lui, et envisagea plus clairement sa situation. Toute espèce de salut par la fuite était hors de question.

Hélas! il était bel et bien prisonnier d'une bande de Bédouins, et des plus redoutables de toute l'Afrique : ceux qui écument les côtes, en quête des épaves vivantes ou flottantes échappées aux naufrages.

Le marin n'était guère préparé à la vue qui vint tout à coup frapper son regard : à l'entrée d'une tente se trouvaient amoncelées les choses que l'on s'attendait le moins à rencontrer au sein du grand désert. Parmi ces objets familiers à un matelot, s'en trouvait un certain nombre qui, peu de jours auparavant, avaient été la propriété incontestée du vieux Bill. Un peu plus loin, également sous la garde d'une sentinelle, s'élevait une autre pile d'agrès, de cordages, de débris divers, provenant les uns de la cambuse, les autres du tillac ou de la cabine, et ainsi de suite à l'infini. Plus de doute possible quant au navire auquel tout cela avait appartenu. C'était là tout ce qui restait de la pauvre corvette, si fringante au départ, qui les avait amenés vers cette côte inhospitalière.

Bill chercha aussitôt autour de lui s'il n'apercevrait personne de l'équipage. D'autres, comme lui et ses trois compagnons, auraient pu atteindre le rivage sur des barils, des espars ou tout autre fragment. Il ne découvrit rien qui le confirmât dans cette opinion. Nul n'était en tout cas tombé entre les mains de ces rôdeurs de côtes, à moins qu'ils ne fussent enfermés à l'intérieur des tentes, ce qui était peu probable. Ils s'étaient vraisemblablement tous noyés, ou avaient succombé à un sort plus terrible encore entre les mains des pillards.

Les circonstances dans lesquelles Bill se livrait à ces hypothèses peu rassurantes devaient les lui faire considérer comme à peu près certaines. Il était à la fois tiré et poussé par deux hommes armés de longs cimeterres recourbés, se disputant, selon toute apparence, pour savoir lequel lui porterait le premier coup.

Ces hommes étaient des cheiks rivaux, ainsi que l'indiquait la troupe des spectateurs, divisés en deux camps, armés et groupés chacun derrière son chef, avec des intentions tout aussi hostiles à la conservation de la tête du vieux marin.

La voyant si compromise, Bill fut quelques secondes, après avoir été lâché, à se demander si elle tenait encore sur ses épaules. Il ne pouvait comprendre un traître mot à tout ce qui s'échangeait entre les parties rivales.

Au bout de quelques instants, il finit cependant par deviner, non par leurs paroles, mais par leurs gestes, ce qui se passait entre elles. Les longs cimeterres qui battaient l'air n'en voulaient point à son cou, mais leurs pacifiques propriétaires s'en menaçaient mutuellement. Le vieux marin reconnut que les cheiks se disputaient à son sujet ; que le camp se composait de deux chefs et de deux tribus momentanément associées dans un but de pillage. Ceci était d'autant plus évident, que le butin de la corvette était divisé en deux parts soigneusement gardées à vue devant la tente de chaque chef.

Ce ne fut qu'au milieu des plus grandes difficultés que le vieux matelot en arriva à ces conclusions ; car, pendant tout ce temps, il se voyait tiré tour à tour par les deux hommes qui voulaient s'assurer la possession de sa personne ; et à peine avait-il une minute de répit d'un côté, que, la lutte recommençant, il se trouvait entre les mains du cheik rival.

Chacun d'eux prétendant avoir sur lui un droit égal, la position était donc véritablement des plus graves.

Il existait cependant de grandes différences physiques entre les deux rivaux. L'un était un petit individu maigre, dont la face jaune et hâlée, les traits durs et anguleux, révélaient l'origine arabe, tandis que l'autre, d'un noir d'ébène, avait une stature herculéenne, une face largement épanouie, un nez camard, des lèvres épaisses et une tête énorme, surmontée d'une crinière laineuse toute hérissée qui en doublait le volume.

Le cheik arabe voulait s'emparer du marin, parce qu'il savait qu'en l'emmenant vers le nord, il pourrait le vendre avantageusement soit aux marchands juifs de Wedmoon, soit aux consuls européens de Mogador. Ce n'eût point été le premier naufragé des côtes du Sahara qu'il aurait de cette façon rendu à sa patrie et à ses amis, non par aucun sentiment d'humanité, mais à cause du profit qu'il en retirait.

Son rival noir avait un but à peu près identique, mais qu'il poursuivait par des moyens différents. C'était vers le sud qu'il voulait l'entraîner, au centre de son commerce, à Tombouctou. Si peu estimé que fût parmi les marchands arabes un homme blanc, considéré comme esclave de valeur, le cheik nègre savait qu'il pourrait en tirer un bon prix, ne fût-ce que pour le faire figurer dans le cortège de quelque sultan de l'intérieur.

Après plusieurs minutes de menaces et de discussions violentes, les cimeterres rentrèrent dans le fourreau, et, à la grande stupéfaction de Bill, la tranquillité fut soudain rétablie sans qu'une goutte de sang eût été versée.

La contestation n'était cependant point terminée. Les deux cheiks parlaient longuement tour à tour, entassant chacun arguments sur arguments, sans pour cela parvenir à convaincre son adversaire. Bien qu'il ne comprît pas un mot de ce qui se disait, Bill devina que le chef bédouin le réclamait comme sa propriété, en s'appuyant sur ce que le chameau qui l'avait amené dans le camp lui appartenait. A cela le noir répondait en désignant les deux tas de butin, dont l'un était effectivement plus petit ; il avait l'air d'alléguer que, sa part n'ayant pas été répartie fort équitablement, la possession du prisonnier rétablirait l'équilibre.

A ce moment critique, survint un troisième individu. C'était un tout jeune homme, qui paraissait avoir quelque crédit auprès des belligérants. Bill jugea qu'il intervenait comme médiateur. Quelle que fût sa proposition, elle parut satisfaire les deux parties, et l'on se prépara à clore le différend de quelque autre manière.

Les deux chefs, accompagnés de leurs partisans, se rendirent vers un terrain uni et sablonneux situé tout près du camp.

Un carré fut tracé dans le sable ; puis on y creusa plusieurs rangées de petits trous ronds, après quoi les deux rivaux se placèrent aux deux extrémités. Chacun s'était déjà procuré un certain nombre de balles de fiente de chameau, qui furent placées dans les trous, et la partie de *helga* commença.

Notre vieil ami Bill en était l'enjeu.

Le jeu consistait dans le changement des balles d'un trou dans un autre, un peu semblable aux mouvements des dames sur un damier. Pas un mot ne fut échangé durant le cours de la partie. Les deux adversaires étaient accroupis l'un en face de l'autre, avec autant de gravité que deux joueurs d'échecs.

Mais à peine la partie finie, le bruit recommença de plus belle. Il y eut des acclamations de triomphe de la part du vainqueur et de ses partisans, des malédictions de la part des autres. Bill reconnut ainsi qu'il appartenait au chef nègre, et celui-ci s'empressa d'affirmer son droit en s'emparant sans retard de sa personne.

Mais le marin avait sans doute été gagné sous certaines conditions spéciales, car il se vit bientôt dépouillé de ses vêtements, même de sa chemise et de ses souliers, et le tout fut remis à l'autre cheik. Puis, dans cette condition peu enviable, le vieux Bill fut conduit à la tente de son maître et placé comme une nouvelle pièce de butin sur la pile d'objets qui se trouvait à l'entrée.

Le pauvre vieux marin n'avait rien à objecter à cet arrangement qui le dépouillait d'une façon si complète, mais il espérait au moins souffrir en silence. En ceci l'infortuné fut déçu.

Pendant la partie, il était devenu le point de mire de tous les yeux. Les femmes surtout et les enfants le dévisageaient à loisir. Dans le faible espoir d'éveiller chez les premières quelque compassion, il s'évertuait à leur faire comprendre par signes qu'il était à demi mort de faim. Ne semblait-il pas qu'il pût espérer quelque soulagement à ses souffrances, de ces êtres qui représentent généralement ce qu'il y a de meilleur dans l'humanité? Heureux fut-il pour le vieux marin de ne s'être bercé que de bien faibles illusions à cet égard, car le désappointement n'en eût été que plus cruel.

Il connaissait par-ouï dire le caractère de ces mégères du Sahara et savait l'accueil qu'elles réservent aux malheureux qui leur tombent entre les mains; aussi ne fut-il que médiocrement déçu par leur insensibilité, leur dureté complète.

Il n'y a peut-être pas de pays où les femmes soient aussi dépourvues de toutes les vertus qui font ailleurs leurs plus grands charmes. Esclaves dégradées, même quand elles ont reçu le titre sacré d'épouses, elles sont plus maltraitées que les animaux dont elles ont la charge et que leurs propres servantes, avec lesquelles elles vivent presque sur un pied d'égalité. Ces cruels traitements, dans la généralité des cas, au lieu de produire dans le cœur des victimes un sentiment de tendre sympathie pour les souffrances des autres, ont l'effet contraire. Il semble qu'elles trouvent une sorte de soulagement à leur misère en imitant la cruauté de leurs maîtres et en l'exerçant sur d'autres.

C'est ainsi qu'au lieu d'obtenir quelque compassion, le malheureux marin se vit en butte à toutes les insultes possibles, non seulement en paroles — celles-là lui échappaient — mais encore en action.

Pendant que ses oreilles étaient assourdies par les injures, et ses yeux aveuglés par le sable qu'on lui jetait à pleines mains, tandis qu'on lui crachait au visage, l'infortuné se sentait le corps labouré par le bâton, la peau lardée de piqûres, les favoris tirés jusqu'à dislocation de ses mâchoires, et ses cheveux étaient arrachés de son crâne par poignées. Tout cela avec accompagnement de cris et de rires qui semblaient échappés à des démons ou à des forcenés.

En agissant ainsi, ces furies suivaient les enseignements de leur religion fanatique. Elles croyaient bien faire, étant donné qu'elles avaient en leur présence un infidèle, un contempteur des lois de Mahomet, un homme qui ne courbait pas le front devant les enseignements du prophète! C'était un crime irrémissible aux yeux de ces malheureuses créatures à l'intelligence étroite.

Si le marin avait été nourri dans les mêmes croyances qu'elles, il en eût été tout autrement; et si maigre que soit en toutes saisons la chère du désert, il eût été admis à y prendre part suivant ses besoins.

En vain le vieux loup de mer lançait-il ses injures les plus énergiques; en vain criait-il à tue-tête : « Arrière, laissez-moi! » en vain alternait-il par des regards et des gestes suppliants, rien n'y faisait; au contraire, cela paraissait redoubler l'entrain et l'énergie de ses persécutrices.

Parmi elles se remarquait entre toutes par son acharnement une femme nommée Fatma. Malgré cette appellation poétique, Bill avait mille raisons de trouver qu'un aussi joli nom était bien mal placé sur une pareille créature.

Petite, maigre, avec une peau tannée qui n'avait rien de séduisant, elle avait dit adieu depuis longtemps à la jeunesse ; ses dents œillères s'avançaient de chaque côté, de manière à maintenir toujours soulevée la lèvre supérieure, avantage inappréciable pour découvrir toute une denture d'un blanc d'ivoire. Toutefois, notre ami Bill, n'étant pas au courant des modes du lieu, ignorait que ce fût du dernier bon genre, et trouvait, non sans raison, que cet agrément lui donnait une peu flatteuse ressemblance avec l'hyène.

Des colliers de perles noires s'étalaient sur la poitrine ridée de cette belle du désert. Des cercles en os maintenaient ses cheveux crépus, des bracelets et des bandelettes ornaient ses poignets et ses chevilles; tout en elle, en un mot, décelait une certaine suprématie, et Bill en conclut que ce devait être une sultane ou une reine.

En effet, lorsque le cheik noir fut venu prendre possession du matelot et le couvrir de sa protection, afin qu'un bien si chèrement disputé ne souffrît plus aucun dommage, Fatma le suivit dans sa tente avec toutes démonstrations indiquant, sinon une sultane favorite, du moins la présidente du harem.

XVIII.

EN QUÊTE DU MARIN. — PRESQUE ABANDONNÉ A SON MALHEUREUX SORT.

Nous l'avons déjà dit, la gaieté de nos jeunes aspirants avait été brusquement tarie par la disparition de Bill. A cette vue, tous trois s'arrêtèrent subitement et se regardèrent avec la plus vive inquiétude.

Il était clair que l'animal emportait de force le vieux marin, dont les cris et les appels désespérés prouvaient du reste que le *navire du désert* n'obéissait nullement au contrôle de son pilote.

Nos jeunes amis s'étonnèrent d'abord de ce que Bill ne se laissait pas glisser à terre, puisqu'en le faisant, il ne courait aucun risque de se blesser; puis, à la réflexion, ils supposèrent que leur vieux camarade conservait encore l'espoir d'arriver à diriger sa monture, et qu'il ne voulait à aucun prix s'exposer à la perdre. Ce qu'il y avait de plus inquiétant, c'était l'allure fougueuse prise par l'animal. Jusque-là il avait marché lentement et avec une docilité qui enchantait ses nouveaux possesseurs, et voilà que, sans raison apparente, il semblait lui pousser des ailes. N'était-ce pas un indice certain que sa demeure ou ses compagnons d'habitude se trouvaient dans cette direction et qu'il se pressait pour les rejoindre?

Ceci n'était que trop plausible. Une fois le premier moment de surprise passé, nos trois aspirants tinrent conseil. Valait-il mieux attendre sur place le retour de Bill, ou suivre ses traces pour essayer de le rattraper?

Mais qui pouvait dire s'il reviendrait jamais?

S'il était emporté dans un camp de barbares, il serait, suivant toute probabilité, considéré comme prisonnier et gardé comme tel. Cependant serait-il assez simple pour permettre à la chamelle de le conduire au milieu de ses ennemis? Assurément non.

Durant le cours de cette longue consultation, les trois jeunes gens restèrent les yeux fixés sur l'ouverture par laquelle l'animal avait disparu. Rien n'était visible que les clairs rayons de la lune se jouant sur un sable d'une blancheur éblouissante.

Tout à coup ils crurent entendre des voix humaines et des cris d'animaux. Colin affirmait que ce n'était point une illusion ; ses deux camarades en étaient beaucoup moins convaincus.

N'eût été le bruit incessant des lames qui roulaient presque jusqu'au point où ils étaient arrêtés, les trois jeunes gens n'auraient conservé aucun doute à cet égard. Colin déclara enfin que ces sons discordants s'élevaient pour sûr d'un camp. Ses compagnons, connaissant la finesse de son ouïe, crurent à ses paroles.

De toutes manières il ne leur fallait pas rester où ils étaient. Si Bill ne revenait pas, ils se faisaient un point d'honneur de ne pas l'abandonner et de chercher à le découvrir. Si, au contraire, il revenait vers eux, ils le rencontreraient sans doute dans l'étroite passe par laquelle il avait disparu.

Ce point réglé, les trois aspirants se mirent résolument en marche vers l'intérieur du pays et s'engagèrent dans le funeste passage.

Ils n'avançaient qu'avec précaution. Colin se montrait toujours le plus prudent des trois. Le jeune Anglais n'avait pas autant de méfiance que lui des indigènes; et quant à O'Connor, il persistait à croire qu'il ne pouvait y avoir grand danger à rencontrer des humains, quels qu'ils fussent, et continuait à appeler de ses vœux pareille occurrence, qu'il gratifiait de bonne fortune.

— Du reste, disait-il, Colin prétend qu'il distingue des voix de femmes et d'enfants : il est impossible qu'un homme en compagnie de sa femme et de ses enfants puisse être une brute comparable à celles que l'on nous a dépeintes. Ce sont des contes à dormir debout, des inventions de marins pour faire trembler à la veillée les sœurs et les cousines. En avant donc! S'il y a un camp, hâtons-nous d'y arriver. Qui n'a entendu parler de l'hospitalité arabe?

— On l'a peut-être bien surfaite, répondit le jeune Anglais.

— Tu la juges bien sainement, dit Colin; j'ai des raisons toutes spéciales pour ne pas trop me fier aux récits de certains auteurs. J'ai été moi-même témoin de faits peu en rapport avec cette hospitalité tant vantée. Cela passerait encore si nous étions mahométans comme.... Chut ! écoutez maintenant.

Le jeune homme s'était arrêté ; les autres suivirent son exemple et prêtèrent l'oreille. On entendait distinctement des voix d'hommes, de femmes, d'enfants, se mêlant à celles de divers animaux dans une discordante harmonie. C'était l'instant où les deux cheiks se disputaient la possession de Bill. A tout ce bruit succéda un silence profond, au moment où se jouait le *helga* sur le vaste échiquier du désert.

Pendant cet intervalle, les aspirants s'étaient avancés dans la ravine et avaient rampé autour des monticules qui entouraient le camp. Cachés par les mimosas épars et favorisés par la lune, ils purent voir tout ce qui se passait au milieu des tentes.

Ce qu'ils virent là ne confirmait que trop les pires craintes du jeune Ecossais, et ses compagnons désolés y laissèrent la dernière de leurs illusions.

Bill leur apparaissait dans son triste état de nudité, environné d'une troupe de femmes ou plutôt de mégères qui rivalisaient d'ardeur dans la noble tâche d'infliger au patient une souffrance plus raffinée que la précédente.

Ils furent également témoins du moment de répit que l'intervention du chef procura à l'infortuné ; malgré cela, leur confiance dans cette horde d'Arabes ne leur revint pas du tout. Ils comprirent que Bill, loin d'être traité comme un hôte, était considéré comme un ballot de marchandises que le cheik ne désirait pas voir par trop détérioré. C'était une précaution de négociant intelligent, et nullement un égard dû à l'homme par son semblable.

Les trois jeunes gens se communiquaient leurs réflexions à voix basse. Laisser leur vieux camarade en de telles mains était une désolante perspective. Il leur semblait renouveler le cruel abandon auquel le flot les avait contraints vingt-quatre heures auparavant, et c'était pis encore. La marée montante leur paraissait miséricordieuse à côté des hideuses furies qui torturaient leur malheureux ami.

Et pourtant que pouvaient-ils, avec leurs trois poignards, contre cette horde farouche, armée de fusils et de cimeterres? Malgré leur bravoure et leur généreuse ardeur, c'eût été folie d'essayer un coup de main en faveur de Bill. Ils le sentirent.

Il fut donc décidé qu'on abandonnerait à son triste sort l'infortuné marin, comme on l'avait déjà fait sur la pointe de sable. Seulement les vœux et les prières de ses jeunes amis l'accompagneraient comme alors, dans l'espoir qu'il pourrait une fois de plus échapper à son fatal destin.

Cette résolution prise, bien qu'il leur en coûtât, ils ne songèrent plus qu'à mettre le plus de distance possible entre eux et ces tristes échantillons de l'humanité.

XIX.

RETRAITE PRUDENTE. — UN SINGULIER QUADRUPÈDE.

La ravine à travers laquelle le chameau avait emporté notre vieil ami Bill courait perpendiculairement au rivage, et presque dans une ligne droite de la côte à la vallée où les Arabes avaient élu domicile. On ne pouvait dire toutefois qu'elle débouchât dans la vallée ; car, à son issue, le simoun avait élevé une barrière qui réunissait les deux chaînes parallèles formant les côtés de la ravine. Cette barrière n'était pas aussi haute que les collines dont elles fermaient l'accès, bien qu'elle fût élevée d'une centaine de pieds. Sa crête, vue en profil, avait la forme recourbée d'une selle, dont la concavité serait tournée en haut.

C'était de ce col élevé que les aspirants avaient commencé à apercevoir les tentes arabes. S'il eût fait grand jour, ils n'auraient pas eu besoin d'avancer davantage pour se rendre compte de ce qui s'y passait; mais, au clair de lune, ils n'avaient pu qu'entrevoir des formes trop indistinctes pour leur permettre de juger de ce qui avait lieu dans le camp. C'est ce qui les avait obligés à s'avancer beaucoup plus près en se glissant en bas de la pente sablonneuse, et, de là, de quartiers de roc en buissons, et de buissons en quartiers de roc.

En revenant sur leurs pas pour regagner la plage, les trois aspirants usèrent également de précautions, mais peut-être pas autant que pour arriver au camp. Leur désir de mettre une sage distance entre eux et les barbares citoyens du désert leur avait enlevé un peu du sang-froid que les circonstances commandaient. Il ne faudrait pas en conclure cependant qu'ils se fussent abandonnés à une terreur extrême, car tous les trois arrivèrent au bas de la pente sans avoir commis la moindre imprudence qui pût leur faire redouter d'avoir été aperçus.

Mais le point le plus périlleux restait à franchir. Jusque-là, s'étant maintenus à l'ombre, ils n'avaient point couru grand risque d'être vus, la lune n'éclairant pas le côté qu'ils avaient à gravir. Maintenant, pour traverser le sommet du col de sable, ils auraient la lune en face d'eux, et c'était alors que les yeux perçants des Arabes ne pourraient manquer d'apercevoir trois formes bizarres dont les ombres se projetteraient au loin, peut-être jusqu'au camp lui-même.

Les jeunes gens s'étonnaient que la lune ne les eût pas déjà trahis. Ils en concluaient que les Bédouins avaient été probablement trop occupés de leur capture inattendue pour songer à autre chose.

Il en était tout autrement à l'heure actuelle : une tranquillité relative était revenue dans le camp ; on allait, on venait en vaquant aux derniers devoirs de la journée ; et n'ayant aucun intérêt à regarder ailleurs, il devenait possible et naturel que les regards se portassent du côté de l'astre des nuits ; et dans ce cas, s'ils étaient aperçus au beau milieu de la selle, ils étaient découverts.... et perdus !

Que faire cependant ? Il n'y avait point d'autre chemin à prendre pour sortir de la vallée. Elle était de toutes parts entourée de dunes escarpées sur lesquelles la lune brillait avec le même éclat. Un chat n'aurait pu y faire sa promenade nocturne sans être vu des tentes, eût-il été de la couleur du sable lui-même.

Les jeunes gens se consultèrent en toute hâte. Il n'y avait rien à gagner en revenant en arrière, en obliquant à droite ou à gauche. Il n'y avait pas d'autre chemin à prendre que de gravir la montagne en face et de couper aussi rapidement que possible à travers le creux de la selle.

On aurait pu, il est vrai, attendre la disparition de la lune. Cette sage idée était venue au prudent Ecossais, et il eût été à souhaiter que ses compagnons l'adoptassent. Mais ils ne voulurent pas en entendre parler. Ce qu'ils avaient vu de la civilisation des peuplades du Sahara leur avait inspiré un profond désir de n'en être pas une seconde fois témoin. Et les infortunes imméritées de Bill leur faisaient souhaiter à tout prix d'éviter de s'associer à son sort.

Colin n'insista pas. Il partageait la répulsion de ses deux amis pour cette horde fanatique et retira purement et simplement sa proposition. Sans plus tarder, les trois amis commencèrent alors leur ascension.

A mi-côte, ils firent halte, mais non pas pour reprendre haleine. Des garçons aussi bien constitués que nos aspirants, à qui deux minutes eussent suffi pour atteindre le sommet du grand mât, ne pouvaient être fatigués pour si peu. Au lieu d'une montée de cent pieds, chacun d'eux eût escaladé en se jouant le sommet du Snowdon.

Cet arrêt subit et simultané provenait d'une autre cause. Ils venaient d'apercevoir un animal d'une forme étrange, qu'aucun d'eux n'avait jamais encore rencontré. Ils avaient bien quelque vague souvenir d'avoir vu dans les muséums un quadrupède ressemblant à celui-là, mais cela ne les aidait en rien à identifier le nouveau venu.

Il n'était pas plus gros qu'un chien du Saint-Bernard, un terre-neuve ou un mâtin, mais paraissait plus long. Si le corps avait une ressemblance avec la forme canine, il n'en était point ainsi de la tête, excessivement grotesque, large, carrée, et qui semblait plantée sur ses épaules. Les membres de devant, plus longs que ceux de derrière, hors de toute proportion, donnaient à la colonne vertébrale une brusque inclinaison vers la queue. Ce dernier appendice, court, touffu, se terminant brusquement comme s'il avait été coupé, n'ajoutait rien à la grâce de l'animal. Sur son dos, une crinière épaisse de soies dures étendait ses chevaux de frise le long de son large cou et venait finir entre les deux oreilles droites et poilues.

Nos amis avaient tout le loisir d'observer ce curieux quadrupède. Il se trouvait sur la crête de l'élévation vers laquelle ils se dirigeaient. La lune brillait derrière lui, de sorte qu'aucun de ses mouvements ne pouvait leur échapper. Il marchait de long en large, comme une sentinelle vigilante montant sa garde avec une régularité géométrique, sans s'écarter d'une ligne du trajet qu'il s'était fixé, d'un des côtés figuratifs de la selle à l'autre côté, et *vice versâ*, sans une minute d'arrêt.

Indépendamment de la surprise que la présence de cet animal causait à nos jeunes gens, il y avait dans son aspect quelque chose qui les effrayait. Peut-être que s'ils eussent connu ses habitudes ou seulement son nom, ils auraient été moins inquiétés par sa présence, et auraient continué leur marche sans délai dangereux, tandis qu'ils s'arrêtèrent pour délibérer. Harry Blount lui-même, malgré cette ardeur juvénile qui l'empêchait d'apprécier sainement le danger, considérait prudemment l'animal avant de l'attaquer.

On ne peut nier que cet obstacle imprévu n'eût sa valeur et ne donnât à penser. Un animal — que le clair de lune et leur crainte aussi, sans doute, leur faisaient paraître fantastique et gros comme un .aureau — leur disputant le passage avec cette impétuosité et cette ténacité, devait nécessiter une prompte résolution. Et puisqu'on ne pouvait songer à revenir en arrière, il fallait à tout prix s'ouvrir la route de la liberté et du salut.

D'un commun accord les jeunes gens tirèrent leurs poignards et s'avancèrent en ligne de bataille vers le milieu de la dune. Le diable lui-même eût reculé devant un tel assaut.

L'Angleterre, l'Ecosse et l'Irlande représentées toutes les trois par un de leurs fils les plus généreux, était-il sur la terre un bipède ou un quadrupède qui pût résister à une pareille charge?

En tout cas, s'il en existait un, ce n'était pas celui qui oscillait de chaque côté de la selle de sable comme un balancier de pendule. Longtemps avant que les trois représentants des royaumes-unis se fussent avancés assez près pour juger du caractère de l'ennemi, celui-ci avait disparu, non sans les saluer de façon à les plonger dans un doute profond sur sa véritable nature, par des éclats de rire immodérés rappelant ceux d'un fou.

Que conclure ?

Il n'y avait pas à en douter, c'était Satan lui-même ou un de ses satellites éthiopiens.

XX.

LA CHASSE. — UN ASILE AQUATIQUE.

L'étrange créature qui menaçait de leur disputer le passage ayant disparu en leur laissant le champ libre, nos trois braves enfants n'y pensèrent plus et revinrent à leur unique préoccupation, qui était de passer la dune sans être vus du camp.

Ils remirent leurs armes au fourreau et continuèrent d'avancer avec les mêmes précautions qu'auparavant.

Peut-être auraient-ils réussi dans leur délicate entreprise, n'eût été une circonstance à laquelle ils n'avaient dès l'abord attaché aucune importance. Trop heureux de voir l'ennemi fuir sans conteste, ils ne s'étaient point alarmés de l'étrange et bruyante salutation finale du quadrupède ; mais elle avait atteint d'autres oreilles que les leurs. Il en résulta que les Arabes se tournèrent pour examiner l'endroit d'où partait le bruit. Pour eux toutefois ce bruit n'avait rien que de très naturel, c'était la voix bien connue d'une de leurs compatriotes, l'*hyène rieuse*.

Aussitôt les enfants effrayés se précipitèrent en piaillant sous les tentes, comme une couvée de poussins, et les mères s'élancèrent de tous côtés avec de grands cris pour les rassembler et les tenir sous leur protection immédiate. Le voisinage d'une hyène affamée, surtout de cette espèce, avait bien de quoi jeter l'alarme, car elle ne rôdait autour du camp que dans l'espoir de trouver l'occasion d'assouvir sa faim avec la chair d'un de ces jeunes descendants d'Ismaël.

Le cri de l'animal avait donc produit une véritable panique dans la partie féminine du camp. Sur la partie masculine il eut un effet différent; chacun convoita aussitôt la possession de l'animal, tant pour sa chair, qui ajouterait à leurs maigres ressources culinaires, — elles ne sont pas difficiles, ces malheureuses peuplades du Sahara — que pour sa peau, brillant trophée dont l'heureux chasseur pourrait décorer sa tente. Plusieurs hommes s'armèrent donc en toute hâte et partirent à la découverte.

Comme ils couraient dans la direction où les rires s'étaient fait entendre, ils aperçurent, non plus une hyène, mais trois êtres humains que la lune inondait de ses clartés. Les moindres particularités de leurs vêtements étaient visibles. Les jaquettes de drap bleu, les boutons jaunes, les casquettes galonnées d'or, les firent aussitôt reconnaître pour des marins. Et sans attendre une seconde, tous les hommes s'élancèrent hors du camp, en poussant des exclamations de surprise et de joie.

Quelques-uns partirent à pied, comme ils s'étaient disposés à le faire pour la chasse à l'hyène ; d'autres montèrent sur leurs chameaux les plus rapides, tandis que le petit nombre de ceux qui possédaient des chevaux les sellèrent en toute hâte et partirent au galop.

Inutile de dire que nos trois aspirants ne savaient maintenant que trop bien ce qui les menaçait. Ils avaient entendu les clameurs des Arabes et les avaient vus courir aux armes et se préparer à la poursuite en agitant comme des fous leurs longs bras décharnés.

Ils n'attendirent pas pour en voir davantage. Rester où ils se trouvaient était hors de question; car ils ne tarderaient pas à être faits prisonniers, chargés de liens et transportés dans la vallée, qu'ils avaient tant souhaité de fuir. Ce qu'ils avaient pu deviner du traitement subi par le vieux matelot leur faisait préférer toute autre alternative à celle-là.

Sous le coup de craintes trop fondées, ils se détournèrent de leurs persécuteurs et descendirent l'autre versant de la ravine, qu'ils déploraient si amèrement d'avoir jamais franchie.

Comme la gorge n'était pas très longue et qu'ils n'avaient qu'à descendre, ils ne mirent pas longtemps à la parcourir et à se retrouver sur le terrain plat qui formait le rivage.

Dans leur fuite précipitée, ils ne s'étaient pas rendu compte pourquoi ils se dirigeaient vers la mer. Ils n'avaient certes aucune chance d'échapper dans cette direction. Il est vrai qu'ils n'en avaient pas plus, quelque parti qu'ils prissent. Comment échapper à pied à une poursuite montée? La nuit était trop claire pour se cacher, surtout dans un pays où il n'y a ni buissons ni taillis.

Cependant il y aurait eu peut-être un moyen de dérouter les Arabes. C'eût été de s'enfoncer dans les dunes, et de se tenir immobiles dans une de ces nombreuses cavités latérales qu'ils avaient remarquées la nuit précédente, et qui les eussent dérobés pour un temps aux yeux de lynx de ces fils du désert.

Ils en avaient rencontré plus d'une en descendant la ravine; mais, emportés par leur élan, ils les avaient dépassées, sans songer qu'ils négligeaient la seule possibilité de salut qui leur fût offerte sur cette plage inhospitalière.

Ce n'était, il est vrai, qu'un moyen bien chanceux; et, comme nous l'avons dit, il se présenta à eux trop tard, c'est-à-dire lorsqu'ils étaient déjà hors de la gorge et se trouvaient sur la plage à deux cents mètres de la mer. Là ils firent halte, d'abord pour reprendre haleine, puis pour aviser au plus pressé.

Il n'y avait pas de temps à perdre; et comme ils s'arrêtaient, leurs visages tournés les uns vers les autres, la lune éclaira des lèvres et des joues blêmies par la terreur.

Pour la première fois se présentait à leur esprit la conviction qu'il n'y avait aucun moyen d'échapper à leurs ennemis. Ils étaient là sur le sable blanc, presque aussi visibles que trois corbeaux au milieu d'un champ couvert de six pieds de neige.

Ils ne pouvaient songer à revenir vers les dunes, qui leur apparaissaient maintenant sous leur véritable jour, et cette mer vers laquelle ils avaient fui instinctivement, était là roulant de grandes vagues, ainsi qu'elle le faisait la veille lorsqu'elle les avait rejetés de son sein, et leur présentant un aspect irrité comme pour leur interdire tout espoir.

Et cependant pourquoi leurs regards se reposaient-ils sur elle avec une telle fixité, comme si une idée commune germait à la fois dans leurs cerveaux ?

Devant eux s'étendait à fleur d'eau, à une encâblure à peine, une ligne de brisants parallèle au rivage, faible obstacle sur lequel le flot s'acharnait de manière à le couvrir d'écume et quelquefois d'une longue traînée de vagues.

Ce fut Térence qui le premier donna une voix aux pensées qui les agitaient.

— Par saint Patrick, s'écria-t-il, voici le plan ! Allons nous cacher là-bas derrière ces brisants. Que de fois je l'ai fait au pays, afin de donner le change à mes camarades et de leur faire croire que j'étais noyé ! Qui m'eût dit qu'un jour ce serait mon unique ressource ? Eh bien ! qu'en dites-vous, mes amis ?

Ses compagnons ne répondirent point. Ils n'avaient pas même attendu la fin de la phrase pour calculer le côté pratique de l'idée et l'adopter. Aussi furent-ils prêts tous les trois ensemble à reprendre leur course, et vingt secondes après ils entraient dans l'eau jusqu'au genou avec le même élan que s'ils avaient pu espérer de mettre l'Atlantique entre eux et ceux qui les poursuivaient.

En quelques enjambées ils avaient gagné la ligne des brisants, et là, au milieu des alternatives de vagues noirâtres remplacées par un nuage de blanche écume, il eût fallu être bien malin pour distinguer au clair de lune une tête qui dépassait à peine le niveau de l'eau. Sachant cela, nos trois amis n'hésitèrent pas à se laisser submerger jusqu'au menton et devinrent aussi invisibles que si Neptune lui-même eût pourvu à leur salut.

XXI.

OÙ PLUS DE VINGT HOMMES DONNENT LEUR LANGUE AU CHAT.

Il n'était que temps. A peine disparaissaient-ils dans leur retraite aquatique, que des voix d'hommes, des aboiements de chiens et des hennissements de chevaux leur parvinrent, sortant de la ravine ; et quelques minutes après, la plage était envahie par une vingtaine de chasseurs d'hommes, dont pas un n'émettait un doute sur la capture immédiate des fugitifs.

Après s'être éparpillée sur une certaine distance, toute la troupe s'arrêta, et un silence profond, silence de stupeur s'il en fût, s'établit. Il était si grand, que même les animaux, tout bruyants qu'ils étaient une minute auparavant, semblaient maintenant craindre de le rompre. Tous ces braillards étaient transformés en sphinx du désert.

Il faut convenir qu'il y avait de quoi.

N'avaient-ils pas tous — tous sans exception — vu les fugitifs et noté jusqu'aux moindres particularités de leurs uniformes? N'avaient-ils pas suivi fidèlement ces trois traces de souliers à clous qui laissaient dans le sable une empreinte que nul ne pouvait révoquer en doute? Et cette empreinte, ne la voyaient-ils pas encore jusqu'à l'endroit où le mouvement continuel du flux et du reflux avait dû l'effacer?

Mais eux, les fugitifs, qu'étaient-ils devenus?

Ils avaient donc préféré se suicider! se noyer!... et les priver par ce moyen d'une si belle proie!...

C'était affreux. Aussi les cris reprirent de plus belle, ainsi que les invocations à Allah et à son prophète. Tous s'étaient réunis pour tenir conseil sur ce prodige. Une crainte superstitieuse les avait envahis. La mer, ce désert d'eau, leur inspirait encore plus de crainte qu'à nous les déserts de sable, et ils résolurent de regagner leur camp au plus vite, pour se soustraire à l'impression de terreur religieuse qui les étreignait malgré eux. L'avis fut unanime. Les trois étrangers s'étaient noyés, à moins, disaient tout bas quelques-uns des plus crédules, que ces hommes singuliers pour qui l'Océan n'a point de mystères n'eussent connu le secret de parcourir ces plaines liquides et ne fussent déjà loin à cette heure.

XXII.

DANGERS SUR DANGERS. — ENCORE LE RIRE MOQUEUR.

Si prompt qu'eût été le départ des Arabes, leur séjour avait eu la durée d'un siècle pour nos pauvres amis.

En prenant position, ils avaient choisi un endroit où ils n'avaient qu'à se tenir agenouillés, ce qui leur permettait de se maintenir en place sans trop d'efforts. C'est ce à quoi ils arrivèrent pendant quelque temps.

Bientôt cependant, ils s'aperçurent que l'eau montait autour d'eux; et si graduel que soit le mouvement de la marée, ils comprirent qu'ils ne pouvaient rester bien longtemps dans leur retraite sans courir le risque inévitable de se noyer.

Par bonheur, ils découvrirent le moyen de remédier momentanément à ce danger. En deçà de la ligne des brisants l'eau augmentait dans les mêmes proportions. En montant sur leurs genoux dans cette direction, ils se maintiendraient à la même profondeur et n'auraient qu'à renouveler cette manœuvre dès que la marée le rendrait nécessaire.

Cet état de choses eût été assez favorable sans une circonstance dont ils ne tardèrent pas à comprendre toute la gravité. Non seulement ils se rapprochaient ainsi de leurs ennemis, mais encore, l'eau près de la rive étant comparativement tranquille et sa surface moins troublée par les flocons d'écume, ils pouvaient et devaient être aperçus de la plage.

Pour éviter cette catastrophe, ils n'avançaient vers le bord que lorsque cela devenait absolument nécessaire, attendant même que la marée couvrît leurs têtes et les suffoquât.

Dans une situation aussi désespérée, bien des jeunes gens et des hommes mêmes se fussent abandonnés au désespoir. Mais nos trois aspirants n'étaient pas de ceux qui se laissent facilement abattre. Ils étaient déterminés à lutter, et ils luttèrent. Les lames déferlaient sur leurs têtes, l'eau salée leur entrait dans la bouche et dans les yeux; cependant ils s'encourageaient à tenir ferme. Bien qu'ils ne fussent qu'à une encâblure à peine du rivage, ils pouvaient parler librement, sans crainte d'être entendus, le bruit du ressac dominant leurs voix de beaucoup.

Cependant un nouveau danger s'apprêtait à fondre sur eux. Jusqu'alors ils s'étaient avancés vers la côte en se traînant sur leurs genoux; ce qui leur permettait de maintenir au moins les trois quarts de leur tête au-dessus de la surface de la mer.

Tout à coup l'eau devint plus profonde, et, en restant à genoux, ils ne parvenaient pas à la dépasser. En avançant toujours plus vers la rive, ils s'exposaient à être aperçus par leurs ennemis, car le bouillonnement causé par les brisants cessait à cet endroit, et les plaques d'écume ne troublant plus la surface de l'eau, un bouchon, un brin d'herbe pouvaient y être vus.

Les infortunés se trouvèrent donc en face de ce dilemme : ou bien rester où ils étaient en courant le risque de se noyer, ou avancer vers la côte en s'exposant à être découverts.

Ils s'accroupirent sur leurs pieds, se contentant de se mettre sur les genoux quand ils étaient trop fatigués. Mais ils ne tardèrent pas à sentir qu'ils enfonçaient et que leurs pieds ne s'appuyaient plus sur un fond solide, mais sur une surface qui cédait toujours.

— Des sables mouvants ! s'écrièrent-ils avec effroi.

Heureusement pour eux, les Arabes, obéissant à leur terreur fataliste, s'étaient éloignés. Autrement le bruit de leurs efforts pour n'être pas enlisés les eût infailliblement trahis.

Après une lutte longue et pénible, les jeunes gens parvinrent à retrouver un sol ferme. Il est vrai que cela les rapprochait beaucoup plus de la rive qu'ils ne l'eussent désiré, mais ils tâchèrent de remédier à cet inconvénient en se maintenant sous l'eau jusqu'aux yeux.

Bien qu'ils pussent croire leurs ennemis disparus pour tout de bon, ils n'osaient pas encore se risquer sur la plage. Les Arabes pouvaient se retourner; et le clair de lune étant toujours aussi brillant, on voyait de fort loin. Ils sentaient donc qu'ils ne seraient en sûreté que lorsque la troupe aurait traversé la chaîne des dunes et serait rentrée dans l'oasis où elle était campée.

Ils calculèrent par « à peu près » combien de temps il fallait à l'ennemi pour regagner son gîte, en laissant une marge assez large pour tous les aléas possibles. Ce ne fut que lorsqu'ils jugèrent la côte libre, qu'ils se mirent sur leurs pieds et commencèrent à s'avancer vers la terre. Ils avaient certes tout lieu de ne pas se croire observés; néanmoins ils procédaient avec une telle prudence, qu'ils n'osaient même pas échanger une parole. On entendait seulement leurs dents claquer comme des castagnettes.

C'est qu'ils étaient glacés jusqu'aux os, les malheureux ! A peine si leurs genoux tremblants pouvaient les soutenir. La brise froide des nuits collait leurs vêtements humides sur leurs membres transis.

Au moment où ils atteignaient la rive, l'étrange animal qui avait menacé d'intercepter leur retraite sur la dune se montra de nouveau. Etait-ce le même ou un autre? En tout cas, il paraissait déterminé à leur disputer le passage.

Il allait et venait, tout près de l'eau, montant sa garde dans les mêmes conditions de monotone régularité, sa tête hideuse constamment tournée vers eux. La lune étant derrière leur dos, ils pouvaient voir la bête plus distinctement que sur la dune ; mais cet examen plus précis ne leur donna pas meilleure opinion de sa beauté, au contraire.

Heureusement qu'ils avaient pour eux l'expérience d'une première rencontre. Jugeant par ce qu'ils avaient déjà vu qu'ils n'avaient qu'à se montrer déterminés pour que l'animal prît la fuite, ils tirèrent leurs lames et s'avancèrent hardiment vers lui.

Leur attente ne fut pas déçue. L'hyène partit au galop dès qu'elle les vit approcher et s'enfonça dans les détours de la ravine en poussant les mêmes cris étranges que la première fois.

Supposant enfin qu'ils n'avaient plus rien à craindre pour le moment, les trois aspirants se mirent à aviser sur le plan de conduite qu'ils devaient adopter.

Longer la côte, et se tenir aussi loin que possible des tentes arabes, leur parut à tous trois le plus sage parti à prendre. Ils se dirigèrent donc aussitôt vers le sud, d'un aussi bon pas que le leur permettaient leurs membres grelottants et le poids de leurs vêtements mouillés.

Cette situation n'était rien moins que gaie. Une seule pensée réconfortante se présentait à leur esprit, celle d'avoir esquivé avec une adresse réelle un terrible danger. Mais, hélas! ils devaient bientôt découvrir combien cette satisfaction était illusoire.

A peine avaient-ils parcouru quelques mètres, qu'ils furent contraints de s'arrêter. Ils entendaient du bruit du côté de la ravine. C'était un ronflement qui semblait provenir de quelque animal, et ils supposèrent que ce devait être le quadrupède qui, à leur approche, avait fait retraite vers la gorge.

Ils ne tardèrent pas cependant à reconnaître leur erreur. C'était bien un quadrupède qui émergeait de l'ombre des dunes, mais une énorme créature qu'à sa silhouette disgracieuse ils reconnurent pour un dromadaire.

Cette vue les consterna ; car au-dessus de la bosse traditionnelle ils distinguèrent un homme armé d'un long cimeterre, qui excitait sa monture dans leur direction.

Nos pauvres amis n'essayèrent pas de lutter. Ils virent du premier coup d'œil que tout espoir de salut était perdu. Épuisés de fatigue, entravés par leurs vêtements mouillés, ils n'auraient pas engagé un pari de vitesse avec un canard boiteux. Se résignant aux hasards de la guerre, ils attendirent immobiles l'approche du cavalier.

XXIII.

LE CHEIK RUSÉ. — UNE SINGULIÈRE RENCONTRE.

A la première vue d'un chameau solitaire, nos jeunes gens avaient un instant espéré reconnaître dans celui qui le montait leur vieux camarade Bill. Mais, en dépit du dépeuplement partiel du camp, le marin n'avait pas eu la chance d'échapper à ses persécuteurs.

L'homme qui conduisait la chamelle, car c'était bien cet animal qui s'avançait vers eux, avait les traits anguleux et la peau plissée comme un parchemin. Il paraissait âgé d'au moins soixante ans. Son costume et surtout un certain air d'autorité indiquaient un des chefs de la bande. C'était en effet le chef arabe auquel appartenait le chameau.

Il avait comme les autres parcouru le rivage; mais, au lieu de retourner au camp avec ses compagnons, il était resté en arrière dans la ravine, favorisé par l'obscurité qui régnait dans la gorge; son absence n'avait pas été remarquée.

Le rusé Bédouin avait compté trop de printemps, ou plutôt d'hivers, pour se laisser prendre à des apparences, et bien qu'il ne fût pas certain de la manière dont les fugitifs avaient dissimulé leur présence, il avait cependant deviné la vérité. Il n'admettait pas leur mort si rapide, encore moins tout autre procédé surnaturel, et était fermement convaincu qu'il ne tarderait pas à les voir reparaître sitôt la plage libre. Seulement, au lieu de communiquer ses suppositions, même à ceux de sa troupe, il avait prudemment gardé le silence; car, selon les lois du Sahara, un esclave capturé par quelqu'un de la tribu appartient non au chef, mais à celui qui en a opéré la capture.

Confiant en son adresse et en son fusil, il était revenu se mettre en embuscade à l'ouverture de la ravine, à un endroit d'où il découvrait la côte sur une étendue de plus d'un kilomètre. Sa vigilance fut bientôt récompensée. Il vit les trois individus qu'il cherchait émerger du sein des eaux et tenir conseil sur le rivage.

A cette vue si flatteuse pour lui, il avait lancé sa monture au galop et s'était mis à la poursuite des naufragés.

En quelques secondes le vieux cheik fut près de nos pauvres amis. Son salut se traduisit par des menaces assez éloquentes pour se passer de trucheman. Il dirigea tour à tour vers eux le canon de son fusil, leur intimant ainsi l'ordre de le suivre au camp, ou sinon....

La première impulsion des naufragés fut d'obéir. Qu'avaient-ils de mieux à faire? Térence et Colin avaient déjà fait un geste d'assentiment, lorsque, la nature ardente de l'Anglais prenant le dessus, Harry Blount montra les dents.

— Que je le voie pendu d'abord ! s'écria-t-il avec rage. Quoi ! obéir à un vieux singe comme lui, et marcher tranquillement à sa suite, en emboîtant le pas de son chameau ! Allons donc ! Si jamais je dois être fait prisonnier, ce sera par quelqu'un qui se sera mesuré avec moi et qui m'aura vaincu.

Térence, tout honteux de sa facile soumission, passa d'une extrémité à l'autre, et, dégaînant avec fureur, il cria à son tour :

— Par saint Patrick ! je suis ton homme, Harry ! plutôt mourir que de se rendre !

Avant de se déclarer, Colin avait regardé autour de lui et examiné l'embouchure de la ravine, pour s'assurer que l'Arabe était bien seul. Quand son rapide examen l'eut assuré de ce fait important :

— Que le diable l'emporte, s'écria-t-il ; s'il tient à nous avoir, qu'il commence par se battre un peu avec nous. Arrive donc, vieux silex, tu trouveras à qui parler, je t'en réponds. Vingt comme toi ne nous feraient pas peur, crois-le bien !

Les jeunes gens se rangèrent en triangle de manière à entourer le chameau.

Le cheik, qui ne s'attendait pas à pareille réception, semblait fort irrésolu sur ce qu'il avait à faire. Mais soudain sa rage, exaspérée par cette résistance, ne connut plus de bornes, et il coucha en joue Harry Blount, le premier qui eût osé le braver.

Un nuage de fumée entoura un moment le jeune homme.

— Manqué ! dit-il d'une voix calme.

— Dieu soit loué ! s'écrièrent Térence et Colin, maintenant il est à nous. Il ne peut recharger. Allons à l'abordage.

Et les trois courageux enfants se précipitèrent sur l'animal.

L'Arabe, malgré son âge, ne manifestait aucun signe de décrépitude; au contraire, il se démenait avec l'agilité d'un tigre. Son fusil lui étant devenu inutile, il le jeta à terre, et commença à fendre l'air de son sabre recourbé, qu'il maniait d'une main nerveuse, tout en maintenant sa monture dans un mouvement de rotation.

Ainsi armé, il avait l'avantage sur ses assaillants; car, tandis qu'il pouvait atteindre l'un ou l'autre par un seul mouvement, eux ne pouvaient s'approcher sans risquer leur tête, et dès lors tenus à distance, leurs armes courtes n'avaient aucune action.

Le cheik, sur son siège élevé, se trouvait forcément à l'abri de leurs attaques, tandis que chacun de ses coups pouvait mettre un des jeunes gens hors de combat.

— Tenons le chameau ! cria Harry Blount; de cette façon, le coquin sera à notre portée, et alors !...

Mais déjà Térence avait conçu un autre projet et était en train de l'exécuter.

Le jeune homme avait été célèbre jadis par sa supériorité au *cheval fondu*. Personne ne pouvait sauter comme lui. Il se souvint à propos de son adresse et guetta l'occasion d'en tirer parti. Il choisit le moment où la queue de l'animal était tournée de son côté, prit un élan énergique et se trouva à une assez jolie hauteur en l'air, puis, écartant vivement les jambes, il retomba à cheval sur le chameau.

Il fut heureux pour le cheik que, dans son trajet aérien, le jeune amateur saltimbanque eût laissé tomber son arme ; autrement le dromadaire n'eût pas longtemps conservé sa double charge.

Les deux adversaires étaient placés de telle façon, qu'il fallait de bons yeux pour ne pas croire à un seul cavalier. La maigre carcasse de l'Arabe disparaissait complètement sous l'étreinte puissante de Térence, et le cimeterre si menaçant tout à l'heure gisait maintenant sur le sable, hors de portée de son possesseur.

Il fut heureux pour le cheik que le jeune amateur saltimbanque eût laissé tomber son arme.

(*Jeunes Esclaves*, p. 111.)

XXIV.

CE QUI SE PASSA SUR LA BOSSE DU DROMADAIRE. — OÙ NOS ASPIRANTS SONT EN COSTUME LÉGER.

La lutte continuait entre Térence et le cheik, le premier tenant à désarçonner le second, qui, de son côté, résistait fortement à cette prétention. Sachant qu'une fois à terre, il serait à la merci des jeunes gens dont il avait pensé avoir si facilement raison, l'Arabe tenait ferme. Il était désarmé; son cimeterre était entre les mains de Colin, qui paraissait on ne peut plus désireux d'en essayer au plus tôt la qualité. Il comprit donc que son unique chance de salut était de séparer son agresseur de ses camarades.

Un seul signal suffit pour cela. Aussitôt le chameau bien dressé tourna comme sur un pivot et partit d'une allure rapide vers la ravine, entre les flancs de laquelle il disparut.

A leur profonde consternation, Colin et Harry virent de nouveau un des leurs emporté par l'animal sans qu'ils pussent intervenir. Avant qu'ils eussent pu sauter sur la bride qui traînait en ce moment à terre, le chameau avait adopté un trot qu'ils ne pouvaient suivre. Tout ce qu'ils purent faire, fut de courir en criant à Térence de lâcher le cheik et de se laisser tomber à terre. Il semblait que leur avis n'eût pas été entendu.

Le jeune Irlandais, tout à ses efforts pour démonter son adversaire, n'avait pas dès l'abord remarqué le signal du cheik et la course qui s'en était suivie. Les ombres des dunes seules lui firent apercevoir le danger. Dès cet instant il n'eut plus qu'une préoccupation, non de détacher l'Arabe de sa selle, mais bien de quitter lui-même au plus vite la bosse du dromadaire; ce qui était difficile, le cheik ayant repris l'offensive et le serrant de toute sa force. Une circonstance favorable se produisit toutefois.

La bride de l'animal traînait toujours par terre, l'Arabe n'ayant pas songé à la relever. Le licou s'embarrassa de nouveau dans la corne fourchue du dromadaire, qui finit par s'abattre sur le sable comme la première fois. Son chargement fut culbuté du coup, et les deux adversaires, abasourdis de leur chute, restèrent un instant côte à côte sans connaissance.

Ils n'étaient point remis, qu'Harry Blount et Colin se précipitaient vers eux. Mais arrivaient aussi de toutes parts une troupe de créatures étranges qui enveloppèrent toute la bande en poussant des rugissements de démons.

Le coup de fusil tiré par le cheik avait été entendu du camp, et les Arabes étaient aussitôt accourus par la ravine.

Toute résistance devenait donc impossible; pris au piège, les trois aspirants durent se résigner à se laisser emmener vers les tentes.

Les jeunes gens approchèrent du douar (campement arabe) avec autant de répugnance que Bill en avait éprouvé quelques heures auparavant.

Leur entrée se fit avec aussi peu de cérémonie, que dis-je? avec bien moins encore; car on les avait déjà totalement dépouillés, à l'exception de leurs chemises. Pour le confort que cet unique article ajoutait à leur bien-être, il eût mieux valu pour eux en être débarrassés, car il n'y restait pas, on le conçoit, un fil de sec. Ils s'étonnaient même qu'on le leur eût laissé, jugeant, d'après l'avidité avec laquelle les moindres parcelles de leur propriété avaient été disputées sabre en main, que ce détail intime devait avoir été tout aussi convoité. Ils ignoraient que, suivant la coutume, le cheik avait réclamé ses trois captifs avec *leurs chemises* comme appartenant *à leur peau*, et qu'après une discussion orageuse dont l'origine leur avait échappé, on avait fait droit à sa réclamation. S'il eût seulement pu achever sa capture sans conteste, la totalité des vêtements lui eût appartenu. Sa chute malencontreuse lui coûtait une partie de son butin.

Ce fut dans ce trop simple appareil qu'ils se retrouvèrent face à face avec leur ami Bill, dont l'accoutrement, on le sait, ne valait guère mieux. Il ne fut point permis à ses jeunes compagnons de s'approcher de lui.

Bien qu'étant la propriété indiscutable du chef arabe, ils durent néanmoins supporter de toutes les femmes présentes à peu près le même accueil pour lequel ils avaient si vivement dans l'ombre sympathisé avec le pauvre Bill. Heureusement que le cérémonial de réception se termina de même façon que pour lui. Leur possesseur, craignant que la rage inconsidérée à laquelle se livraient les types du beau sexe du désert et les aménités dont ces aimables furies gratifiaient les arrivants ne finissent par détériorer sa prise, intervint pour les arracher de leurs mains et les mettre à l'abri dans sa tente sous la garde d'un vieil Arabe. Là, ces infortunés trouvèrent, sinon le sommeil, au moins une tranquillité relative pendant le reste de la nuit.

XXV.

PREMIER ÉCHANGE D'IDÉES. — LE DOUAR AU POINT DU JOUR.

Au moment où Bill était arrivé au camp, les deux chefs, d'un commun accord, se préparaient à le quitter. Le fils de Japhet se dirigeait vers le nord, sur les marchés du Maroc, et le descendant de Cham allait au sud, à Tombouctou.

La double capture du marin et de ses jeunes compagnons bouleversa ce plan : les ordres de départ furent contremandés, et les deux tribus se retirèrent dans leurs tentes pour y passer le reste de la nuit.

Le douar était silencieux. Les clameurs des femmes et des enfants avaient enfin cessé. On n'entendait plus que de loin en loin l'aboiement d'un chien, le bêlement d'un mouton, le hennissement d'un cheval ou le ronflement d'un dromadaire.

Seuls nos trois captifs veillaient et causaient ensemble à demi-voix, à moins qu'ils ne cherchassent à communiquer avec Bill, qui était toujours gardé à vue à l'autre extrémité du campement.

Dans ce cas, ils ne craignaient pas de se faire entendre, car leurs gardiens, ne comprenant rien à ce qu'ils disaient, ne s'opposaient pas à cet échange de conversation, tant que cela ne troublait point la tranquillité générale du douar et de ses habitants.

— Que vous ont-ils fait à vous, Bill?

Telle fut la première question que hasardèrent les jeunes gens.

— Ce qu'ils m'ont fait?... Ah! demandez plutôt ce qu'ils ne m'ont pas fait! Tout ce qu'ils ont pu imaginer pour torturer un vieux loup de mer comme moi. Il ne me reste pas sur tout le corps une place qui ne soit meurtrie, et ma peau est comme une écumoire.

— C'est tout simple, dit le jeune Ecossais, nous n'avons à attendre de ces coquins ni trêve ni merci. Je suppose qu'ils vont faire de nous des esclaves.

— C'est plus que probable, dit Harry tristement.

— Dites que c'est certain, affirma le matelot. Ils ont déjà trouvé moyen de me le faire comprendre. Le camp est partagé entre deux chefs : le hareng fumé qui vous a amenés ici, et l'autre, un grand diable plus noir que l'as de pique. C'est ce dernier qui est mon maître. Ils en ont fait une vie pour savoir celui qui m'aurait! Dame! ils tenaient plus à moi que je ne tiens à eux! A la fin ils m'ont joué. Misère de ma vie! Imaginer qu'un marin anglais puisse devenir l'esclave d'un pareil ramoneur!

— Où pensez-vous qu'ils nous emmènent, Bill?

— Dieu seul le sait. Pourvu seulement que nous arrivions au même port !

— Quoi ! aurions-nous à craindre d'être séparés ?

— Sur mon âme, monsieur Colin, j'en ai plus de peur que d'envie.

— Qu'est-ce qui vous le fait supposer ?

— C'est que nous n'appartenons pas au même maître. Les deux cheiks doivent s'en aller chacun de son côté. Je ne comprends pas grand'chose à leur jargon, mais je les entends toujours répéter Tombouctou, Sakatou, que je connais pour en avoir souvent entendu parler en croisant sur ces côtes. Ce sont deux grandes villes nègres, tout à l'intérieur du pays, et je crains fort que mon maître ne se dirige vers l'un ou l'autre de ces deux ports.

— Mais nous, pourquoi serions-nous emmenés dans une autre direction ?

— Parce que vous appartenez au vieux chef arabe, qui doit certainement naviguer vers le nord.

— C'est assez vraisemblable, dit Colin tout pensif.

— Voyez-vous, monsieur Colin, ce sont deux requins de terre qui nous ont attrapés. Ils sont trop pauvres pour nous garder, ils nous vendront au premier acquéreur qui offrira de nous quelque argent.

— Tout ce que je demande, dit Térence, c'est que nous ne soyons pas séparés. La captivité serait trop dure à supporter dans l'isolement. Ensemble nous pourrons adoucir notre sort. J'espère que nous ne serons pas séparés !...

Tous se joignirent de cœur à ce vœu, et la conversation prit fin.

Malgré l'amertume de leur situation, la nature reprit ses droits sur leurs corps épuisés par tant de fatigue, et ils ne tardèrent pas à s'abandonner au sommeil.

Ils eussent pu dormir vingt-quatre heures de suite, si pareille douceur leur eût été accordée. Mais dès que les premières lueurs du jour se montrèrent à l'horizon, le douar fut sur pied. Les femmes et les enfants des deux hordes allaient et venaient comme des ombres au milieu des tentes. Les unes étaient occupées à traire les chamelles ; les autres, agenouillés devant les chèvres, recueillaient le lait qui forme la base essentielle de leur nourriture. D'autres femmes enfin renfermaient le précieux liquide dans des outres.

Les matrones de la tribu — elles ressemblaient à des sorcières — préparaient le déjeuner, composé de *sangleh*, espèce de bouillie faite avec de la farine de maïs cuite sur un feu lent de fiente de chameau.

Le sangleh se mange — par ceux qui peuvent s'en procurer — avec du lait, soit de chamelle, soit de chèvre, que l'on emploie sans être passé, et qui par conséquent est rempli de poils, sans compter qu'il est déjà tourné rien que d'être versé dans le puant réceptacle qui l'attend.

Ici et là on voyait des hommes traire leurs juments ou leurs chamelles ; mais la généralité ne prenait pas tant de peine, et, approchant leurs lèvres du pis de l'animal, se réconfortait à la source même, sans attendre que le breuvage délicieux eût été corrompu par un odieux mélange.

Enfin ceux à qui revenait cette besogne s'empressaient de démonter les tentes et de tout préparer pour un prochain départ.

Toujours vêtus de leurs chemises, les trois aspirants regardaient en silence ce spectacle original et mouvementé. Quant au vieux marin, il n'était guère mieux partagé. Ses jambes nerveuses grelottaient dans un vieux caleçon de toile percé à jour et d'une blancheur plus que douteuse.

Tous les quatre tremblaient de froid ; car, si chaud que soit déjà le Sahara, la nuit et le matin la température s'abaisse, au point qu'il y gèle quelquefois.

Cet état de malaise n'empêchait pas les jeunes gens, encore allongés sur le sol, d'échanger à voix basse leurs réflexions sur ce qu'ils voyaient de ces mœurs primitives. L'Ecossais avait lu beaucoup de livres relatifs aux prairies de l'Amérique et à leurs habitants ; ce qu'il voyait maintenant lui rappelait ces coutumes. C'était le même système d'oppression de la femme, à qui revient la tâche de porter les fardeaux les plus lourds, et l'accomplissement des travaux domestiques les plus pénibles, sans autre courage que celui des misérables esclaves qui ont le malheur de supporter un joug commun. Les hommes, appuyés sur leurs selles, ou nonchalamment couchés sur des peaux de bêtes, savouraient le *far niente* oriental et fumaient en se prélassant avec orgueil dans le sentiment de leur supériorité sur tout ce qui les entourait.

Mais Colin n'eut pas le loisir de philosopher longtemps sur ce phénomène ethnologique. Il fut rudement arraché à ses rêveries et contraint, ainsi que ses deux compagnons, à prendre part à la besogne commune.

Au point du jour Bill également avait été réveillé par un coup de pied de son propriétaire, si rudement appliqué, qu'il le fit vaciller longtemps sur *ses couples de derrière.*

Si le cheik noir avait compris l'argot nautique, il eût entendu son esclave, entre autres souhaits charitables, envoyer le vieux noiraud à tous les diables.

XXVI.

UN DROMADAIRE OBSTINÉ. — MANIÈRE D'ABREUVER LES CHAMEAUX.

Le repas du matin fut aussitôt expédié que préparé. Sa parcimonie surprit nos voyageurs affamés. Les individus les plus importants de la horde n'eurent en partage qu'une maigre portion de lait et de sangleh. Seuls les deux chefs prirent un semblant de déjeuner. La classe la plus commune, les hassans et les esclaves noirs, durent se contenter chacun de moins d'une pinte de laitage aigre coupé de moitié eau, mélange appelé *cheni*.

Ce maigre breuvage devait-il compter pour un déjeuner? Harry Blount et Térence ne pouvaient l'admettre, mais Colin les désillusionna complètement. Il avait entendu parler de l'étonnante sobriété des fils du désert; comment un homme se nourrit tout un jour avec ce qui ne suffirait pas dans nos contrées à un enfant de six ans;

comment il peut, au besoin, rester plusieurs jours sans manger, et, en tout cas, se contenter de lait à tous les repas.

Colin avait raison; c'était non seulement le déjeuner de toute la caravane, mais aussi son dîner; car personne ne songea plus à rien prendre avant le coucher du soleil.

Mais où était le déjeuner de Colin et de ses compagnons? Cette question s'imposait à eux avec un intérêt d'autant plus vif que les tiraillements de leurs estomacs étaient plus violents. Ils étaient affamés comme des hyènes, et nul ne semblait disposé à penser à eux. Si peu appétissant que fût le mélange si salement préparé par les femmes, nos pauvres aspirants se demandaient avec convoitise s'il ne leur serait pas permis d'en avoir leur part.

Pressés par le besoin, ils manifestèrent leur ardent désir par des signes éloquents; mais leurs piteux appels à la pitié n'excitèrent chez leur maître que des rires grossiers. En revanche, il devint évident que si leurs estomacs étaient condamnés à chômer, il n'en était point ainsi de leurs bras et de leurs jambes. Ils furent avant longtemps chargés des fardeaux les plus lourds, et, sur la manifestation de leur déplaisir, de telles menaces leur furent faites, qu'ils renoncèrent bien vite à une résistance inutile.

C'en était fait, ils étaient esclaves.

Tout en aidant à plier les tentes, ils furent témoins de bien des choses curieuses. Le singulier équipement des animaux, les paniers de forme ovale placés sur les chameaux pour porter les femmes et les jeunes enfants, les nourrissons fixés par des courroies sur le dos de leurs mères, les dromadaires s'agenouillant pour recevoir leur charge, toutes ces choses, nouvelles pour eux, eussent vivement intéressé nos aspirants en toute autre circonstance; et même, dans leur infortune, ils ne pouvaient faire moins que de comparer ces coutumes bizarres avec ce qu'ils avaient lu ou ouï dire.

Un incident entre autres vint leur montrer l'habileté de leurs maîtres pour venir à bout de leurs animaux domestiques.

Un chameau récalcitrant, qui, selon la coutume, s'était agenouillé pour recevoir son fardeau, après que celui-ci eut été attaché, refusa absolument de se relever. L'animal jugeait-il la charge trop lourde? Peut-être, car le dromadaire arabe a, comme le lama péruvien, le sens de la justice très développé. Ou bien un caprice passait-il par sa tête de mulet? Toujours est-il que pour une raison ou pour une autre, il montrait la résolution bien arrêtée de résister à son propriétaire et de rester agenouillé.

Les cajoleries et les menaces furent tour à tour employées par le maître; puis vinrent les mauvais traitements et les coups. Rien n'y fit. La bête obstinée voulait rester dans l'oasis et fausser compagnie à la tribu.

Exaspéré de cette résistance, l'Arabe saisit un vieux burnous, le jeta sur la tête de l'animal et l'attacha autour des naseaux, de manière à en supprimer complètement le fonctionnement.

Le chameau, ayant ainsi à l'improviste la respiration coupée, prit peur, et, affolé, se dressa immédiatement, au grand amusement des femmes et des enfants.

En un temps étonnamment court, les tentes furent pliées, et le douar, ainsi que tout ce qu'il contenait, se balança bientôt sur le dos des bêtes de somme.

La dernière opération, avant de se lancer dans les plaines brûlantes du désert, était l'abreuvement des chameaux. La provision d'eau à emporter avait déjà été soigneusement consignée dans des outres en bon état; mais il fallait faire celle des dromadaires, et ce dernier point semblait être considéré comme le plus important. Toutes les précautions furent prises en effet pour assurer aux animaux une quantité suffisante de ce précieux liquide. Etait-ce un pressentiment que le jour pouvait venir où les dispensateurs de cette même eau seraient heureux d'y avoir recours?

Tous les chameaux furent donc emplis — c'est le mot. — On ne peut se faire une idée de la somme de liquide que peuvent contenir ces énormes estomacs. Nos amis furent témoins d'une coutume en usage quand l'eau est fort rare et qu'on craint d'en manquer. Précisément l'étang près duquel ils étaient arrêtés, le seul qu'on pût trouver sur un parcours de cinquante milles, était sur le point de tarir.

Une longue période de sécheresse — trois ou quatre ans au moins — avait régné sur cette partie du désert, et le petit lac habituel n'était plus guère qu'une citerne, à laquelle le douar, puisant largement depuis quelques jours, avait causé le plus grand préjudice. Le séjour des deux tribus associées se fût certainement prolongé plus longtemps sur cette côte fertile en bonnes aubaines, sans la crainte de manquer d'eau d'ici à un ou deux jours. Quelques centaines de litres restaient encore au moment du départ; ce n'était que juste ce

qu'il fallait pour les animaux, à condition de n'en pas perdre une goutte.

Chaque cavalier amena donc sa monture à proximité du réservoir; mais là, au lieu de lui permettre de boire à sa soif, il lui renversa la tête en arrière, lui introduisit dans les narines un entonnoir en bois et versa avec soin l'eau, qui pénétra au fur et à mesure dans l'estomac de l'animal jusqu'à ce qu'elle regorgea dans sa bouche.

Les jeunes gens, qui plaignaient les pauvres bêtes ainsi prémunies contre la soif, se demandaient avec surprise quel avantage on trouvait à une méthode si peu conforme aux lois de la nature. Il leur fallut une plus longue expérience du désert pour en trouver la raison, que voici du reste. Le chameau, qui a l'habitude de remuer la tête de gauche à droite en buvant, gaspille ainsi des quantités de liquide, et l'on n'a trouvé que cet ingénieux procédé pour l'obliger à ne pas répandre un bien dont la nature s'est montrée si avare sous ce ciel inclément.

XXVII.

DISSENSIONS ENTRE CHEIKS. — LES TROIS ASPIRANTS.

A mesure que chaque animal était empli, il était reconduit à son poste dans la tribu à laquelle il appartenait, car les deux hordes étaient maintenant bien distinctes et prêtes à se séparer définitivement.

Ce fut alors que les naufragés purent mieux constater la différence qui existait entre les bandes aux mains desquelles ils avaient eu le malheur de tomber. Comme il a été dit plus haut, le chef noir représentait le vrai type africain avec toutes ses laideurs; la plupart de ses adhérents appartenaient à la même race; quelques-uns seulement étaient Caucasiens ou de sang mêlé; mais, suivant toute apparence, ce n'étaient que des esclaves.

La troupe de l'autre cheik se composait de Bédouins comme lui. A quelques exceptions près, le cheik blanc avait des esclaves noirs et le cheik noir des esclaves blancs ou métis, ainsi que le remarqua Colin. Même l'infortune ne pouvait l'empêcher de philosopher.

Depuis longtemps déjà, les préparatifs étaient terminés. Les deux hordes semblaient n'avoir plus qu'à échanger les salutations finales : « La paix soit avec vous. » Et cependant cet adieu ne s'était point encore fait entendre. On eût dit que les cheiks ne pouvaient se résoudre à se séparer, et, malgré cela, l'expression de leur physionomie ne trahissait pas des sentiments réciproques très cordiaux.

En effet, chacun de son côté maudissait en son cœur son rival, et voici, en abrégé, un à peu près de ce qui se passait en eux dans ce moment décisif.

— Ce grand escogriffe de nègre ! Je le voudrais à tous les diables ! Je suis sûr qu'il convoite ma part de butin ; il voudrait à tout prix que ces garçons fussent à lui. Le sultan de Tombouctou lui a demandé des esclaves blancs, et jeunes surtout. Il ne se soucie guère du vieux marin qu'il m'a gagné au jeu du helga. Sa Majesté de la ville aux murs de boue ne lui en donnera pas grand'chose, pour sûr ! C'étaient des jeunes gens qu'il lui fallait, pour le servir à table et relever l'éclat de ses cérémonies des grands jours. Eh bien ! est-ce que je m'y oppose, moi ? Je ne demande pas mieux que de lui vendre ceux-ci, pourvu qu'il les paie. Mais, par exemple, il m'en faut un bon prix ! Ah ! dame ! les vêtements que nous leur avons enlevés indiquent des jeunes gens riches. Ils avaient des coiffures dorées sur toutes les coutures. Ce doivent être des fils de cheiks puissants. Il est certain qu'à Wedmoon, le vieux juif me les achèterait, ou bien les marchands de Suse.... A moins toutefois que je n'aie plus d'intérêt à les emmener à Mogador. Eh oui ! j'y songe ; le consul de leur pays n'hésitera pas à les reprendre contre de belles et bonnes rançons sonnantes. Voilà mon affaire, c'est décidé.

Tandis que le cheik arabe se livrait solitairement à ces réflexions spéculatives, le cheik noir, plus fortuné que lui, pouvait échanger les siennes avec Fatma, sa douce confidente.

En ce moment même, cette gracieuse conseillère s'écriait :

— Et dire que le sultan aurait bien donné soixante de ses meilleurs noirs contre ces trois mauvais blancs !

— Je ne le sais que trop, ma sultane adorée, puisque c'est moi qui le l'ai dit.

— Alors pourquoi manquer une si belle occasion et ne pas les lui amener?

— Mais.... parce que c'est plus facile à dire qu'à faire. Comment veux-tu que je m'y prenne? Ne sont-ils pas à ce vieux scélérat d'Arabe? ou du moins ne prétend-il pas qu'ils sont sa propriété? Etrange prétention, j'en conviens ; car si nous n'étions pas arrivés à propos, c'est eux, au contraire, qui se fussent emparés du vieux coquin. Enfin, de par les lois du Sahara, ils sont à lui, bien à lui.

— Que le diable emporte les lois du Sahara ! s'écria l'aimable mégère en secouant dédaigneusement la tête et, on peut le dire, en montrant les dents. Tout ça c'est des bêtises. Il n'y a pas de lois dans le Sahara ; et s'il y en a, vous savez fort bien que nous n'y reviendrions jamais. Le bénéfice que nous ferions sur cette belle prise nous mettrait à l'aise pour le reste de nos jours. Enlevez-les de force à la vieille face jaune, s'il n'y a pas moyen de faire mieux ; il me semble toutefois que vous pourriez peut-être les gagner au helga ; vous savez qu'il n'est pas de force ; et s'il refuse de jouer, proposez-lui d'échanger deux de nos noirs contre chacun de ses blancs.

Ainsi conseillé par l'amie de son cœur, le cheik, au lieu de souhaiter le « saleik aloum » à l'Arabe, éleva la voix pour lui demander une dernière entrevue de la plus haute importance.

La conversation qui suivit resta naturellement inintelligible pour nos trois amis ; mais les regards et les gestes des deux cheiks, toujours tournés vers eux, leur démontraient clairement qu'ils faisaient le sujet de la discussion.

Il n'y avait guère de préférence à avoir entre deux maîtres pareils, qui paraissaient aussi inhumains et sauvages l'un que l'autre ; aussi ce côté de la question leur restait-il fort indifférent ; mais la possibilité d'être séparés, eux qui ne s'étaient jamais quittés depuis leur entrée au service et qu'unissaient les liens d'une si ardente amitié, était vraiment chose cruelle. Ils avaient déjà dû prendre leur parti de leur séparation d'avec Bill, séparation douloureuse s'il en fut ; mais ils ne se sentaient pas le courage de supporter la pensée de leur propre dispersion. Ils avaient donc tout à redouter d'un changement quelconque, à moins que, par une grâce spéciale, ce changement ne séparât point les trois amis, mais les rapprochât de leur infortuné camarade. On juge avec quelle anxiété ils attendaient et redoutaient le résultat de la transaction engagée.

Au bout d'une demi-heure, il leur sembla qu'une décision venait d'être prise. Les grands gestes et les éclats de voix s'arrêtèrent, et l'Arabe se dirigea vers les esclaves du chef noir. Après les avoir tâtés, retournés, examinés, il choisit trois des plus forts, des plus gros, des plus jeunes nègres de la troupe, et les fit ranger à part.

— Nous allons être échangés, murmura Térence, c'est le vieux nègre qui va nous emmener. Eh bien ! tant mieux, après tout ! Comme cela nous ne nous séparerons pas de Bill.

— Attendons un peu avant de nous réjouir, dit Colin. Ce n'est pas fini, je le crains fort.

En effet, le cheik noir s'avança vers les trois captifs et interrompit leur conversation.

Que voulait-il? Evidemment, pensèrent-ils, les prendre à son tour comme l'Arabe avait fait des trois nègres.

A leur profonde consternation, O'Connor seul fut emmené par l'Africain ; et quant à eux, il leur fut commandé avec force menaces de rester où ils étaient. Les conditions de l'échange étaient donc trois noirs contre un blanc.

Térence avait été conduit par son nouveau maître à côté des trois noirs. Ceux-ci, bien loin de prendre au sérieux ce qui se passait, comme le jeune Irlandais, ouvraient leurs grandes mâchoires et exhibaient leurs dents blanches dans des rires immodérés qui témoignaient du peu de cas qu'ils faisaient de leur sort.

Cette fois, nos trois amis étaient en proie à une appréhension cruelle.

Mais l'affaire n'en resta pas là. Le vieux Bill, voyant les deux cheiks se diriger vers l'endroit où sa propre destinée avait été fixée, s'écria :

— Vous allez servir d'enjeu comme moi ! Quelle chance, monsieur Térence ! Bien sûr vous viendrez avec moi, car le vieux chien d'Arabe n'est pas bien malin à ce jeu-là.

La prédiction de Bill ne tarda pas à s'accomplir. Le cheik noir gagna Térence O'Connor.

L'Arabe, bien que visiblement contrarié, ne voulut pas se tenir pour battu. Deux blancs lui restaient encore ; c'était assez pour prendre une revanche éclatante. Il joua de nouveau, mais sans plus de succès. Vainement il tempêta, cria, jura. Il n'était pas homme à abandonner la partie tant qu'il lui restait un enjeu à risquer.

Le résultat fut que nos trois aspirants de marine allèrent rejoindre Bill dans la suite du chef nègre, et vingt minutes ne s'étaient point écoulées, que tous les quatre étaient en marche pour Tombouctou.

XXVIII.

GOLAH.

Dans leur traversée au milieu de cet océan de sable qu'on nomme le désert, nos amis faisaient partie d'une compagnie de seize adultes, plus six ou sept enfants.

Tous étaient la propriété d'un seul, du chef Golah. En découvrant quel était le nom de leur propriétaire, Térence, perdu dans la contemplation de ses formes massives et puissantes, prétendit que Golah devait être une corruption africaine de l'antique Goliath.

A sa façon, Golah n'était point une nature vulgaire. C'était un homme intelligent, énergique et né pour le commandement. Amis ou étrangers, tous devaient plus ou moins subir son ascendant. Il avait trois femmes, douées d'une loquacité peu commune; et cependant un de ses regards suffisait à tarir subitement le flot de leur éloquence. Il est même probable que Fatma la favorite devait en partie son influence à l'habileté qu'elle déployait à deviner les désirs du maître et à plier tous les siens à son caprice du moment.

Golah ne possédait que sept chameaux, dont quatre servaient à le transporter, lui, ses femmes, ses enfants et ses bagages. Les trois autres avaient bien assez du butin recueilli après le naufrage.

Douze des adultes de la troupe étaient donc forcés de marcher et de suivre de leur mieux le pas allongé des dromadaires.

Parmi ces piétons, se trouvait un des fils de Golah, jeune homme d'environ dix-huit ans, armé d'un long mousquet maure, d'une massive épée espagnole et d'un poignard pris à Colin. Sa principale occupation était de veiller sur les esclaves avec l'assistance d'un autre adolescent, frère, à ce que nos amis surent plus tard, d'une des femmes de Golah. Ce dernier était armé d'un mousquet et d'un cimeterre, et, de même que le fils de Golah, il semblait faire dépendre la sécurité de sa vie du plus ou moins de vigilance qu'il déploierait dans sa mission. Ils avaient dix esclaves à surveiller, car, outre Bill et ses compagnons, il y en avait encore six autres, également destinés à quelque marché du sud.

Deux de ces six esclaves étaient des Kroumirs, au dire de Bill, qui en avait vu souvent employés comme marins sur les vaisseaux venant de la côte d'Afrique. Les autres étaient de couleur moins foncée. Le vieux matelot les appelait des Portugais noirs. Tous semblaient avoir déjà passé un certain temps en esclavage et avoir pris leur parti de la dégradation qu'il implique.

Ce n'était point une compagnie bien recherchée assurément, et les captifs blancs ressentaient une cuisante indignation de la nécessité de subir une si honteuse situation.

A ces sentiments intimes se joignaient les sensations physiques. Les tortures de la faim et de la soif, s'ajoutant à la fatigue qu'ils éprouvaient à se traîner dans le sable brûlant du désert, sous le soleil ardent qui dardait sur leurs têtes, produisirent en eux une véritable surexcitation.

— J'en ai assez, s'écria tout à coup Harry Blount. Je pense bien que nous pourrions endurer cette vie quelques jours de plus, mais je n'ai pas la curiosité de savoir au juste combien de temps.

— On dirait que tu reproduis ma pensée, interrompit Térence ; et après, voyons.

— Nous sommes quatre, reprit Harry ; quatre appartenant à cette race qui se vante de ne jamais endurer l'esclavage ! De plus, nous avons six compagnons de captivité qui peuvent assurément compter pour quelque chose dans une bagarre. Resterons-nous donc les très humbles serviteurs de trois individus, et qui pis est, de quatre mégères comme celles-là ?

— Voilà justement ce que je ruminais depuis plus d'une heure, dit Térence. Si nous ne tuons pas ce vieux Golah, et ne nous sauvons pas avec ses chevaux, nous mériterons de finir nos jours dans l'esclavage.

— Bien dit ! A quand les actes ? répondit Blount. Il y a sept chameaux, il ne nous en faut que quatre ; mais, avant de quitter la place, nous mangerons et boirons les trois autres. Je meurs de faim et de soif, moi.

— Trace un plan, et je l'adopte les yeux fermés; je suis prêt à tout maintenant, tu sais!

— Arrêtez, monsieur Térence, interrompit tout à coup le vieux marin, vous ne savez plus ce que vous dites. M. Colin est le seul qui ait gardé son bon sens. Je suppose avec vous que le chef soit mort ainsi que ses fils, que ferons-nous ensuite? Nous n'avons ni carte ni boussole, nous ne pourrons jamais retrouver notre chemin. Ne voyez-vous pas qu'un voyage dans ces plaines de sable ressemble à un voyage sur mer, sauf qu'on désire tout le contraire sur l'Océan que dans le désert? Le grand noiraud, notre capitaine pour le quart d'heure, peut seul naviguer en sûreté dans ces parages; nous ne le pouvons pas. Il faut nous laisser conduire par lui à quelque port, où nous essaierons avec plus de sagesse à lui échapper.

— Vous avez parfaitement raison, Bill, en pensant qu'il serait presque impossible de nous diriger. Toutefois il nous faut bien peser toutes nos chances de salut. Après avoir gagné un port, comme vous le dites, ne nous trouverons-nous pas dans une position peut-être plus difficile, n'ayant plus affaire à deux ou trois de ces brutes isolément, mais à des centaines?

— Cela se pourrait, repartit le marin, mais ce ne seront jamais que des hommes contre lesquels nous aurons à lutter, tandis qu'ici c'est la nature elle-même qui est contre nous, et c'est elle qui l'emportera.

— Bill a raison, reprit Térence; j'en fais déjà la dure expérience.

Pendant cette conversation, les naufragés remarquèrent qu'un des Kroumirs restait à côté d'eux et semblait les écouter. Ses yeux étincelants trahissaient le plus vif intérêt.

— Est-ce que vous nous comprendriez par hasard? lui demanda Bill avec humeur.

— Oui, un peu, répondit le Kroumir, sans paraître affecté par la colère de son interlocuteur.

— Et dans quel but, je vous prie, nous écoutez-vous?

— Pour entendre quoi vous dire. Vous parler bien pour moi. Suivre vous dans bateau anglais partout, partout; fuir où vous aller.

Ce ne fut pas sans difficulté que Bill et ses compagnons parvinrent à saisir le sens du langage du Kroumir. Celui-ci leur raconta comment il avait servi sur des navires de leur nation et avait appris le peu d'anglais dont il faisait montre; trois ou quatre ans auparavant le brick portugais qu'il montait ayant fait naufrage sur cette redoutable côte, il avait été capturé dans des circonstances presque analogues aux leurs.

Il encouragea grandement nos amis en leur disant que Golah n'ayant pas le moyen d'entretenir des esclaves, ils seraient bientôt vendus à quelque consul anglais de la côte.

Le Kroumir ajouta qu'il ne pouvait entretenir pour lui-même une espérance aussi consolante, son pays ne songeant guère à racheter ceux de ses enfants tombés en esclavage; mais que, quand il avait vu Golah se rendre maître des prisonniers anglais, il s'était réjoui de l'espoir qu'il pourrait être racheté avec eux, vu qu'il avait à cela quelque droit, pensait-il, puisqu'il avait servi dans leur marine.

Tout le long de la route, les esclaves noirs, sachant bien ce qu'on attendait d'eux, avaient ramassé de la fiente de chameaux séchée, qui devait servir de combustible pour le douar.

Dès la tombée de la nuit, Golah commanda la halte; les chameaux furent déchargés et les tentes dressées.

Le quart environ de la quantité de sangleh que chacun eût pu manger sans courir aucun risque d'indigestion, fut distribué aux esclaves pour leur dîner; et comme ils n'avaient rien pris depuis le matin, cette nourriture leur parut succulente.

Après avoir examiné sa propriété, satisfait des conditions dans lesquelles elle se trouvait, Golah se retira sous la tente, d'où l'on entendit, au bout de quelques minutes, sortir des sons qui ressemblaient aux roulements du tonnerre.

Les deux jeunes gens, son fils et son beau-frère, se relevèrent tour à tour pendant la nuit pour veiller. Mais leur faction était bien superflue; harassés, exténués, mourant de faim et de fatigue, les captifs blancs ne songeaient qu'au repos, et aucun des quatre ne bougea de toute la nuit.

XXIX.

UNE JOURNÉE D'AGONIE.

Le lendemain, une heure avant le lever du soleil, on donna aux esclaves un peu de cheni à boire et l'on se mit en route.

Le soleil, dans un ciel sans nuage, dardait des rayons encore plus chauds que le jour précédent. Pas une brise ne traversait cette immense plaine stérile. L'atmosphère était aussi chaude et aussi immobile que les sables qui leur brûlaient les pieds. Ils ne sentaient même plus la faim. Une soif impérieuse, dévorante, éteignait seule sous ses atroces tortures toutes les autres sensations physiques.

La sueur coulait sur leur corps en véritables ruisseaux, tandis qu'ils se traînaient péniblement sur ce sable mou. Malgré cette humidité sortant de tous leurs pores, leurs gosiers et leurs langues étaient si desséchés, que leurs efforts pour s'entretenir entre eux n'arrivaient qu'à produire une sorte de râle.

Golah, entouré de sa famille montée sur les chameaux, allait paisiblement de l'avant, ne paraissant pas s'inquiéter s'il était suivi ou non par les autres. Ses deux parents surveillaient l'arrière du *kafila*, et tout esclave faisant mine de s'attarder recevait des avertissements tels, qu'il ne se les faisait pas répéter deux fois.

— Dites-leur qu'il me faut un peu d'eau, ou je meurs, balbutia Harry au Kroumir d'une voix étranglée. Je vaux de l'argent; et si Golah me laisse mourir faute de boire, c'est un fou.

Le Kroumir refusa de se charger d'une pareille communication, dont le seul résultat ne pouvait être que de lui attirer personnellement de mauvais traitements.

Colin en appela au fils de Golah et lui fit comprendre par signes qu'ils avaient absolument besoin de boire. Le jeune noir, pour toute réponse, lui rendit une grimace moqueuse. Ne souffrant pas lui-même, où aurait-il pris quelque sympathie pour les souffrances d'autrui ?

La peau des noirs, tannée et frottée d'huile, semblait repousser les rayons du soleil, tandis que l'habitude leur avait donné la force de supporter la faim et la soif à un degré surprenant. Ils ressemblaient plutôt à d'énormes reptiles qu'à des êtres humains.

Le sable, sur la route suivie le second jour, était moins épais qu'auparavant, et rien que l'effort de lever les jambes produisait une fatigue comparable à celle des plus durs travaux. Sous l'horrible supplice que la soif leur imposait, les prisonniers roulaient mille pensées de mort, ce remède suprême aux misères humaines. Et toutefois ce n'était qu'en suivant leur chef qu'ils pouvaient espérer quelque allégement à leurs souffrances. Avec Golah seul ils avaient l'espoir d'une portion de sanglch et de quelques gouttes d'eau.

L'une des femmes du cheik avait trois enfants; et comme chaque mère avait la charge de sa progéniture, elle ne pouvait faire le voyage sans beaucoup plus de fatigue que ses compagnes. Il lui fallait une grande vigilance pour empêcher ses trois bambins indociles de tomber à bas du dromadaire sur le dos duquel ils étaient balancés. Cet état de choses n'étant décidément pas de son goût, elle cherchait déjà depuis quelque temps à qui elle s'en prendrait pour être un peu déchargée de sa peine.

Son but était de faire porter l'aîné de ses enfants, âgé de quatre ans, par l'un des esclaves.

Colin fut la victime qu'elle finit par choisir. Tous les efforts du jeune Écossais pour repousser la lourde responsabilité dont il se voyait menacé furent inutiles. La femme était résolue, et Colin dut obéir, bien qu'il résistât jusqu'à ce qu'elle eut menacé d'appeler Golah.

Cet argument parut suffisant à notre pauvre ami, et le jeune singe fut placé sur ses épaules, les jambes autour de son cou et s'accrochant des deux mains à sa chevelure.

Quand ce nouvel arrangement eut été conclu à la satisfaction évidente d'une des parties seulement, la nuit commençait à tomber, et les deux jeunes gens à qui incombait la surveillance matérielle de la caravane prirent les devants pour choisir l'emplacement du douar.

Il n'y avait aucune fugue à redouter de la part des esclaves. Ils étaient tous trop désireux de recevoir la petite quantité de nourriture que leur promettait la halte du soir.

Epuisé de fatigue et embarrassé par le gamin, Colin était resté en arrière. La mère de l'enfant, naturellement soucieuse du bien-être de son premier-né, ralentit le pas de sa monture et la dirigea vers le jeune Ecossais.

Après que les chameaux eurent été déchargés et les tentes dressées, Golah présida à la distribution du sangleh. Les parts furent encore plus petites que la veille, mais elles furent englouties par les captifs avec une jouissance dont ils n'avaient eu aucune idée jusque-là.

Bill déclara que le court intervalle pendant lequel il avait dévoré les quelques bouchées qui composaient tout son souper, avait suffi pour le dédommager de toutes les souffrances de la journée.

— Ah ! monsieur Harry, dit-il, c'est seulement à présent que nous apprenons à vivre, bien que j'aie souvent pensé aujourd'hui que nous apprenions à mourir. Comme tout paraît bon quand on est affamé !

— C'est en effet la nourriture la plus délicieuse que j'aie jamais goûtée, reprit Térence. Le seul défaut qu'on puisse lui reprocher, c'est qu'il n'y en a jamais assez.

— Eh bien ! alors, interrompit Colin, fais-moi le plaisir de prendre ce qui me reste, car je ne suis pas de ton avis.

Harry, Térence et le marin regardèrent le jeune Ecossais avec une expression d'alarme et de surprise. Si limitée qu'eût été sa portion de sangleh, il n'en avait pas mangé la moitié.

— Pauvre monsieur Colin, qu'y a-t-il? s'écria Bill d'un ton plein de sympathie. Si vous ne prenez pas de nourriture, vous allez vous laisser mourir. Etes-vous malade? Où souffrez-vous?

— Non, non; soyez sans inquiétude, mes amis, je me porte fort bien; seulement j'en ai assez et je désire que vous profitiez de mon reste.

Personne ne voulut y consentir; chacun espérait que l'appétit du jeune homme lui reviendrait et qu'à un moment donné il serait heureux de retrouver la portion dédaignée maintenant.

Ses compagnons étaient sérieusement inquiets de le voir refuser une nourriture dont, malgré l'acompte qu'ils avaient pris, ils ressentaient encore un si grand besoin.

XXX.

BONNE FORTUNE DE NOTRE AMI COLIN. — EXPÉRIENCE DU VIEUX MARIN.

Le lendemain matin, quand la caravane se remit en marche, le petit négrillon fut de nouveau remis aux soins de Colin. Du reste, il n'avait pas toujours à le porter; assez fréquemment le petit homme trottait bravement à ses côtés.

Durant la première partie du jour, l'Ecossais et sa charge se maintinrent facilement au pas de la petite troupe, parfois même on les voyait un peu en avance. Les attentions de Colin pour l'enfant furent remarquées par Golah, dont la physionomie témoigna quelque chose d'humain par une contorsion de la bouche qui eût voulu passer pour un sourire.

Vers midi, notre ami parut se laisser gagner par la fatigue et commença à rester en arrière comme la veille. Inquiète, la mère arrêta son chameau et attendit que l'Ecossais et l'enfant l'eussent rejointe.

Bill avait été très surpris de la conduite du jeune aspirant le soir précédent, surtout de la patience avec laquelle il s'était résigné à veiller sur l'enfant. Il y avait là un mystère qu'il ne pouvait comprendre et qui avait également intrigué Harry et Térence, malgré leurs préoccupations personnelles.

Un peu après midi, la femme ramena Colin au kafila, le forçant à marcher devant elle par des cris aigus et lui administrant des coups avec le bout noueux de la corde dont elle se servait pour faire avancer sa monture.

Au bout de quelque temps, Golah, ennuyé des accents aigres de sa voix discordante, lui ordonna de se taire et de laisser l'esclave continuer sa route en paix.

Bien qu'il lui fût impossible de comprendre la signification des paroles de la femme, Colin ne devait certainement pas prendre pour des douceurs tout ce qu'elle lui débitait sur ce ton. D'ailleurs, les coups de fouet eussent pu l'édifier sur les sentiments dont ils étaient l'expression. Cependant il recevait injures et mauvais traitements avec une résignation philosophique dont ses compagnons ne pouvaient revenir.

Quand ses pensées n'étaient pas trop absorbées par les tiraillements de son estomac, Harry s'efforçait de causer avec le Kroumir déjà mentionné. Dans un de ces moments, il lui demanda l'explication des injures vociférées par la négresse au sujet de l'Ecossais. Celui-ci répondit que la coléreuse mégère l'avait traité de porc, de fainéant, de chien de chrétien, d'infidèle, et menaçait de le tuer, à moins qu'il ne marchât avec le kafila.

Le troisième jour, la chaleur était moins grande, et conséquemment les esclaves eurent moins à souffrir.

Parlant des douloureuses expériences que leur voyage leur avait déjà donné l'occasion de faire, Harry fit la remarque qu'il espérait ne jamais souffrir de nouveau ce qu'il avait souffert la veille.

— Eh! comment vous y prendrez-vous, de grâce? demanda Bill.

— Je me souviendrai que plus grand est le besoin de boire, plus parfaite est la jouissance de le satisfaire, et l'anticipation de la joie à venir fera beaucoup pour m'aider à endurer l'angoisse présente.

— Il y a du vrai là dedans pour sûr, dit le marin. Je ne puis m'empêcher de me rappeler combien notre souper nous a semblé bon hier, et de faire des vœux pour qu'il nous produise le même effet ce soir.

— Nous avons appris du nouveau, du moins moi, dit Térence, et je saurai mieux comment vivre, si je reviens dans des régions civilisées et à notre large vie européenne. Jusqu'à présent j'avais été comme un enfant, mangeant et buvant la moitié du temps, non parce que j'en éprouvais le besoin, mais parce que je n'avais rien de mieux à faire. Voilà Colin qui me paraît philosopher sur l'excellence du régime arabe. Peut-être n'attend-il un meilleur appétit que pour avoir plus de plaisir à savourer son souper. Où donc est-il passé?

Les regards des trois compagnons se tournèrent pour chercher le jeune aspirant. Il était de nouveau tout à l'arrière, et la mère de l'enfant l'attendait encore.

Harry et Térence continuèrent leur marche, pour ne pas assister, spectateurs impuissants, à la série de mauvais traitements qu'ils s'attendaient à voir pleuvoir sur leur malheureux ami. Mais Bill s'arrêta, comme s'il prenait tout à coup un vif intérêt à une scène de cette nature dont il n'était pas le souffre-douleur. Les choses se passèrent comme la veille, l'enragée négresse força bientôt le jeune homme à reprendre son rang de file dans la petite caravane.

— Je ne m'étonne plus, dit Bill en rejoignant les deux jeunes gens, pourquoi Colin s'est pris d'une si subite tendresse pour le petit singe qu'il a sur le dos.

— Qu'y a-t-il donc, Bill? Qu'avez-vous découvert? demandèrent Harry et Térence d'une même voix.

— La raison pour laquelle maître Colin n'a pas mangé hier soir.

— Et pourquoi?

— La fureur de la négresse n'est qu'une feinte; mais elle s'y entend, la coquine!

— Allons donc, Bill, voulez-vous finir avec de pareilles suppositions! dit Colin, qui, avec son cavalier sur les épaules, les avait maintenant rattrapés.

— Non, non, je ne me trompe pas, la femme a un faible pour vous, c'est visible. Et qu'est-ce qu'elle vous a donné à manger?

Voyant qu'il était inutile de cacher sa bonne fortune plus longtemps, Colin avoua que la négresse, dès qu'elle pouvait le faire sans être vue, lui donnait des figues sèches et du lait contenu dans une petite outre qu'elle portait sous son manteau.

En dépit de l'opinion qu'ils venaient de professer sur le plaisir de prendre un repas longtemps attendu, les compagnons de Colin le félicitèrent chaleureusement de sa chance, et ce fut à qui témoigna le plus d'empressement à se charger du négrillon, à la condition de pouvoir compter sur une semblable récompense.

Ils ne se doutaient guère qu'ils changeraient bientôt d'avis, et que le bonheur tant convoité de Colin serait avant peu une nouvelle source d'infortunes pour eux tous.

L'après-midi de cette journée fut horriblement chaude, et néanmoins Golah maintint sa monture à une allure telle, qu'il devint fort difficile aux esclaves de le suivre. C'en était trop, sinon pour les forces, du moins pour la patience du pauvre Bill. Il finit par se déclarer incapable de faire un pas de plus, et s'assit en annonçant une résolution arrêtée de ne point « démarrer ».

Un déluge de coups suivit cette détermination, mais sans rien y changer. Ne sachant plus qu'imaginer pour vaincre la résistance du rebelle, les deux gardiens en appelèrent à Golah.

Celui-ci tourna aussitôt son dromadaire et se dirigea vers le récalcitrant.

Avant qu'il eût atteint l'endroit où gisait le marin, les trois aspirants usèrent de toute leur influence sur leur vieux camarade pour le déterminer à ne pas attendre sa venue. Le Kroumir joignit ses supplications aux leurs, mais vainement affirma-t-il que le tyran resterait insensible à la fatigue, à l'âge, à toutes les considérations, et tuerait son esclave plutôt que de lui céder; vainement essaya-t-il de le remettre sur pied de force, lui promettant de l'aider à marcher;

Bill refusa obstinément de bouger. Il voulait tenter une expérience.

— Je pourrais peut-être bien marcher encore un peu, mais je ne le veux pas, j'en ai assez. Je veux monter sur le chameau et voir Golah se promener un peu à son tour. Il en est certes plus capable que moi. Et maintenant, enfants, ne faites pas la bêtise de vous tracasser à mon sujet. Laissez-moi faire. Vous n'avez qu'à regarder ce qui se passera pour apprendre quelque chose : c'est que, lorsqu'on n'a pas, pour vous porter chance, la jeunesse et la beauté comme Colin, il faut y suppléer par l'adresse. J'ai de l'âge et de l'expérience, et je vais en tirer parti.

En atteignant la place où le marin était assis, Golah fut informé de ce qui se passait, et que le remède habituel avait manqué son effet.

Il ne parut pas mécontent de cette communication; au contraire, son visage refléta une sorte de satisfaction intérieure. Il commanda tranquillement à l'esclave de se lever et de continuer son voyage.

Le malheureux Bill, les pieds ensanglantés, mourant de faim et de soif, était arrivé à ce degré de désespoir qui touche à la folie. Il dit au Kroumir d'informer le cheik qu'il voulait continuer sa route, mais sur un des chameaux.

— Tu veux donc que je te tue ! s'écria Golah, quand cette communication lui eut été faite. Tu veux me voler ce que j'ai payé pour l'avoir ; cela ne sera pas. Tu avanceras bon gré mal gré, c'est moi qui te le dis.

Le marin dit que rien au monde ne le forcerait à aller plus loin, si on ne lui donnait pas un chameau.

Cette réponse, transmise au cheik par le Kroumir, sembla un moment l'embarrasser. Il réfléchit pendant quelques minutes, et bientôt un hideux sourire témoigna qu'il avait tourné la difficulté. Il prit la bride de son chameau, qu'il attacha par un bout à la selle et dont il noua l'autre extrémité autour des poignets du marin. En vain l'infortuné voulut-il résister, il était comme un enfant sous l'étreinte puissante du chef noir.

Le fils et le beau-frère de Golah se tenaient à ses côtés, leurs fusils tout armés et prêts à faire feu au premier mouvement des compagnons du marin.

Lorsque celui-ci eut été solidement attaché, le chef ordonna à son fils de faire avancer l'animal, et Bill fut traîné à sa suite sur le sable.

— Tu avances tout de même ! s'écria Golah dans l'exaltation de son triomphe, et personne ne te porte. C'est une nouvelle manière, voilà tout. Bismillah ! Je suis ton maître.

Une pareille torture n'était pas longtemps supportable ; Bill fut trop heureux de reprendre la position commune et de marcher. Il était vaincu ; mais pour le punir de tout le mal qu'il avait donné, le cheik l'obligea à rester tout le jour attaché à la queue de sa monture.

Aucun des esclaves blancs n'eût jamais cru possible de se soumettre à de pareils traitements, ou de laisser un des leurs subir sans résistance une telle humiliation.

Pas un d'eux ne manquait de vrai courage cependant, mais leur légitime fierté cédait devant une force supérieure, les exigences de la faim et de la soif. C'est la plus grande dont on puisse disposer ; mais il faut s'en servir avec modération. Golah le savait ; c'était sur elle qu'il avait compté pour soumettre ses esclaves, et c'était ce qui lui permettait de confier presque à deux enfants des hommes qui, en tout autre état de cause, eussent disputé énergiquement leur liberté.

XXXI.

UNE RÉCOMPENSE INJUSTE.

Le lendemain, au moment de se remettre en route, Golah eut la condescendance d'avertir ses captifs qu'ils arriveraient dans l'après-midi à une source ou à un puits, et qu'on s'y reposerait deux ou trois jours.

Cette nouvelle, transmise à Harry par le Kroumir, causa à tous une véritable joie. Quelle perspective ! Deux ou trois jours de bon repos et de l'eau à discrétion !

A la suite de cette communication qui avait bien disposé tout le monde, Harry eut un long entretien avec le Kroumir, et ce dernier exprima sa surprise que les captifs blancs se soumissent si facilement à aller dans la direction où le cheik les conduisait. Il lui apprit que la route qu'il leur faisait suivre, si on la continuait, les entraînerait très avant dans l'intérieur du pays, probablement à Tombouctou, et il lui conseilla de demander à Golah de les mener de préférence à quelque port de la côte où ils pourraient être rachetés par un consul anglais.

Le Kroumir promit d'agir comme interprète auprès de Golah et de faire tout ce qui dépendrait de lui pour faire aboutir leur demande. Il espérait influencer le cheik et l'amener à changer sa destination, en lui disant qu'il trouverait un bien meilleur prix en conduisant les captifs à quelque port fréquenté par leurs navires, que dans l'intérieur des terres.

Il ajouta d'un ton mystérieux qu'il y avait un autre sujet sur lequel il eût voulu leur donner quelques avis; mais plus on le pressa de s'expliquer, plus il montra de réserve. Ce ne fut qu'à force d'instances qu'on parvint à lui arracher la déclaration qu'il redoutait fort que leur camarade Colin ne vît jamais la fin du désert.

— Et pourquoi donc? demanda Harry.

— Il sera mort auparavant.

Bien que soupçonnant la cause des craintes du Kroumir à l'égard de Colin, Harry le pria de s'expliquer en toute vérité et de dire sur quoi il basait une opinion si catégorique.

— Si Golah voit la mère de l'enfant donner au jeune blanc ne fût-ce qu'une figue ou une goutte d'eau, il les tuera tous les deux, c'est sûr. Je l'ai vu faire, moi, pas une fois, mais plusieurs, et Golah n'est pas un fou, il voit tout; et s'il n'a pas vu, il verra.

Harry promit d'avertir son camarade, afin de le sauver, avant que les soupçons de Golah fussent éveillés.

— Inutile, rien de bon, répondit le Kroumir.

Pour expliquer ces paroles, l'interprète fit entendre à Harry que si le jeune Ecossais refusait quelque faveur de la femme, la vanité blessée de la négresse changerait sa sympathie en une haine féroce, et qu'alors elle s'arrangerait pour exciter contre lui la colère de Golah, colère qui serait certainement fatale à sa victime.

— Mais alors que faire pour le sauver? s'écria Blount au désespoir.

— Rien. Vous ne pouvez rien pour lui, répondit le Kroumir. Seulement avertissez-le, qu'il sache ce qui l'attend. La femme de Golah l'aime, et, quoi qu'il arrive, il mourra.

Harry, tout troublé, mit le marin et Térence au courant de cette conversation, et tous trois tinrent conseil.

— J'ai grand'peur que cet animal de nègre n'ait raison, dit Bill. Si Golah s'aperçoit de la préférence d'une de ses femmes pour notre ami, c'en est fait du pauvre garçon.

— C'est assez à craindre, ajouta Térence; et d'autre part que peut-il faire? De quelque façon qu'il s'y prenne, il est dans une bien mauvaise passe. Dieu fasse qu'il en sorte! Il faut absolument l'avertir dès qu'il nous rejoindra.

Précisément, tandis que ses amis se désolaient à son sujet, le jeune homme était arrêté à quelques centaines de mètres, et la femme surveillait l'avidité avec laquelle il portait à ses lèvres la gourde contenant la précieuse boisson.

— Colin, dit Harry, dès que celui-ci, poursuivi par les invectives et la colère simulée de la femme, les eut rejoints avec l'enfant, Colin, donne-nous ta parole de ne plus t'approcher de cette coquine de négresse. On a déjà remarqué vos haltes furtives. Le Kroumir nous en a prévenus. Pense donc, malheureux, si Golah la voit te donner quoi que ce soit, tu es un homme perdu.

— Mais qu'y puis-je, mon ami? répondit le jeune aspirant. Si cette femme venait en ce moment t'offrir du lait et des figues, pourrais-tu les refuser?

— Non, certainement. J'avoue même que je serais très heureux que cette alternative séduisante me fût offerte, mais *il faut* néanmoins que tu t'arranges pour te tenir désormais loin d'elle. Il ne faut plus à aucun prix t'attarder auprès d'elle, ni te séparer de nous.

— Et si tu savais qu'en restant de quelques mètres en arrière tu assouvirais ta faim et ta soif, ne le ferais-tu pas?

— Peut-être bien; car je connais cette cruelle souffrance; mais enfin je ne voudrais pas qu'il t'arrivât malheur.

Aucun des compagnons de Colin ne pouvait le blâmer. Une indélicatesse, un crime même devenaient presque excusables pour échapper aux tortures d'une faim et d'une soif si dévorantes.

Le temps devenait de plus en plus lourd, et les souffrances de nos pauvres amis en arrivèrent à être absolument intolérables. C'était Bill qui était le plus abattu et le plus malade des captifs. Ce n'était qu'avec une extrême difficulté qu'il arrivait à mettre un pied devant l'autre. Son gosier était si desséché, qu'il ne pouvait articuler un seul mot; il dépérissait à vue d'œil, et cependant ses mains suppliantes s'étendaient vers Colin.

Celui-ci le comprit. Il plaça l'enfant sur ses épaules. Bill voulait savoir si la négresse ne le récompenserait pas, lui aussi; et dans ce but, il resta en arrière de la troupe.

Le fils de Golah et l'autre garde avaient remarqué l'épuisement du marin. Ils voulurent s'opposer à ce qu'il se chargeât de l'enfant. Ils désignèrent de la main Harry et Térence; mais Bill insista pour conserver sa précieuse charge, dont il attendait un si grand allégement à ses maux. Les deux noirs le traitèrent d'imbécile et de chien d'infidèle, mais le laissèrent libre.

Peu de temps après, la mère de l'enfant arrêta son chameau. Le vieux marin se mit à marcher avec toute la rapidité que lui permettaient ses forces épuisées, espérant recevoir la récompense tant souhaitée; mais le pauvre homme allait au-devant d'un amer désappointement.

Quand la femme s'aperçut du changement de porteur, elle prononça quelques mots d'une voix aigre et furibonde. Le négrillon, l'ayant comprise, descendit des épaules du marin et se mit à courir de toute sa force vers elle.

Hélas! pauvre Bill! sa récompense fut une pluie d'invectives, accompagnée, ce qui était bien pis, de coups qu'elle lui administrait avec le bout natté de la bride de sa monture. Il voulut éviter la correction en pressant le pas, mais le chameau semblait y mettre de la malice, car il se maintenait toujours à la distance voulue pour que l'affreuse mégère pût atteindre sa victime. Cela dura jusqu'à ce que Bill eut rejoint ses compagnons. Sa peau rouge et écorchée témoignait assez de la cruauté de la négresse.

En passant près du jeune Ecossais, qui avait repris l'enfant, la femme lui jeta un coup d'œil qui semblait dire : « Vous m'avez trahie. » Mais, sans attendre un regard en retour, elle alla reprendre sa place auprès de Golah, en tête de la caravane.

Les esclaves noirs parurent s'amuser beaucoup de la mésaventure du marin ; cela leur donna un peu d'entrain, et ils poursuivirent leur route avec moins de difficulté qu'auparavant.

Le désappointement de Bill eut cependant un bon résultat pour lui. Il recouvra l'usage de la parole, qu'il avait perdu, et on put l'entendre, tout en cheminant, murmurer des malédictions dans tous les dialectes usités dans les trois royaumes-unis.

XXXII.

LE PUITS SANS EAU.

Golah espérait atteindre de bonne heure dans la soirée l'endroit où il comptait trouver de l'eau, et toute la caravane était soutenue par le même espoir. Il était heureux qu'il en fût ainsi pour Bill et pour ses compagnons ; car, bien avant la tombée de la nuit, ils se fussent couchés pour ne plus se relever. C'était pitié de les voir se traîner en dépit de l faiblesse croissante qui les envahissait. Enfin, après le coucher du soleil, on arriva au puits.

Il était sec ! Pas une goutte de l'élément tant désiré ne brillait dans la cavité où ils avaient cru en trouver à discrétion. Le marin et plusieurs des captifs se laissèrent choir sur le sable en murmurant une prière pour une mort instantanée.

Golah était terrible à voir ; en ce moment il s'en prenait à tout de ce contre-temps. Ses femmes, ses enfants, ses chameaux même, connaissant la férocité de son humeur, fuyaient de tous côtés pour ne pas se trouver sur ses pas.

Tout à coup sa colère se calma, il avait pris une résolution. Dénouant la dernière outre que portait un des chameaux, il en remplit une coupe pour chacun des individus du kafila, auquel il distribua en outre une portion de sangleh et une couple de figues sèches.

Après cette halte sommaire, il ordonna que l'on se mît en marche vers l'ouest, et il prit la tête de la caravane.

La nouvelle route était à angle droit de celle qu'ils avaient suivie durant le jour.

Quelques-uns des esclaves, ayant déclaré ne pouvoir aller plus loin, retrouvèrent, après avoir reçu quelques coups de fouet de Golah, une énergie nouvelle qu'ils ne croyaient pas posséder.

A deux milles environ de leur point de départ, le cheik noir s'arrêta soudain et donna des ordres à voix basse. Les chameaux furent immédiatement rangés en cercle, on les fit agenouiller et l'on se hâta de les décharger.

Pendant que ceci se passait, nos amis crurent entendre des bruits de voix et des pas de chevaux. Mais l'oreille exercée de Golah avait bien avant eux reconnu l'approche d'une troupe étrangère, et c'est ce qui l'avait déterminé à faire halte.

Dès que les bruits se furent suffisamment rapprochés, le chef noir dit en arabe :

— Est-ce la paix ?

— Oui, répondit-on.

Et bientôt les nouveaux venus s'avancèrent en disant, selon l'usage : « La paix soit avec vous, et avec vos amis ! »

Cette caravane se composait de quinze à vingt hommes environ, avec des chevaux et des chameaux. Le cheik qui la commandait s'informa du lieu d'où venait Golah.

— De l'est, dit-il, donnant à entendre qu'il avait suivi la même route qu'eux.

— Alors pourquoi n'allez-vous pas jusqu'au puits ?

— C'est trop loin, répondit Golah, nous sommes très fatigués.

— Non, ce n'est pas loin, c'est à une demi-heure à peine. Vous feriez mieux de continuer votre route jusque-là.

— Non, il doit y avoir au moins deux lieues ; nous nous reposerons ici cette nuit et nous partirons demain matin.

— Pour nous, nous ne nous arrêterons pas ; je sais que le puits est peu éloigné et que nous pouvons y arriver bientôt.

— Très bien, dit Golah, allez, et que Dieu soit avec vous. Mais arrêtez, mes maîtres, n'auriez-vous pas un chameau à vendre ?

— Oui, un très bon. Pour le moment il est un peu fatigué ; mais il n'y paraîtra plus demain matin.

Golah pensait bien que le chameau qu'ils consentaient à vendre devait être à bout de forces et incapable d'aller plus loin. Mais il avait son but et n'était pas fâché que les autres se figurassent l'avoir trompé.

Après avoir débattu le prix, il l'acheta moyennant deux couvertures, une chemise et le poignard qui avait été pris à Térence. L'animal ne portait point de charge, et depuis longtemps son propriétaire avait toutes les peines du monde à le faire avancer. S'en défaire était donc pour lui une bonne aubaine.

Les étrangers s'éloignèrent donc et prirent le chemin du puits, que Golah savait être à sec. Dès qu'ils se furent éloignés, le chef noir donna l'ordre de recharger les chameaux et de reprendre la marche interrompue. Pour encourager les esclaves à continuer le voyage, il promit de tuer pour le déjeuner du lendemain le chameau qu'on venait d'acheter, et de passer ensuite toute la journée à se reposer sous les tentes.

Cette promesse eut pour effet de ranimer le courage des pauvres captifs, qui marchèrent tant bien que mal presque jusqu'au point du jour, moment où le chameau acheté la veille se coucha sur le sable, résistant à tous les efforts tentés pour le faire aller plus loin. Il était épuisé de fatigue et de faim et totalement à bout de forces.

Il fallut s'arrêter. Les bêtes furent déchargées, les tentes dressées, et tout se prépara pour une halte d'une certaine durée.

Quand on eut ramassé des herbes sèches en quantité suffisante pour faire du feu, Golah se mit en mesure de tenir la promesse qu'il avait faite à ses esclaves de donner à chacun d'eux de quoi se rassasier.

Un nœud coulant fut attaché autour de la mâchoire inférieure du chameau et sa tête retirée en arrière autant que possible, tellement que, grâce à la longueur du cou de l'animal, la tête alla presque toucher la queue, à laquelle la corde fut solidement attachée.

Alors Golah, s'armant d'un couteau, ouvrit une des veines du cou, tandis que Fatma, la favorite, s'approcha avec une sorte de chaudron en cuivre pour recevoir le sang qui s'échappait à flots de la blessure. Avant que l'animal eût cessé de vivre, le chaudron était plus d'à moitié plein.

On le plaça alors sur le feu, et ce sang, remué avec un bâton, continua à cuire jusqu'à ce qu'il eut atteint la consistance d'une bouillie épaisse. Refroidi, il ressemblait par la couleur et l'épaisseur au foie d'un taureau. Cette nourriture fut partagée entre les esclaves, qui la dévorèrent avec avidité.

Le cœur et le foie furent préparés pour Golah et sa famille. Quant au peu de chair qui restait encore sur les os, elle fut détachée et coupée en tranches que l'on fit sécher au soleil.

Une partie de l'estomac contenait encore un galon et demi d'eau épaisse et sale; mais elle fut soigneusement versée dans une outre et conservée pour les besoins à venir.

Les intestins furent également conservés et séchés pour être mangés plus tard par les esclaves.

Dans la journée, Harry et Térence firent demander une entrevue à Golah, et, accompagnés de leur interprète, ils obtinrent la faveur de s'asseoir à la porte de sa tente, pendant qu'ils conversaient avec lui.

Harry pria le Kroumir d'informer leur maître que s'il voulait les conduire à quelque port de mer, il obtiendrait pour chacun une rançon beaucoup plus élevée que le prix qu'il en obtiendrait partout ailleurs où il voudrait s'en défaire.

Golah répondit qu'il doutait grandement de la vérité de cette assertion; qu'il n'aimait pas à fréquenter les ports de mer, et que du reste ses affaires l'appelaient directement à Tombouctou, où il était pressé d'arriver. Il ajouta que si tous ses esclaves s'étaient trouvés être des chiens de chrétiens, il aurait pu risquer le voyage de la côte; mais la plupart d'entre eux appartenant à des gouvernements qui ne rachetaient pas leurs sujets captifs, il n'avait aucune envie de leur fournir peut-être l'occasion de s'évader sans aucune compensation pour lui-même.

Les jeunes gens lui demandèrent en outre s'il ne consentirait pas à les vendre, ainsi que le Kroumir, à quelque marchand d'esclaves qui les emmènerait à la côte.

Mais Golah ne voulut rien promettre. Il dit que pour cela il lui faudrait traiter dans le désert, ce qui serait un moyen infaillible de les vendre à moitié prix.

Le seul renseignement qu'ils purent obtenir, c'est qu'ils verraient certainement la célèbre ville de Tombouctou, c'est-à-dire s'ils étaient assez forts pour supporter les fatigues du voyage.

Après avoir remercié Golah de sa condescendance, le Kroumir se retira, suivi des deux aspirants, qui comprirent seulement alors toute l'horreur de leur situation.

Une nourriture abondante et les loisirs de cette journée de trêve, en apaisant les tortures physiques, leur permettaient de tourner leurs pensées vers l'avenir, et cet avenir leur paraissait effrayant.

Après leur entrevue avec Golah, Harry Blount et Térence rejoignirent Colin et Bill, qui les attendaient avec une impatience fébrile.

— Eh bien! quelles nouvelles? demanda le marin, dès qu'ils furent à portée.

— Elles sont mauvaises, bien mauvaises, répondit Térence; le sort en est jeté, nous allons à Tombouctou.

— Ah! je réponds bien que je n'y suis pas encore, s'écria Bill. Mourir, peut-être; aller là-bas, jamais!

XXXIII.

UN AUTRE PUITS.

De bonne heure, le lendemain, la caravane se remit en route vers l'ouest. Golah était obligé de prendre cette direction pour se procurer de l'eau, bien que cela lui fît faire un détour qui l'éloignait de sa destination.

Deux longues journées s'écoulèrent avant que l'on eût atteint un autre puits. Golah, sérieusement contrarié de cette perte de temps, était de fort méchante humeur et, suivant l'habitude, s'en prenait à tout ce qui l'entourait : tantôt à son chameau, qu'il mettait à un trot si allongé, que les autres ne pouvaient le suivre; tantôt à ses femmes, auxquelles il reprochait de s'attarder volontairement; tantôt à ses enfants, qu'il accusait, non sans raison, d'être toujours à l'arrière-garde; enfin son fils et son beau-frère étaient de temps à autre solennellement maudits au nom du prophète, pour ne pas savoir mieux se faire obéir des esclaves.

Avant d'être arrivés au puits, les blancs, plus éprouvés que jamais, étaient réduits à la plus misérable condition. Leurs pieds brûlés et déchirés ne pouvaient plus les porter, et leur corps, exposé à l'action continuelle du soleil, était enflammé, saignant et tout meurtri, en particulier leurs jambes et leur cou.

Les intestins et la chair du chameau avaient depuis longtemps disparu, et il ne restait plus une goutte de l'eau répugnante trouvée dans son estomac.

Colin avait regagné les bonnes grâces de la femme du cheik, et l'enfant lui avait de nouveau été confié; mais le peu d'eau et de nourriture qu'il recevait en échange de ses soins étaient en réalité chèrement achetées.

Le poids du jeune nègre constituait une gêne considérable dans une marche forcée, sous un ciel aussi inclément. De plus, le négrillon, pour conserver son équilibre sur les épaules de l'Ecossais, se retenait à sa chevelure, et pour cela lui avait arraché maintes poignées de cheveux; ce qui avait rendu son crâne fort douloureux et d'autant plus sensible à la chaleur.

Affamés, altérés, faibles, boiteux, harassés, les malheureux captifs se traînèrent jusqu'aux approches du puits.

En arrivant en vue d'une petite colline sur laquelle croissaient deux ou trois buissons épais, Golah se tourna vers sa troupe et la leur montra d'un geste. Tous comprirent le signal et semblèrent tout à coup renaître à la vie. Ils retrouvèrent comme par miracle une nouvelle énergie, hâtèrent le pas, en moins de rien gravirent la colline et arrivèrent au puits qui se trouvait sur le versant opposé.

La précipitation des esclaves à assouvir leur soif aurait éveillé la pitié dans tout autre cœur que celui de leur possesseur, mais Golah semblait déterminé à leur donner encore une leçon de patience.

Il ordonna de décharger d'abord les chameaux et de dresser les tentes. Pendant que les uns se livraient à cette besogne, les autres avaient été dépêchés en quête de menu bois.

Lui, de son côté, s'amusait à collectionner tous les plats et ustensiles propres à contenir de l'eau et à les rassembler autour du puits. Il attacha enfin une corde à un récipient de cuir, et, tirant l'eau du réservoir, il remplit avec précaution tous les vases de manière à répandre aussi peu que possible du précieux liquide.

Quand ces arrangements furent terminés, il réunit autour de lui ses femmes et ses enfants. Puis il tendit à chacun environ une pinte d'eau, leur donna quelques secondes pour avaler, puis les congédia du geste.

Tous s'éloignèrent sans murmurer et en apparence satisfaits.

Les esclaves furent appelés les derniers, et ce fut alors une véritable scène de confusion. Les vases furent saisis avec avidité, vidés en un clin d'œil, et remplis encore pour être reportés à des lèvres inassouvies.

La quantité d'eau absorbée par Bill et ses trois compagnons fit déclarer à Golah qu'il n'y avait qu'un Dieu, que Mahomet était son prophète, et quatre de ses esclaves des éponges ambulantes.

Lorsqu'enfin tous eurent satisfait aux exigences de leur nature,

Golah leur montra à son tour la quantité d'eau qu'il jugeait nécessaire pour des gens altérés, en buvant lui-même une pinte environ, c'est-à-dire la cinquième partie de ce qui avait été consommé par ses esclaves blancs.

De longues années de privations avaient accoutumé le cheik à se contenter de peu, tout en se conservant fort et actif.

Il n'y avait guère plus de deux heures qu'ils étaient au puits ; on achevait seulement d'abreuver les chameaux, quand arriva une autre caravane. Son chef fut hélé par la formule d'usage quand des étrangers se rencontrent dans le désert : « Est-ce la paix ? »

La réponse fut affirmative, et les nouveaux venus se mirent à dresser leur camp.

Le lendemain matin, Golah eut avec le cheik une longue conversation, après laquelle il revint à sa tente d'un air très préoccupé.

La caravane nouvellement arrivée se composait de onze hommes, huit chameaux et trois chevaux. C'étaient tous des Arabes libres, voyageant sans esclaves, ni marchandises. Ils arrivaient du nord-ouest ; mais dans quel but, c'est ce qu'ignorait Golah, car les explications fournies par leur chef, loin d'être catégoriques, étaient fort peu satisfaisantes.

Bien que très à court de provisions, Golah résolut de ne point quitter le puits ce jour-là, et le Kroumir apprit que cette résolution était inspirée par la crainte que lui causaient les étrangers.

— S'il a peur d'eux, dit Harry, ce serait au contraire une raison pour les fuir au plus tôt, ce me semble.

Le Kroumir répondit à cela que si vraiment les Arabes étaient ce que l'on supposait, des pirates du désert, ils ne s'en prendraient point à Golah, tant qu'il serait campé autour du puits.

Le Kroumir avait raison : les voleurs n'attaquent pas leurs victimes à l'auberge. Les écumeurs de mer ne pillent pas les navires au port. Il en est de même sur le vaste océan de sable du Sahara.

— Que je voudrais donc que ce fussent des voleurs et qu'ils nous prissent à Golah, s'écria Colin avec chaleur. Peut-être alors serions-nous emmenés vers le nord, où notre rançon serait payée tôt ou tard ; tandis que si nous allons à Tombouctou, nous ne quitterons jamais l'Afrique.

— Nous n'irons jamais à Tombouctou, par exemple ! s'écria Térence. Nous nous ferons voleurs auparavant ; du moins moi, je peux le dire. Golah sera toujours volé d'un de ses esclaves.

— Et celui-là sera M. Térence O'Connor, bien sûr ? demanda Bill.

— Oui certes.

— Vous ne ferez toujours pas pire que M. Colin, qui l'a déjà volé deux fois : d'abord de l'affection de sa femme, puis de celle de son enfant.

— Assez de plaisanteries comme cela, Bill, interrompit Colin, qui ne pouvait souffrir ces allusions à la négresse. Nous avons bien autre chose à penser. Puisque nous savons que l'intention de ceux-ci est de nous conduire à Tombouctou, il est temps d'agir. Nous ne devons y aller à aucun prix.

— C'est entendu, dit Harry ; mais que pouvons-nous faire ? Tout est là. Chaque jour, notre marche vers le sud nous éloigne de notre patrie, ou de la chance d'y revenir un jour. Peut-être ces Arabes pourraient-ils nous acheter et nous conduire vers le nord. Si nous chargions le Kroumir d'aller leur parler?

Tous consentirent à cette proposition. L'esclave fut appelé, et, ayant été informé des désirs de ses compagnons d'infortune, il répondit qu'il ne fallait pas qu'on le vît parler aux Arabes. Il leur fit remarquer, ce dont les captifs blancs s'étaient également aperçus, que Golah et son fils ne les perdaient pas de vue, non plus que les étrangers, et qu'il serait probablement fort difficile de faire naître l'occasion de leur parler.

Tandis que le Kroumir déduisaït toutes ces raisons, le cheik arabe se dirigea vers le puits. Aussitôt le nègre se leva et le suivit sans en avoir l'air. Mais il avait été aperçu de Golah, qui lui ordonna de revenir immédiatement. L'Africain ne se pressa pas d'obéir et feignit de boire.

A son retour, il apprit à Harry qu'il avait parlé au cheik étranger et lui avait dit : « Achetez-nous; nous vous vaudrons beaucoup d'argent. » La réponse avait été : « Les esclaves blancs sont des chiens qui ne valent pas la peine qu'on les achète. »

— Ainsi nous n'avons aucun espoir de ce côté, s'écria Térence consterné.

Le Kroumir secoua la tête, comme s'il ne partageait pas l'opinion du jeune O'Connor.

— Quoi! pensez-vous qu'il y ait quelque espérance? demanda Harry, qui avait suivi le jeu de sa physionomie.

L'homme fit un signe d'assentiment.

— Comment? de quelle manière?

Le Kroumir passa outre sans autre explication.

Deux ou trois heures avant le coucher du soleil, les Arabes levèrent leurs tentes et partirent dans la direction du puits desséché que Golah et sa caravane venaient de quitter. Quand ils eurent disparu derrière la colline, le fils de Golah fut dépêché sur la hauteur pour les surveiller, pendant que les femmes et les esclaves chargeaient en toute hâte les chameaux et pliaient les tentes.

Aussitôt que les dernières ombres de la nuit eurent envahi l'immense plaine, et que les étrangers furent complètement hors de vue, Golah donna ordre de reprendre la marche dans la direction du sud-est, qui l'éloignait de la côte, et, suivant toute apparence, enlevait à nos pauvres amis leur dernière chance de recouvrer jamais la liberté.

Le Kroumir, au contraire, parut avoir oublié tout ce qu'il avait dit et se montra fort satisfait de suivre cette route.

XXXIV.

UNE ENQUÊTE ÉMOUVANTE.

Toute la nuit, Golah sembla craindre d'être rejoint par les Arabes; et si grand était son désir de mettre entre eux et lui le plus de distance possible, qu'il ne fit halte que deux heures après le lever du soleil.

Depuis quelque temps déjà, Fatma, sa favorite, s'était tenue à ses côtés, lui parlant avec une grande animation, qui semblait communicative, à en juger par les gestes de tous deux.

Dès que les tentes furent dressées, Golah ordonna à la mère du négrillon de lui présenter le sac de figues qui avait été confié à sa garde.

Toute tremblante, la pauvre femme se leva pour obéir. Le Kroumir jeta aux captifs blancs un regard d'épouvante, et, bien que ces derniers n'eussent pas compris l'ordre donné par Golah, ils présumaient que quelque événement grave se préparait.

La négresse présenta le sac; il était plus d'à moitié vide.

Les figues, servies trois jours auparavant auprès du puits tari, provenaient d'un autre sac gardé par Fatma.

Celui que la seconde femme soumettait à l'examen de son seigneur et maître devait donc être intact, et Golah demanda comment il se faisait qu'il ne le fût pas.

La négresse, toute secouée par la peur, répondit qu'elle et ses enfants avaient mangé les figues.

A cette confession, Fatma partit d'un éclat de rire moqueur et prononça quelques paroles qui firent tressaillir la négresse et pousser des cris de désespoir à son pauvre petit.

— Voici ce qu'elle a dit, murmura le Kroumir, assis près des trois aspirants : « Le chien de chrétien a mangé les figues. » Golah va le tuer maintenant, et la femme aussi.

Dans l'appréciation de ceux qui voyagent dans le désert, le crime le plus grand peut-être qui puisse être commis, est celui de dérober de la nourriture ou de l'eau, et de manger ou de boire à l'insu les uns des autres. La nourriture confiée aux soins de quelqu'un est un dépôt sacré. On doit le conserver et le défendre même au prix de sa vie.

En aucun cas il n'est permis de distraire la moindre parcelle d'un comestible quelconque sans le consentement général de la troupe, et sans qu'un partage plus ou moins équitable n'ait eu lieu au préalable.

Si ce que la femme alléguait eût été vrai, son crime aurait été suffisant pour mettre sa vie en péril ; mais la faute était bien plus grave. Elle avait montré de la condescendance envers un esclave, et quel esclave !... Un chien de chrétien.... Et elle avait éveillé la jalousie de son maître.

Fatma rayonnait. Elle savait bien qu'un miracle seul pouvait sauver désormais sa rivale détestée.

Après avoir tiré son cimeterre et armé son fusil, Golah ordonna aux esclaves de s'asseoir par terre sur un seul rang. Cet ordre fut militairement exécuté, et les blancs se trouvèrent réunis à l'extrémité de la ligne.

Le fils de Golah et l'autre garde se placèrent devant eux, avec leurs mousquets chargés. Ils avaient ordre de faire feu sur le premier qui ferait mine de bouger. Le cheik alors se dirigea vers Colin, et, l'empoignant par ses boucles brunes, le tira à l'écart et le laissa seul un moment.

Il servit ensuite une ration de cheni à sa troupe, à l'exception de Colin et de la négresse. En homme bien avisé il jugeait inutile de perdre de la nourriture pour ceux à qui il ne restait plus qu'à mourir. Cependant on voyait qu'il n'avait point encore décidé quel genre de mort il leur réservait.

Les deux gardes, leurs fusils en mains, tenaient des yeux vigilants sur les esclaves blancs, tandis que Golah se livrait avec Fatma à une nouvelle discussion.

— Voyons, qu'allons-nous faire? demanda Térence. Le vieux

scélérat médite quelque mauvais tour, comment l'en empêcher? Nous n'allons pourtant pas laisser tuer notre pauvre Colin.

— Il est sûr que c'est le moment ou jamais, s'écria Harry. Nous n'avons que trop attendu, et maintenant nous avons contre nous de les avoir laissés se préparer à l'attaque. Allons, Bill, votre avis.

— Je me disais justement que si, au signal : Un, deux, trois, nous nous précipitions tous sur eux, nous n'en tuerions pas moins de deux ou trois. Nous aurions même quelque chance de réussite, si ces braves noirs voulaient se joindre à nous.

Aussitôt le Kroumir exprima son adhésion à tout ce qu'ils trouveraient avantageux de tenter, s'engageant non seulement pour lui, mais pour ses compatriotes. Quant aux nègres, il n'en répondait pas, vu que, pour leur faire la proposition d'agir en commun, il fallait la leur faire dans la langue même de leurs gardiens, qui ne pourraient manquer de surprendre ainsi leurs desseins.

— Bien, dit Harry; alors nous serons six contre trois. Donnerai-je le signal?

— Tout de suite, répondit Térence, dont les muscles se tendirent pour être prêt à s'élancer.

C'était un plan désespéré, mais tous semblaient d'accord pour l'entreprendre.

Depuis leur départ du puits, ils étaient convaincus qu'ils ne pourraient échapper à l'esclavage que par un combat. Peu leur importait l'heure et le moment.

— Maintenant y êtes-vous? demanda Harry d'une voix calme et

contenue, pour ne pas exciter l'attention des gardes. Je commence.... Un....

— Arrêtez, s'écria Colin, qui avait prêté l'oreille à ce qui s'était dit. Je ne suis pas avec vous, nous serions tous tués. Deux ou trois seraient mis hors de combat par les balles, et le cheik aurait facilement raison du reste avec son cimeterre. Il vaut mieux qu'il me tue, si telle est son intention, que de vous sacrifier tous dans l'espoir de me sauver.

— Ce n'est pas de toi seul qu'il s'agit en ce moment, interrompit Harry. Tu sais bien que nous cherchons à nous délivrer aussi bien que toi.

— En ce cas, choisissez un meilleur moment; que vous ayez au moins quelque chance de succès, poursuivit Colin ; vous ne pouvez me sauver, et vous compromettez inutilement vos vies.

— Golah ne va pas tarder à mettre quelqu'un à mort, dit le Kroumir, les yeux fixés sur le cheik.

Ce dernier continuait à délibérer avec Fatma. Pour tout autre qu'elle son visage avait une horrible expression. On y lisait dans chaque trait la soif de la vengeance, et de la vengeance basse, hideuse et cruelle.

La femme sur le sort de laquelle on délibérait caressait tendrement ses enfants, pressentant sans doute qu'il ne lui restait que bien peu de temps à jouir de leur présence. Ses traits étaient empreints d'une parfaite résignation. Elle avait fait l'abandon d'elle-même à la fatalité qui la frappait.

La troisième femme s'était retirée à quelque distance. Son enfant dans les bras, elle contemplait cette scène avec une curiosité mêlée de surprise et de regrets.

— Colin, cria Térence dans un nouvel élan de sympathie, nous ne pouvons rester les spectateurs impassibles de ce qui va avoir lieu. Nous ne te laisserons pas mourir ainsi, ne nous empêche pas d'essayer quelque chose pendant qu'il en est temps encore. Laisse Harry nous donner le signal.

— Mais c'est de la folie! reprit Colin; attendez au moins que nous sachions ce qu'il prétend faire. Peut-être me réservera-t-il pour une future vengeance, et vous pourrez entreprendre quelque chose quand il n'y aura plus devant vous deux hommes déterminés à vous faire sauter la cervelle au premier mouvement.

Les aspirants sentaient bien la justesse de ce raisonnement; ils attendirent donc en silence, les yeux fixés sur la tente du cheik.

Cet intervalle de répit ne fut pas long. Bientôt ils virent Golah s'avancer de leur côté. Un sourire hideux éclairait sa farouche physionomie, semant l'effroi dans le cœur de tous les intéressés.

XXXV.

MENACÉS D'ÊTRE ENTERRÉS VIVANTS.

La première action de Golah fut de prendre des courroies attachées à la selle de sa monture, puis il se tourna vers les deux gardiens et leur fit diverses recommandations, ayant sans doute pour but d'exciter leur vigilance; car ils braquèrent aussitôt leurs fusils sur les esclaves blancs, paraissant n'attendre que le signal de faire feu.

En cet instant le cheik fit signe à Térence de s'approcher de lui. Le jeune Irlandais hésita.

— Vas-y, Térence, lui dit Colin ; il ne te veut pas de mal à toi.

Fatma sortait alors de la tente, armée du cimeterre de son mari, et très désireuse de voir naître une occasion de s'en servir.

Térence, obéissant aux conseils de ses amis, s'avança vers le cheik. Le Kroumir reçut l'ordre de le rejoindre. Aussitôt Golah les prit par la main et les emmena dans sa tente, où la favorite les suivit. Une fois entrés, le cheik adressa quelques mots à l'Africain; celui-ci se tourna vers l'aspirant et les lui traduisit.

— Une obéissance absolue, lui faisait dire Golah, pouvait seule le sauver. On allait lui lier les mains, et il l'engageait, s'il tenait à la vie, à s'abstenir d'appeler ses compagnons à son secours. S'il restait tranquille, il n'avait rien à redouter; mais la moindre résistance pouvait amener le massacre de tous les blancs.

Quoiqu'il fût doué d'une force rare pour son âge, Térence savait qu'entrer en lutte avec le colosse africain était se préparer une défaite assurée. Il crut plus sage de se soumettre en silence que d'exposer ses compagnons à recevoir une balle dans la tête, et, tout en rongeant son frein, il se laissa attacher les mains derrière le dos. Ce fut ensuite le tour du Kroumir.

Golah sortit de la tente et y rentra aussitôt avec Harry Blount. En voyant Térence et l'interprète réduits à l'impuissance, le jeune homme se précipita vers la sortie et lutta pour se débarrasser de l'étreinte du noir. Ses efforts n'eurent d'autre résultat que de le faire renverser par son terrible adversaire, qui le garrotta, tout en ayant à le préserver de la fureur de Fatma, toujours désireuse de faire du zèle.

Térence, Harry et le Kroumir furent ensuite ramenés à la place qu'ils occupaient auparavant.

Bill et Colin avaient été traités de la même façon.

— Que nous veut cet esprit de ténèbres? disait le vieux marin, pendant que Golah lui attachait les mains. Il veut donc nous assassiner en masse?

— Non, dit le Kroumir, il n'en tuera qu'un!

Et ses regards se portaient avec commisération vers Colin.

— Oh ! Colin ! Colin ! qu'as-tu fait? s'écria Harry. Nous voici tous maintenant dans l'impossibilité de te défendre et peut-être de te sauver.

— Tant mieux pour vous ! C'est tout ce que je demandais. Au moins ne courrez-vous plus aucun risque.

— C'est trop fort ! interrompit Bill ; s'il n'avait point de mauvaises intentions, pourquoi nous avoir ligotés ainsi? C'est une singulière manière de montrer son amitié, et je l'en félicite.

— Singulière peut-être, mais en tout cas certaine, reprit Colin. Vous ne pouvez maintenant vous mettre en danger par une folle résistance à ses volontés.

Térence et Harry comprirent ce que voulait dire leur ami et s'expliquèrent le procédé du chef. Il avait voulu les mettre dans l'impossibilité d'intervenir entre lui et ses victimes.

Maintenant qu'il n'avait plus rien à craindre des esclaves blancs, Golah n'avait pas à se préoccuper des autres, et les gardiens rentrèrent sous la tente pour se rafraîchir.

Pendant cette conversation des naufragés, on avait vu Golah activement occupé à décharger un des chameaux. L'objet de ses recherches était une bêche, qu'il remit aux esclaves, et deux d'entre eux s'occupèrent, sur son ordre, à creuser un large trou dans le sable.

— Ils creusent une tombe pour moi ou pour cette pauvre femme ; peut-être pour tous deux, dit Colin, qui les regardait faire d'un œil calme.

Les autres naufragés partageaient cette conviction, et, consternés, se taisaient.

Golah, pendant ce temps, s'occupait des préparatifs du départ.

Quand les esclaves eurent creusé dans le sable mou une excavation de quatre pieds de profondeur environ — ce qui demanda peu de temps — ils reçurent l'ordre d'en creuser une seconde.

— Allons, décidément, c'en est fait de moi, dit Colin; il y aura deux victimes.

— Il devrait nous tuer tous! s'écria Térence; nous l'avons bien gagné, car nous sommes des lâches de n'avoir pas combattu pour notre liberté.

— Oui, répéta Harry avec une sombre énergie, des fous et des lâches; nous ne méritons de pitié ni dans ce monde ni dans l'autre. Colin, mon ami, s'il t'arrive malheur, je te promets que tu seras vengé dès que l'usage de mes mains m'aura été rendu.

— Je le promets également, ajouta Térence.

— Ne vous préoccupez pas tant de moi, chers camarades, reprit Colin, qui était de beaucoup le plus calme de tous. Seulement, dès qu'il vous sera possible de le faire sagement, débarrassez-vous de ce monstre.

L'attention de Harry fut en ce moment détournée par le marin. Celui-ci faisait à un des noirs des signes suppliants pour qu'il lui déliât les mains; mais l'esclave, craignant sans doute d'être aperçu de Golah, s'y refusait.

Le second Kroumir, qui n'était pas lié, offrit à son compatriote de le détacher; mais l'interprète déclina cette offre, ne voulant pas s'exposer à la vengeance du maître.

La conduite de la malheureuse femme, cause première de cette sinistre tragédie, ne se démentit pas. Elle était aussi résignée que possible. Seuls les cris déchirants des enfants trahissaient qu'ils avaient connaissance du sort fatal réservé à leur mère.

Fatma savourait la joie d'un triomphe anticipé. Quelle revanche sur la rivale qu'elle avait un moment redoutée !

Quant à nos amis, plus cette scène funèbre se prolongeait, plus la honte, la rage et la douleur les tenaient à la gorge; ils étouffaient.

XXXVI.

LA VENGEANCE DU CHEIK.

Le second trou avait été creusé à peu de distance du premier; quand il eut atteint une profondeur de quatre pieds et demi, Golah commanda aux nègres de cesser leur travail.

Pendant ce temps, on avait replié les tentes et rechargé les chameaux. Tout était prêt pour le départ.

Les deux gardiens reprirent leur poste devant les captifs blancs et les couchèrent en joue. Alors Golah s'avança vers la négresse, qui éloigna d'elle ses enfants et se leva à son approche.

Un silence de mort régnait dans le camp.

Allait-il la tuer ?

L'incertitude ne dura pas longtemps. Golah saisit la malheureuse, la traîna vers une des fosses et l'y précipita. Puis un esclave reçut l'ordre de combler le trou en ne laissant dehors que la tête de la victime.

— Que Dieu ait pitié d'elle! s'écria Térence avec horreur, le monstre l'enterre vivante! Ne pouvons-nous la sauver?...

— Nous ne sommes point des hommes, si nous ne l'essayons pas, s'écria Harry, se redressant d'un mouvement rapide.

Son exemple fut immédiatement suivi par ses compagnons.

Les gardiens firent jouer le chien de leurs fusils, mais un signe de Golah arrêta la détente.

Le fils du cheik, sur l'ordre de son père, courut à la fosse pour maintenir la malheureuse femme, tandis que Golah lui-même se chargeait de faire cesser la mutinerie des quatre hommes qui, malgré leur impuissance, s'avançaient vers lui pour s'interposer. Ils ne furent pas difficiles à réduire. Tous les quatre, rejetés à terre et liés solidement, ressemblaient à des sacs de terre entre les mains puissantes du cheik. Il en saisit deux, Harry et Térence, par les cheveux, et les traîna ainsi à la place qu'ils occupaient auparavant.

Le marin n'évita pareil sort qu'en se roulant comme il put auprès d'eux.

Colin seul resta à la place où le maître l'avait renversé.

Golah revint alors près de la fosse où la femme, à demi enterrée, se tenait immobile.

Elle n'avait tenté aucune résistance; elle n'avait fait entendre ni une protestation, ni une plainte. Bientôt sa tête seule sortit de la tombe vivante où elle était condamnée à expirer de la mort lente de la faim. Au moment où le cheik allait s'éloigner, elle leva les yeux et lui adressa quelques paroles, auxquelles il n'accorda pas la moindre attention, bien qu'après les avoir entendues, on vit de grosses larmes couler, comme autant de diamants, le long des joues cuivrées du Kroumir.

Colin, qui s'en aperçut, lui en demanda la cause.

— Elle le supplie d'être bon pour ses enfants, répondit l'homme d'une voix tremblante.

Après avoir quitté sa femme, Golah se dirigea vers Colin. Ses intentions n'étaient point douteuses. Les deux individus qui avaient excité sa colère devaient être punis de la même façon.

— Colin ! Colin ! que pouvons-nous faire pour toi ? s'écria Harry avec désespoir.

— Rien, répondit l'Écossais. N'essayez même pas, cela n'aboutirait qu'à aggraver votre situation. Laissez-moi à ma destinée.

A ce moment, le jeune homme fut jeté dans la fosse et tenu par Golah dans une position verticale jusqu'à ce que l'esclave eut achevé sa sinistre besogne.

Suivant l'exemple de la femme, Colin ne fit pas l'ombre de résistance. Muet et calme, il fut bientôt enfoui sous le sable jusqu'aux épaules.

Ses compagnons étaient atterrés.

Le cheik était maintenant prêt à partir. Il donna à l'esclave qui l'avait aidé dans son œuvre diabolique l'ordre de monter le chameau de la négresse, et les trois enfants furent confiés à ses soins.

Golah n'avait plus qu'un acte à accomplir, acte bien digne de Fatma, celle qui l'inspirait !

Après avoir rempli d'eau un gobelet, il le plaça entre les deux fosses, à distance égale, de manière à ce qu'il était impossible à l'une et à l'autre de ses victimes d'y toucher.

Digne de Fatma !

(Jeunes Esclaves, p. 188.)

Cette idée satanique avait pour but d'exciter leurs souffrances par la vue de ce qui aurait pu les soulager.

— Là, s'écria-t-il en raillant, je vous laisse ensemble, en tête-à-tête, avec plus de nourriture et de boisson que vous n'en consommerez jamais. Ne suis-je pas généreux? Que pourriez-vous demander de plus? Bismillah! Dieu est grand, Mahomet est son prophète, et moi je suis Golah le bon..., le juste!

En finissant ces mots, il donna l'ordre de se remettre en route.

— Ne bougeons pas! cria Térence. Nous pouvons encore lui donner du fil à retordre.

— Bien sûr nous ne partirons pas, laissant Colin dans une situation pareille! reprit Harry avec indignation. Le cheik est trop avare pour ne pas regarder à deux fois avant de tuer tous ses esclaves. Ne bougez pas, Bill, et nous arriverons peut-être encore à faire déterrer Colin.

— Je ferai ce que vous voulez, naturellement, répondit le marin; mais je crois que nous serons bien forcés d'avancer malgré tout. Golah a une manière à lui de faire marcher les gens de gré ou de force. Je m'en ressens encore.

Tout le monde s'éloigna, excepté les trois captifs blancs.

— Courage, mon enfant, courage! Nous ne vous abandonnons pas, disait Bill à Colin.

— Partez, je vous en conjure! répondait celui-ci. Vous ne me sauverez pas et vous vous perdrez peut-être.

Golah, monté sur son chameau, avait pris la tête de file, quand les gardes vinrent l'avertir que les esclaves blancs refusaient obstinément de marcher.

Le cheik revint sur ses pas dans une fureur véritable. Il tira la baguette de son fusil, et, se précipitant sur Térence, le plus rapproché de lui, lui administra une série de coups qui changèrent le blanc sale de sa chemise en rouge foncé.

— Levez-vous, mes amis, obéissez pour l'amour de Dieu, suppliait Colin. Je vous en prie, vous ne pouvez rien pour moi, partez, partez !

Rien n'y faisait. Ni les supplications de Colin ni les coups de Golah ne purent décider les aspirants à abandonner leur camarade.

Le cheik s'élança ensuite sur Bill et sur Harry, les saisit tous les deux et les jeta à terre à côté de Térence. Il les maintint ainsi réunis tous les trois et envoya chercher un chameau. L'ordre fut immédiatement exécuté. Il prit alors la guide de l'animal.

— Nous serons forcés de marcher maintenant, dit Bill. Il recommence le jeu qui lui a réussi avec moi l'autre jour; mais je lui en épargnerai la peine.

Le vieux marin voulut se lever, il fut prévenu ; il avait refusé de marcher au commandement, et maintenant qu'il se montrait disposé à obéir, il devait attendre le bon plaisir de son propriétaire, quant à la manière dont s'effectuerait son voyage.

Tandis que Golah attachait la corde aux poignets d'Harry, la voix perçante de Fatma rappela son attention vers la partie de la troupe qui avait passé devant. Les deux femmes qui conduisaient les chameaux chargés du butin s'étaient avancées à environ trois cents mètres de là, et étaient, ainsi que les esclaves noirs, entourées d'une troupe d'hommes montés sur des chameaux et des chevaux.

XXXVII.

PRISONNIERS DE NOUVEAU.

Les craintes de Golah au sujet des Arabes rencontrés près du puits n'étaient pas dénuées de fondement, comme l'événement le prouvait. Sa marche forcée de toute la nuit précédente avait manqué l'effet qu'il en avait espéré, grâce au relâchement dans la surveillance qu'avaient nécessité le procès et l'exécution des victimes.

Abandonnant ses captifs, le chef saisit ses armes, et, suivi de son fils et de son beau-frère, il s'élança en avant pour défendre son bien.

Il était trop tard. Lorsqu'il arriva sur le lieu du tumulte, femmes, esclaves et butin étaient déjà au pouvoir des ennemis ; une douzaine de fusils le reçurent, et il lui fut ordonné, au nom du prophète, d'avancer en paix.

Golah eut la sagesse de se contenir et de céder, malgré sa rage de se voir prisonnier et dépouillé de tout ce qu'il possédait.

Il se contenta de dire d'une voix calme : « C'est la volonté de Dieu, » puis s'assit et invita les vainqueurs à discuter avec lui les termes de la capitulation.

Dès que la caravane fut tombée entre les mains des voleurs, le Kroumir s'était fait délier par ses camarades et était accouru au secours des blancs.

— Golah n'est plus notre maître, dit-il en les débarrassant de leurs entraves. Celui auquel nous appartenons maintenant nous mènera vers le nord. L'Arabe savait bien ce qu'il faisait en refusant de nous acheter. Il voulait nous avoir pour rien.

Les cordes furent bientôt dénouées, et l'on s'occupa de déterrer Colin et la malheureuse négresse.

Pour cela, Harry avait besoin du bol que le cheik avait placé à portée de la vue de ses victimes.

— Tiens! bois vite cette eau, dit-il en portant la tasse aux lèvres de Colin. J'ai besoin de quelque chose pour m'aider à creuser plus vite.

— Non, non; tire-moi d'ici avant tout, répondit l'Irlandais. Laisse l'eau intacte, je t'en prie. J'ai mes raisons pour cela. Je désire, quand je serai libre, que le vieux scélérat me la voie boire.

Bill, Harry et le Kroumir se mirent à l'œuvre, et bientôt Colin et la femme se retrouvèrent à la surface du sol. On tira Térence de sa torpeur en lui jetant quelques gouttes d'eau au visage. Par suite de la position où il était resté, Colin avait les membres tout engourdis.

Il fallut lui laisser quelques minutes avant qu'il pût se tenir debout et marcher. Durant cet intervalle, l'esclave auquel avait été remise la garde des enfants de la négresse les amena auprès de leur mère, et la joie de celle-ci en les pressant de nouveau sur son cœur fut si touchante, que les yeux du digne Kroumir se remplirent encore une fois de larmes.

Dans sa conférence avec les Arabes, Golah n'obtenait pas les conditions faciles auxquelles son titre de cheik, pensait-il, l'autorisait à prétendre.

On lui offrait deux chameaux et l'une de ses trois femmes, à son choix, à la condition qu'il retournerait dans son pays et s'engagerait à ne plus revenir au désert.

Golah refusa ces termes avec indignation, déclarant qu'il préférait mourir les armes à la main pour la défense de ses droits.

Le cheik était un nègre pur sang et appartenait à la classe des trafiquants, la plus détestée des Arabes. Pour eux, c'était un intrus. Il violait leur domaine, le grand désert. Sa fortune s'était faite en recueillant le butin et les esclaves échoués sur *leurs* côtes, et ils avaient résolu de ne point la lui laisser emporter dans son pays. Bien qu'il ne fût guère plus voleur qu'eux-mêmes, les pillards accusèrent le cheik noir de n'avoir point agi loyalement avec eux et déclarèrent ne pouvoir se contenter d'une part de son butin. Ils ajoutèrent que, pour preuve de ce qu'ils avançaient, il ne venait jamais au désert avec des marchandises d'échange, mais seulement avec des chameaux destinés à revenir chargés des prises faites sur leur propre terre.

Ils l'accusèrent ensuite de n'être point un vrai croyant et finirent par déclarer qu'il devait s'estimer heureux des conditions si libérales qui lui étaient faites.

Le refus de Golah fut si démonstratif, qu'après une lutte dans laquelle le nombre seul triompha de lui, on dut le désarmer. Il fallut ensuite le lier, opération qui ne s'accomplit pas sans une violente résistance de sa part, et pendant laquelle il eut la satisfaction de terrasser plusieurs de ses adversaires.

Un coup de crosse de fusil sur la tête en eut enfin raison, et on lui lia les bras.

Pendant cette lutte, son fils était retenu d'aller à son secours par les esclaves noirs, si longtemps ses victimes. Quant à son beau-frère et à Fatma, ils restaient spectateurs passifs de cette scène.

Dès que Golah eut été mis hors de combat, les esclaves blancs s'approchèrent et firent leur soumission volontaire aux nouveaux venus.

Colin tenait le bol d'eau et les figues sèches. Il vint auprès de Golah et lui montra les figues avec un mouvement de tête qui voulait dire : « Je vous en remercie, » et porta le bol à ses lèvres.

Les regards du cheik devinrent sataniques; mais une expression de joie y brilla soudain, lorsqu'un Arabe arracha vivement le vase au jeune homme et le vida d'un trait.

Colin reçut la leçon avec douceur et sans un murmure.

Les Arabes commencèrent aussitôt leurs préparatifs de départ. La première mesure fut d'attacher Golah par une corde à la selle d'un des chameaux. Le géant d'ébène fut ainsi forcé de voyager, les mains derrière le dos, de la même manière qu'il avait trouvé bon d'employer pour contraindre Bill à le suivre.

Ses femmes et ses esclaves paraissaient comprendre leur changement de fortune et se prêtèrent facilement aux circonstances.

Mais la transformation la plus soudaine et la plus complète fut celle de Fatma. Depuis sa capture, elle s'était tenue éloignée de son seigneur et maître et ne témoignait pas la plus légère sympathie pour son infortune. Tout en elle semblait dire : « Le superbe Golah est tombé et n'a plus par conséquent aucun droit aux attentions d'une aussi charmante personne que moi. »

Bien différente était la conduite de la pauvre négresse que le monstre avait condamnée à une lente torture. Le malheur de son mari semblait avoir réveillé tout son amour pour lui, et les regards qu'elle fixait sur sa farouche physionomie étaient tout empreints d'affectueuse sollicitude et de tendre compassion.

Affamés, mourants de soif, harassés, les pieds ensanglantés, incertains de l'avenir, nos amis étaient loin d'avoir à se féliciter de leur sort, et cependant ils se sentaient joyeux en comparant leur situation présente à ces heures cruelles qu'ils venaient de traverser.

A l'exception de Golah, les Arabes n'eurent aucun mal avec leurs prisonniers. Blancs et noirs savaient qu'ils voyageaient dans la direction du puits, et la perspective de boire à leur soif était un stimulant suffisant pour leur faire suivre de leur mieux l'allure des chameaux.

Une courte halte eut lieu de bonne heure dans la soirée. Chacun reçut environ une demi-pinte d'eau pour sa part. C'était le voisinage du puits qui tendait les Arabes si généreux. Mais cette faveur, accueillie avec tant de reconnaissance par les esclaves, fut dédaigneusement repoussée par Golah. Il était assez fort pour être même au-dessus des besoins de la matière.

Accepter à manger ou à boire de ses ennemis, quand il était dans une position si humiliante, était une dégradation à laquelle il eût rougi de se soumettre.

Sur le refus méprisant de Golah d'accepter la coupe que lui tendait un Arabe, ce dernier se contenta de dire : « Dieu soit loué ! » et s'administra sans hésiter la ration d'eau.

On arriva au puits vers une heure du matin, et, après avoir apaisé leur soif, les esclaves reçurent l'autorisation d'aller chercher un repos vraiment bien mérité, après une marche de plus de trente heures.

XXXVIII.

UNE FEMME INFIDÈLE.

A leur réveil, le lendemain, les captifs reçurent du Kroumir une communication qui les réjouit vivement. Ils allaient avoir un jour entier de halte. On devait également tuer un chameau pour leur nourriture.

Ce délai provenait de la nécessité pour les Arabes de se partager les esclaves et le butin pris à Golah.

En repassant dans sa mémoire tout ce qu'ils avaient enduré depuis deux jours qu'ils avaient quitté le puits, le marin exprimait son regret de n'avoir point été capturé alors par les Arabes, ce qui leur aurait épargné tant de tortures physiques et morales.

— Comment se fait-il qu'ayant le dessein de s'emparer de nous, ils aient tant tardé? demanda-t-il.

— C'est leur manière, répondit évasivement le Kroumir.

Cette réponse ne satisfaisant nullement la curiosité du marin, il insista pour avoir une explication plus catégorique.

Le Kroumir le mit alors au fait des habitudes de ces écumeurs du désert : comment ils sont souvent exposés à rencontrer des caravanes dans les endroits où il y a de l'eau, et comment tout acte de violence commis là attirait à ses auteurs le mépris et la haine de tous les voyageurs du désert. Pour mieux se faire comprendre, il ajouta que si une caravane de cent hommes arrivait en ce moment au puits, pas un ne voudrait prendre la défense de Golah et qu'on le reconnaîtrait même pour un esclave. Au contraire, la caravane l'eût-elle trouvé en lutte avec les voleurs, tout le monde aurait pris son parti.

Avant de se partager leurs richesses de fraîche date, les Arabes avaient à prendre une décision quant au cheik. Celui-ci se montrait toujours aussi indomptable. On le gardait à vue.

Les Arabes ne pouvaient tomber d'accord sur la manière d'agir à adopter vis-à-vis de lui. Quelques-uns alléguaient que, malgré la couleur de sa peau, c'était peut-être un vrai croyant, et qu'en dépit de sa manière de trafiquer et d'accroître sa fortune, système presque aussi déshonnête que le leur, il avait droit à la liberté et à une certaine portion de ses biens.

D'autres soutenaient, au contraire, que rien ne les empêchait en bonne conscience d'ajouter le chef noir et sa nombreuse famille aux esclaves tombés entre leurs mains. Ce n'était point un Arabe après tout, mais un Ethiopien comme la plupart des hommes de sa suite; et comme esclave, il ferait prime sur tous les marchés où on le conduirait, circonstance qui avait bien son intérêt.

Cependant, ceux qui tenaient ce raisonnement étant en minorité, on finit par offrir à Golah ses femmes, tous ses enfants, deux chameaux et son cimeterre.

Le cheik noir refusa de nouveau avec indignation, au grand étonnement de ceux qui avaient déployé en sa faveur toute leur éloquence.

Cette décision amena un autre débat qui se termina cette fois par la mise en esclavage de Golah.

On procéda ensuite à l'exposition et à la mise en vente à prix fixe de tous les articles capturés dans cet heureux coup de main. Les esclaves et les chameaux furent soigneusement examinés et évalués. Puis, ces préliminaires terminés, il fallut procéder au partage ; ceci était le plus difficile et occupa tout le reste de la journée. Souvent le même article soulevait la convoitise de plusieurs individus, et il fallait entendre alors le vacarme produit par la discussion, dégénérant le plus souvent en dispute, et qui ne s'apaisait qu'à l'aide d'une intervention étrangère.

Le Kroumir, qui entendait le langage du désert, était attentif à tout ce qui se passait, et de temps à autre il informait les esclaves blancs de la situation.

C'est ainsi qu'il découvrit bientôt que chacun d'eux devait appartenir à des maîtres différents.

— Vous et moi, dit-il à Harry, nous allons au même maître.

La vérité de son assertion ne fut que trop tôt démontrée. On les sépara de manière à former des lots divers ; de ce moment, le désespoir rentra dans le cœur de chacun des blancs.

Quand les esclaves, les chameaux, les tentes et tout le reste eurent été répartis entre les onze Arabes, chacun prit ce qui lui revenait. Il ne restait plus que Golah, ses femmes et ses enfants, dont on ne savait trop que faire.

Personne ne semblait désireux de devenir leur possesseur. Même ceux qui avaient le plus vanté la valeur commerciale du géant, déclinaient l'avantage qu'ils en pourraient retirer.

Le fait est que tout le monde en avait peur. Il était trop intraitable. Nul ne se souciait d'avoir la garde d'un homme qui refusait de boire et de manger, maudissait ses vainqueurs, appelait sur eux la vengeance de Mahomet, et jurait par la barbe du prophète qu'aussitôt ses mains libres, il tuerait tous ceux qui oseraient le réclamer comme esclave.

On voit qu'en effet, avec tous ses vices, Golah méritait quelque considération; car il était le même dans la prospérité et dans l'adversité, brave et franc à l'excès.

Personne ne voulant s'en arranger, ni permettre qu'on diminuât la haute évaluation qu'on avait faite de lui, il fut conservé comme la propriété de tous, jusqu'à ce qu'on l'eût vendu avec ses femmes à quelque autre tribu et qu'on en eût touché le montant, qui devait être partagé entre les hommes de la troupe.

Cet arrangement donna satisfaction à tous, à l'exception de Golah, qui, néanmoins, sembla plus disposé à céder à la force des choses, quand la décision de ses vainqueurs lui eut été officiellement transmise. En effet, peu de temps après, il appela Fatma et lui intima l'ordre de lui apporter à boire.

La favorite refusa, sous le prétexte qu'on lui avait interdit de rien lui donner.

C'était vrai. Après lui avoir offert sa part de nourriture, ses maîtres avaient résolu de le réduire par la famine.

Le refus de Fatma fut le plus grand chagrin du cheik déchu. Accoutumé de la part de tous à une prompte et servile obéissance, il devint fou de rage en voyant sa femme, sa favorite, oser lui résister.

Fatma était une créature égoïste et artificieuse, qui avait pris de l'influence sur lui en flattant sa vanité et en affectant une tendresse qu'elle n'avait jamais ressentie.

Ce fut seulement alors que Golah comprit qu'il était réellement captif. La femme qui lui avait toujours témoigné tant d'obéissance et d'affection refusait de lui rendre le plus léger service !

Humilié dans son orgueil, déçu dans ses affections, écrasé par l'amer destin qui l'avait frappé en pleine prospérité, il tenta un dernier effort pour briser ses liens, puis, morne, farouche, il se laissa tomber à terre et ne bougea plus.

Le Kroumir, qui ne l'avait point perdu de vue pendant cette crise, remarqua alors, en se tournant vers les esclaves blancs :

— Il n'est pas de la même trempe que nous. Jamais il ne se soumettra à l'esclavage. Nous le verrons plutôt s'y soustraire par la mort.

XXXIX.

DEUX FEMMES FIDÈLES.

Tandis que Golah semblait pétrifié par le refus de Fatma de reconnaître sa volonté, ses deux autres femmes allaient et venaient sans bruit. Bientôt elles s'approchèrent : celle qui avait été enterrée portait une calebasse d'eau, l'autre une portion de sangleh.

L'un des Arabes, s'apercevant de leur intention, intervint et leur ordonna avec colère de se retirer sous leur tente. Les deux femmes persistèrent ; et pour les empêcher de réussir dans leur projet, sans toutefois avoir recours à la violence, l'Arabe leur proposa de servir lui-même l'eau et la nourriture.

Elles y consentirent ; mais quand l'eau fut offerte à Golah, il la repoussa encore.

Le cheik noir ne voulait rien agréer de la main d'un maître.

L'Arabe mangea le sangleh avec force démonstrations de reconnaissance réelle ou simulée, versa l'eau dans un baquet et rendit les deux calebasses vides aux femmes.

Ni la faim ni la soif dévorante ne pouvaient distraire Golah de l'angoisse où il était plongé.

Les deux femmes auxquelles il avait préféré la favorite sans cœur revinrent encore avec de l'eau et une nouvelle portion de sangleh. Et comme la première fois, l'Arabe s'entremit pour les empêcher d'approcher de leur mari. Après avoir tenté inutilement de passer outre, elles appelèrent à leur aide les jeunes gens parents du chef et Fatma elle-même; mais seul le fils de Golah répondit à leurs prières.

La bonne volonté du jeune homme fut immédiatement arrêtée par l'Arabe, qui le réclama comme son esclave et lui commanda de se tenir tranquille. Cet ordre n'ayant point été suivi, l'Arabe employa la force. Au péril de sa vie, le fils de Golah résista. Il osa user de violence contre son maître, crime qui, suivant les lois du désert, entraîne la peine de mort.

Tiré de sa pénible rêverie par le bruit qui se faisait autour de lui, Golah, voyant la folie de la résistance de son fils, lui cria de rester calme et de se soumettre. Mais ce dernier, entraîné par l'ardeur de la lutte, ne tint aucun compte de l'ordre paternel et persista dans sa mutinerie. Il allait la payer de sa vie, quand le Kroumir s'avança précipitamment et prononça deux mots arabes signifiant « père et fils », ce qui désarma le bras du vainqueur. Il comprit les sentiments du jeune homme assez pour les excuser; mais pour prévenir toute autre tentative de ce genre, il fut soigneusement garrotté, puis jeté à terre à côté du cheik.

Quant aux femmes, dont le dévouement ne se lassait point, elles furent également maltraitées et finalement consignées sous leur tente.

Fatma, témoin de cette scène, la trouva très drôle. Loin d'exciter sa sympathie, elle provoqua chez elle un rire moqueur.

Cette conduite dénaturée souleva une nouvelle indignation chez le vieux noir. Il oublia ses souffrances, son humiliation, ses espérances frustrées, son avenir perdu, devant cette suprême amertume de se voir méprisé, abandonné, raillé par la femme qu'il avait le plus aimée.

Cette douleur fit plus pour dompter le géant d'ébène que tant de maux et de traverses courageusement et dignement supportés.

— Le vieux Golah me fait l'effet d'être bien abattu, dit tout à coup Térence. Si ce n'était le traitement qu'il m'a fait subir hier, je crois que je le plaindrais. Hier, j'avais pourtant fait le serment de n'avoir point de trêve avant de l'avoir tué, si jamais j'en avais la possibilité; et aujourd'hui que mes mains sont libres et les siennes attachées, je ne me sens pas le cœur de le toucher.

— C'est juste, Térence, dit Bill, c'est indigne d'un homme qui se respecte de jeter de l'eau sur un rat noyé. Non pas que je veuille dire que le vieux scélérat est désormais hors d'état de nuire, car j'ai grand'peur qu'il ne fasse encore des siennes, avant que le diable l'emporte tout à fait, mais je dis que Celui qui est là-haut n'a pas besoin qu'on se mêle de son ouvrage.

— Vous avez raison, Bill, dit Harry. Il ne nous conviendrait guère de chercher à tirer vengeance d'un malheureux qui est au moins aussi à plaindre que nous.

— Aussi à plaindre que nous? reprit Colin; oh! cela, je le conteste. Il a plus d'énergie, d'obstination et de véritable bravoure que nous tous réunis, et de plus il a du cœur.

— Est-ce dans la manière dont il voulait te faire périr que tu trouves la preuve de son grand cœur? demanda Harry en souriant.

— Non, sans doute, mais c'est peut-être plus la faute de son éducation que la sienne propre. Et j'avoue que j'oublie le passé, dans mon admiration présente pour son caractère. Il n'y a pas beaucoup d'hommes qui eussent eu le courage de refuser comme il l'a fait toute boisson, nous savons au prix de quelle souffrance.

— Mettons qu'il y ait quelque chose d'étonnant dans sa conduite, dit Harry; mais, pour moi, je n'y trouve vraiment rien à admirer.

— Ni moi non plus, affirma Bill; il pourrait être dans un état aussi confortable que nous le sommes, et, à mon avis, bien fou est l'homme qui ne se rend pas heureux quand l'occasion s'en présente.

— Ce que vous appelez sa folie, s'écria Colin, n'est qu'un noble orgueil qui le rend supérieur à nous. Il a la volonté de ne point se soumettre à l'esclavage, et nous ne l'avons pas.

A ce moment, le Kroumir, d'un geste, appela leur attention sur le cheik captif.

— Regardez, disait-il, Golah n'est plus pour longtemps dans le désert, vous allez être témoins de la manière dont il saura mourir.

En effet, Golah s'était dressé et sollicitait de l'Arabe qui le gardait une dernière conférence.

— Il n'y a qu'un Dieu, dit-il, Mahomet est son prophète, et je suis son serviteur. Je ne serai jamais esclave. Donnez-moi une femme, un chameau et mon cimeterre, et je partirai; j'ai été volé, mais Dieu est grand; c'était sa volonté. Je me soumets à ma destinée.

Golah avait donc cédé. Mais ce n'était pas pour échapper aux souffrances de la soif et de la faim; ce n'était pas qu'il redoutât l'esclavage ou la mort; ce n'était pas que son orgueil eût été dompté; c'est qu'il voulait satisfaire à une passion plus forte que tout cela réuni : à la vengeance.

Le cheik arabe en référa aussitôt à ses compagnons; ce qui amena une controverse assez vive.

Mais la peine que leur avait donnée et leur donnerait encore leur captif, les difficultés qu'ils prévoyaient au moment de la vente, et la crainte que ce ne fût peut-être en réalité un bon musulman, l'emportèrent. C'étaient autant d'arguments en faveur de sa demande.

Il fut donc convenu qu'on le laisserait aller, à la condition qu'il s'éloignerait au plus vite.

Golah y consentit, et l'on commença à lui délier les mains. Aussitôt le Kroumir courut trouver le maître de Colin et l'avertit d'avoir à veiller sur son esclave, ce qui fut fait.

L'avis, heureusement, était superflu. Golah avait maintenant en tête des griefs autrement sérieux que ceux qui avaient appelé son inimitié sur le jeune Ecossais.

— Je suis libre, dit Golah quand l'usage de ses mains lui eut été rendu. Nous sommes égaux et musulmans; je réclame votre hospitalité : donnez-moi à boire et à manger.

Il s'avança alors vers le puits, y étancha sa soif et accepta un morceau de chameau bouilli.

Tandis qu'il apaisait ainsi sa faim dévorante, Fatma semblait consternée. Elle l'avait cru condamné à une servitude perpétuelle, sinon à la mort, et c'était cette certitude qui avait déterminé ses dernières actions.

Elle se glissa auprès du cheik arabe et le supplia de la séparer de son mari. La seule réponse qu'elle en obtint fut que Golah aurait celle de ses trois femmes qu'il choisirait ; que lui — le cheik — et ses compagnons étaient gens d'honneur et ne manqueraient pas à la parole donnée.

Une outre pleine d'eau, un peu de farine d'orge pour faire du sangleh, et quelques autres articles également indispensable, furent alors réunis sur un chameau que l'on apprêtait pour Golah.

Le cheik noir adressa quelques mots d'adieu à son fils dans un dialecte inconnu, et, appelant Fatma, il s'éloigna.

XL.

LE SORT DE FATMA.

Un changement complet était survenu dans la fortune de Fatma. Vaine, cruelle, altière quelques heures auparavant, elle était maintenant au niveau de la poussière qu'on foule aux pieds. Au lieu de gourmander les autres femmes, elle ne les approchait plus que suppliante et humble, les implorant de bien vouloir se charger de son enfant, qu'elle semblait déterminée à ne point emmener. Toutes deux consentirent de bonne grâce à lui accorder cette dernière requête.

Nos amis avaient bien de la peine à s'expliquer une pareille conduite. Comme à l'ordinaire, ils s'adressèrent au Kroumir pour obtenir le mot de l'énigme. Cette fois, la sagacité de l'interprète se trouva en défaut. Enfin, quand les ombres de la nuit eurent obscurci l'immense plaine, après un long et dernier embrassement, la malheureuse femme s'éloigna de son fils en pleurant, peut-être pour ne le revoir jamais.

Environ deux heures avant le jour, le matin qui suivit le départ de Golah, l'alarme fut donnée au camp et y produisit une émotion bien motivée.

L'homme qui avait veillé pendant la nuit avait disparu, ainsi qu'un des meilleurs chameaux et un des plus beaux chevaux.

Les esclaves furent immédiatement assemblés et comptés. Un d'entre eux manquait également : c'était le fils de Golah.

Son absence expliquait la disparition du cheval et peut-être du chameau ; mais où était l'Arabe chargé de faire sentinelle ? Bien certainement, il ne s'était pas enfui avec l'esclave, car il laissait au camp des richesses considérables.

Si mystérieux que fût l'événement, il ne s'agissait pas de perdre le temps en suppositions oiseuses ; il fallait agir.

Quatre hommes furent détachés par le cheik pour entreprendre la poursuite aussitôt que l'aube permettrait de distinguer devant soi. On ne faisait aucun doute que les traces du fils de Golah ne se retrouvassent vers le sud.

Pendant que chacun s'armait en toute hâte, on fit une nouvelle découverte fâcheuse. Deux excellentes carabines provenant du naufrage manquaient également et avaient été dérobées dans une tente où couchaient leurs possesseurs. C'était, on en conviendra, s'être laissé voler bêtement.

Contrairement à toutes les conjectures, la piste des animaux fut relevée au nord-ouest, et à deux cents mètres du camp on aperçut gisant à terre un objet noirâtre de forme indécise. Après examen, on reconnut l'Arabe de garde. On ramassa à côté de lui un des fusils disparus; mais sa crosse brisée et maculée de sang le mettait hors d'usage.

La tragédie qui avait dû avoir lieu s'expliquait. La sentinelle avait vu un ou deux animaux s'écarter du camp, et, ne trouvant dans ce fait rien que de naturel, s'était, sans donner l'alarme, dirigée vers eux pour les ramener. L'esclave fugitif, qui n'attendait que cette occasion, caché derrière un d'eux, avait choisi le moment où le garde était le plus éloigné du douar pour le frapper sans bruit et décamper ensuite.

Sans aucun doute, le jeune homme avait été rejoindre son père; et la manière adroite dont il s'y était pris pour exécuter ce coup de maître excitait moins de surprise que d'admiration chez ceux-là même qu'il avait volés.

Dans la répartition des esclaves, Harry Blount et le Kroumir étaient échus en partage au cheik arabe. Grâce à sa parfaite connaissance de cette langue, l'Africain n'avait pas tardé à gagner les bonnes grâces de son propriétaire. Aussi, tandis que l'on discutait les mesures à prendre pour venger plus sûrement le meurtre de la sentinelle et rentrer en possession de tout ce qui avait été soustrait, le Kroumir, plus au fait du caractère de Golah, offrit-il de donner son avis.

Etendant le bras dans la direction du sud, il leur affirma qu'en allant par là, ils auraient certainement de promptes nouvelles du cheik noir, opinion que partageait le chef arabe, puisque le pays de Golah était vers le sud et que lui-même était parti par là.

— Mais alors pourquoi son chien de fils n'a-t-il pas été du même côté? demandait-on de toutes parts. La piste du cheval volé nous entraîne au nord-ouest.

— Si vous allez au nord, répondit le Kroumir, vous êtes sûr de revoir prochainement Golah; et si vous restez stationnaires, vous ne tarderez pas à en apprendre plus long sur son compte.

— Comment pourrait-il être dans deux directions opposées et ici en même temps? Vous voyez bien que ça ne se peut pas.

— Non, ce n'est pas ce que je veux dire; mais *il vous suivra!*

Cet avis prévalut, et les Arabes résolurent de ne rien changer à leur itinéraire.

Ils s'apercevaient, trop tard, hélas! de la folie qu'ils avaient faite en en usant si largement avec un homme de la trempe de Golah. Il était maintenant hors de toute atteinte et probablement avait opéré sa jonction avec son fils. C'était un ennemi acharné, implacable, contre lequel ils devraient incessamment se tenir en garde. Et sous l'influence de ces réflexions désagréables, le vieux cheik arabe jura par la barbe du prophète de ne plus jamais faire grâce à un homme qu'il aurait pillé.

Pendant une heure à peu près, ils retrouvèrent et suivirent les empreintes du chameau; mais graduellement elles devinrent moins distinctes et s'effacèrent tout à fait. Le vent du désert s'étant levé, en avait facilement eu raison.

Toutefois, peu de temps après avoir perdu la piste des animaux, ils acquirent une nouvelle preuve qu'ils suivaient la bonne route.

Le vieux cheik qui marchait à l'avant-garde, explorant la plaine, aperçut à sa droite quelque chose sur le sable qui demandait un examen plus attentif. Accompagné de toute sa troupe, il pressa le pas et se dirigea vers l'objet suspect.

On reconnut alors un corps humain, tombé les bras en avant, et dont cependant la figure était tournée vers le ciel. C'étaient, à ne s'y pas méprendre, les traits de Fatma la favorite !

La tête de la malheureuse avait été tranchée et remise ensuite à l'envers sur le tronc !

Ce funèbre spectacle portait en lui son enseignement. Il apprenait à la caravane que Golah, après avoir abandonné la direction du sud, était revenu sur ses pas et ne pouvait maintenant être loin. Il rôdait probablement autour du chemin de ses ennemis, prêt à fondre sur eux à tout instant.

En s'éloignant avec son mari, Fatma avait sans doute pressenti le sort funeste qui l'attendait, et c'était cette raison qui l'avait déterminée à confier son fils aux soins des autres femmes.

Celles-ci ne parurent nullement surprises de cette sinistre découverte. Elles s'attendaient à une fin tragique pour Fatma la favorite, et voilà pourquoi elles avaient sans murmure adopté l'enfant déjà presque orphelin.

La caravane fit une courte pause, dont les deux femmes profitèrent pour enterrer le corps de la malheureuse victime.

Le voyage fut ensuite repris.

XLI.

UNE NOUVELLE DÉFECTION.

Le beau-frère de Golah, bien que, d'homme libre, passé à l'état d'esclave, ne paraissait éprouver aucun déplaisir de ce changement.

Nul ne se rendit plus utile à ses nouveaux maîtres en soignant les chameaux et en prenant les mille soins que la vie nomade lui avait rendus familiers.

Quand la caravane fit halte après sa première journée de marche, il se distingua encore par son zèle. Tandis que les autres esclaves mangeaient en repos leur maigre pitance, lui, remarqua que l'un des chameaux ayant appartenu à Golah s'écartait un peu du douar. Il courut aussitôt après l'animal, sous prétexte de le ramener; mais avant longtemps on s'aperçut qu'il avait un autre dessein. Il s'élança vivement sur le dos du chameau, en poussant un cri ; le fidèle et intelligent animal, habitué au son de sa voix, obéit, et partit au premier signal. Il s'éloigna dans la direction du nord et fut bientôt loin du camp.

Cet incident jeta la plus grande perturbation dans le douar. On s'attendait si peu à cette fuite, qu'aucun des Arabes n'était prêt à poursuivre le fugitif. La garde de nuit n'avait point encore été désignée. Tout le monde était assis, occupé à prendre le repas du soir. Avant qu'on eût pu tirer sur l'esclave, il disparaissait déjà dans le crépuscule, et les coups de fusil n'eurent d'autre effet que d'accélérer la marche de sa monture.

Deux bons chevaux furent immédiatement sellés pour permettre aux propriétaires frustrés, l'un de son esclave, l'autre de son chameau, de se lancer sur les traces de leur propriété fugitive. Ils espéraient bien la ressaisir; malheureusement les ténèbres favorisaient le fuyard.

Tout le camp était alors sous les armes. Après le départ de ceux qui avaient entrepris la poursuite, le cheik fit assembler les esclaves et jura par la barbe du prophète qu'il fallait les mettre tous à mort, et qu'il allait donner l'exemple en tuant les deux qui lui appartenaient en propre, Harry et le Kroumir. Plusieurs de ses adhérents, trouvant le remède trop radical pour leur goût, passèrent leur colère en flagellant cruellement le ou les esclaves que le sort leur avait attribués. Parmi ces derniers se trouva le maître de Bill, qui battit le vieux marin jusqu'à ce que l'infortuné eut eu le temps d'épuiser les innombrables malédictions de son vocabulaire anglais, irlandais et écossais.

Quand la rage du vieux cheik se fut un peu calmée, il se procura une lanière de cuir et déclara qu'il allait lier ses esclaves et les garder ainsi tant qu'ils resteraient en sa possession.

— Parlez-lui, cria Harry au Kroumir, dites-lui dans sa langue que Dieu est grand et qu'il est fou. Nous n'avons pas la moindre envie de lui échapper — du moins, ajouta-t-il en aparté, quant à présent.

Aussitôt le Kroumir s'approcha du cheik et lui expliqua que ni les esclaves blancs, ni lui qui avait servi sur des vaisseaux anglais, ne songeaient à la fuite; que tout leur désir était d'être menés vers le nord, où ils seraient infailliblement rachetés; enfin qu'ils n'étaient pas assez dépourvus de sens pour le quitter dans un endroit où, abandonnés à eux-mêmes, ils étaient certains de mourir de faim. Le Kroumir ajouta qu'ils étaient très satisfaits d'avoir échappé aux mains de Golah, qui les emmenait à Tombouctou, d'où ils ne seraient jamais revenus; et comme d'autres Arabes s'étaient approchés pour entendre les communications faites à leur chef, l'Africain en profita pour les mettre au courant de ce qui concernait les trois aspirants. Il les informa que les blancs avaient des amis à Agadhir et à Siverah (Santa-Cruz et Mogador), amis qui ne regarderaient pas à payer pour eux de fortes rançons. Dans quel but, alors, songeraient-ils à s'enfuir, puisqu'ils étaient sur la route qui les rapprochait de leurs amis?

Le digne homme ajouta encore que celui qui venait de s'évader était le beau-frère de Golah; que, contrairement à eux, en allant au nord, il ne pouvait s'attendre qu'à un esclavage perpétuel, et que son intérêt lui commandait de rejoindre Golah et son fils.

Ces explications parurent aux Arabes si conformes à la raison, que leurs craintes s'évanouirent et que les esclaves purent jouir d'un repos bien nécessaire.

Comme mesure de prudence, toutefois, deux hommes firent, pendant toute la nuit, une ronde active autour du douar, mais la tranquillité ne fut pas troublée, et le matin parut sans avoir ramené les hommes partis à la recherche du rusé fuyard.

La distance qui les séparait de la plus proche source d'eau était trop grande pour qu'on pût songer à prolonger la halte. On se remit en route avec l'espoir de rencontrer bientôt les absents.

Cet espoir se réalisa.... Mais voici comment.

Le vieux cheik marchait toujours en avant, scrutant l'horizon dans toutes les directions. À environ dix milles du lieu où ils avaient campé, il biaisa pour atteindre un point qui sollicitait son attention. Toute la troupe s'empressa de le suivre, à l'exception des femmes et de leurs enfants.

Les deux Arabes partis la veille étaient couchés côte à côte, l'un frappé d'une balle à la tempe, l'autre presque coupé en deux par le tranchant d'un cimeterre.

Le fuyard de la nuit avait donc rejoint Golah et son fils, et à eux trois ils avaient commis ces meurtres. Ils étaient désormais bien montés et bien armés, ayant profité de la dépouille de chacune de leurs victimes.

La colère des Arabes atteignit un degré terrible. Ils se tournèrent vers les deux femmes du cheik noir. Ces dernières se traînaient à genoux en demandant grâce.

Quelques-uns de ces forcenés voulaient les tuer, mais ils furent prévenus par le vieux cheik, qui, malgré sa fureur, conservait assez

de bon sens pour ne point rendre des innocents responsables des crimes d'un autre.

Nos amis voyaient avec peine le malheur survenu à leurs nouveaux maîtres, car ils ne pouvaient sans effroi envisager les conséquences du retour de Golah victorieux.

— Nous retomberons entre ses mains, j'en ai la certitude, s'écria Térence; il les tuera tous les uns après les autres, il reprendra tout ce qu'il a perdu, et nous serons obligés de le suivre à Tombouctou.

— Et nous l'aurons mérité, reprit Harry, car ce sera en grande partie notre faute si nous sommes repris.

— Je n'en dirai pas autant, murmura Bill d'un air mystérieux. Cet homme me fait l'effet d'être Belzébuth en personne. S'il me faisait signe de le suivre en ce moment, je ne sais vraiment ce que je ferais. J'ai essayé deux fois de lui désobéir, et l'on ne m'y reprendra plus.

A la colère des Arabes avait succédé l'inquiétude. Ils savaient que l'ennemi rôdait autour d'eux, un ennemi envers lequel ils se sentaient coupables et dont ils ne s'étaient point assez défiés.

Ils enterrèrent rapidement les corps de leurs camarades et reprirent leur marche interrompue vers le nord.

XLII.

ENCORE DEUX VICTIMES.

Les esclaves ne tardèrent pas à souffrir de nouveau de la faim et de la soif. De plus, l'allure qu'ils étaient forcés de prendre pour suivre les chameaux leur eut bientôt enlevé le peu de forces que leur avait rendues la halte auprès du puits.

Dans l'après-midi du jour où l'on enterra les deux Arabes, les aspirants déclarèrent tour à tour ne pouvoir aller plus loin. Les malheureux ! ils se trompaient. Ils avaient encore à apprendre ce que l'amour de la vie peut donner de courage.

Le coucher du soleil les trouva se traînant péniblement dans le sable soulevé par une récente tourmente. Il était aussi mou que la neige, et la fatigue que ce sol mouvant occasionnait aux piétons était telle, que les cavaliers arabes eurent pitié d'eux et firent halte de bonne heure.

Deux hommes furent désignés pour monter la garde autour du camp comme la nuit précédente. Nos amis, exténués de lassitude, et ayant en partie satisfait aux exigences de leur estomac, furent bientôt plongés dans un profond sommeil. Autour d'eux, à moitié enterrés dans le sable doux et fin, dormaient également les Arabes.

Leur repos ne fut point troublé avant cette heure, la plus sombre de la nuit qui précède le lever du soleil. Ils se réveillèrent alors en sursaut au bruit d'un coup de fusil, bruit qui fut immédiatement suivi d'une autre détonation dans la direction opposée. Une extrême confusion se répandit alors dans le douar.

Les Arabes saisirent leurs armes et se précipitèrent hors des tentes. L'un d'eux courut du côté d'où était parti le premier signal d'alarme, et, voyant un homme arriver sur lui au pas de course, il crut à une agression, fit feu et tua l'un des deux hommes auxquels la garde du douar avait été confiée la veille. L'autre, au contraire, fut trouvé baigné dans son sang.

Quant à l'ennemi, il avait disparu.

La première impulsion des Arabes fut de s'éparpiller à sa recherche, mais le cheik les en empêcha et les rappela autour de lui par un cri de ralliement auquel ils ne pouvaient se méprendre.

Les deux blessés furent ensuite rapportés sous la tente. Quelques minutes après, celui qui avait été achevé par l'Arabe — il avait eu le bras cassé par la balle de l'ennemi — expirait, tandis que le second, dont l'épine dorsale avait été brisée, se tordait dans une lente agonie, sans espoir de guérison ni de soulagement.

Le jour parut enfin, éclairant cette scène lugubre, et permit de voir comment l'ennemi avait pu approcher si près du camp sans avoir été aperçu.

A une centaine de pas de l'extrême limite du douar était une ravine formée par deux rangées de monticules en sable mou.

Cette ravine se subdivisait en deux autres moins profondes, comprenant dans leur angle le camp arabe et les sentinelles préposées à sa garde.

Les assassins s'étaient glissés dans chacune de ces ravines et avaient pu arriver près des sentinelles sans exciter de méfiance.

Au fond de l'un de ces fossés où le sable était plus compact, on retrouva des empreintes de pieds humains. Ces traces avaient été faites par quelqu'un qui s'était enfui par là en toute hâte.

— Ça, c'est la trace indiscutable de Golah, dit le Kroumir à Harry, après l'avoir examinée. Il a sauté dans la ravine après avoir fait feu.

— C'est assez probable, dit Harry ; mais à quoi reconnaissez-vous la trace de Golah plutôt que d'un autre ?

— Parce que Golah a les pieds les plus grands qu'il y ait au monde, et nul autre que lui n'eût laissé de pareilles empreintes.

— Je vous le répète, mes amis, dit Térence, qui avait écouté la conversation, nous serons fatalement obligés de suivre Golah à Tombouctou. Nous sommes en son pouvoir. Avant huit jours, tous ceux qui nous entourent seront tombés l'un après l'autre, et il ne nous restera qu'à nous soumettre.

Personne ne répondit à ces prophétiques paroles. Combien de chances n'y avait-il pas pour leur accomplissement! Sur les onze hommes composant la troupe des Arabes, quatre étaient déjà morts et un autre se mourait!

Bill lui-même finit par convenir que Golah, son fils et son beau-frère, étaient gens à avoir raison des six Arabes restant, le cheik noir à lui seul en valant quatre pour la force, l'adresse et l'énergie.

— Mais ne sommes-nous pas là pour appuyer les Arabes? demanda Colin, et n'avons-nous absolument aucune valeur?

— Oui, comme marchandises, répondit Harry; non, à tout autre point de vue. Nous avons jusqu'à présent été aussi incapables de nous protéger nous-mêmes que des enfants eussent pu l'être. Que pouvons-nous faire? La supériorité tant vantée de notre race est un non-sens dans le désert, où nous sommes complètement hors de notre élément.

— C'est très vrai, s'écria Bill; mais ou je me trompe fort, ou nous n'en sommes pas loin. Que je sois pendu si je ne sens pas l'odeur de l'eau salée. Si nous continuons à marcher vers l'ouest, avant la nuit vous verrez la vérité de ce que j'avance.

Pendant ce temps, les Arabes délibéraient sur ce qu'il convenait de faire en cette si grave conjoncture.

Diviser le camp et envoyer un détachement de leur troupe à la poursuite de l'ennemi fut considéré comme impolitique, car ni d'un côté ni de l'autre ils ne seraient en force pour attaquer l'ennemi dans la plaine ou le repousser dans le camp.

L'union seule était leur force, ils le sentirent et serrèrent les rangs.

Les empreintes de pas continuaient pendant environ un mille dans la direction qu'ils voulaient suivre. On retrouvait également les traces de chevaux et de chameaux sur la route de l'ouest.

En allant vers l'est, ils eussent peut-être pu éviter la rencontre du cheik géant; mais, outre qu'ils savaient ne pouvoir trouver d'eau avant cinq journées de marche, ils étaient dévorés de l'ardeur de la vengeance et brûlaient de se mesurer avec leur ennemi. D'ailleurs, ils étaient pressés de renouveler leur provision d'eau, et la plus proche fontaine était encore à deux jours au moins.

Quand tous les préparatifs du départ furent terminés, un obstacle menaça de les retenir indéfiniment.

Leur compagnon blessé vivait encore. On voyait bien qu'il ne pouvait aller loin, la partie inférieure de son corps étant déjà glacée. Quelques heures encore, et ses souffrances seraient terminées; mais personne ne semblait disposé à attendre son dernier soupir.

Ils creusèrent une fosse près du mourant. Cela ne prit que quelques minutes. Dès qu'elle fut prête, tous les yeux se tournèrent vers l'agonisant.

Ses gémissements déchirants témoignaient seuls de ce qu'il endurait.

— Bismillah! s'écria le cheik, pourquoi diable ne mourez-vous pas, mon ami? Ne voyez-vous pas que nous attendons l'accomplissement de votre destinée?

— Elle est accomplie, murmura le moribond avec un effort surhumain.

Après quoi il affecta l'immobilité et le silence d'un cadavre.

Le cheik posa la main sur ses tempes.

— Oui, s'écria-t-il, notre ami a parlé selon la justice et la vérité. Il est bien mort.

Le blessé fut alors traîné dans la fosse préparée à cet effet, et on s'empressa de la combler. Pendant cette lugubre opération, à plusieurs reprises les mains convulsées de l'infortuné s'élevèrent suppliantes ; mais nul ne les vit ou ne voulut les voir. N'avait-il pas dit que tout était fini? Qu'eût-il servi de le démentir?...

Quand le sol eut été nivelé, le vieux cheik donna le signal et l'exemple du départ, et la kafila s'ébranla.

XLIII.

OÙ L'ON REVOIT LA MER.

Bill ne s'était pas trompé.

Le soir de ce même jour, les naufragés virent le soleil disparaître et s'éteindre dans un horizon brillant, qu'ils savaient n'être pas celui de la plaine de sable sur laquelle ils se mouvaient depuis si longtemps et avec des difficultés si grandes. Ce fut pour Bill un moment d'intense félicité.

— C'est la patrie ! c'est mon chez moi ! s'écriait-il. Je ne serai pas enseveli dans ce sable brûlant. Si je dois être englouti vivant par quelque chose, je veux que ce soit par la mer : c'est la seule mort digne d'un chrétien. Que ne puis-je nager ? Il me semble que je trouverais des forces pour aller aborder à la vieille Angleterre !

Les jeunes gens n'étaient pas moins heureux que le marin.

Cependant la mer était encore trop loin pour qu'on pût y arriver avant le soir. Le douar fut dressé à moins de cinq milles du rivage.

Durant la nuit, la garde fut montée par trois Arabes; mais rien ne troubla leur faction. Le lendemain matin on se remit en route, les uns avec l'espoir, les autres avec la crainte que Golah ne reparût plus.

Les Arabes souhaitaient de le rencontrer pendant le jour, espérant rentrer en possession des animaux perdus; et d'après ce qu'ils savaient de cette partie du désert, ils avaient quelque espoir que leur désir se réaliserait. Il n'y avait qu'un seul endroit, à deux jours de marche, où l'on pouvait trouver de l'eau. S'ils y arrivaient avant Golah, il leur serait loisible de l'y attendre. Ils étaient certains que celui-ci serait contraint de le rallier tôt ou tard pour empêcher ses animaux de mourir de soif.

A midi, on fit halte non loin du rivage. Elle ne fut pas longue, car le vieux cheik était anxieux d'arriver au puits le plus tôt possible. Si court que fût ce répit, il fut mis à profit par nos jeunes gens, qui se plongèrent avec délices dans le ressac et firent une ample provision de coquillages.

Singulièrement rafraîchis par leur bain et cette nourriture abondante et saine, deux choses dont ils avaient un si grand besoin, les esclaves blancs marchèrent d'un pas plus allègre. Aussi arriva-t-on au but une heure avant le coucher du soleil.

Un peu avant d'atteindre le puits, le vieux cheik et un autre Arabe avaient mis pied à terre, afin de reconnaître les traces qui avaient pu être laissées aux environs par de précédents visiteurs. Grand fut leur désappointement en y découvrant les traces irrécusables du passage de Golah. Deux heures à peine pouvaient s'être écoulées depuis son départ. Le cheik noir n'était donc pas loin et guettait sans doute l'occasion d'une nouvelle visite nocturne chez ses ennemis.

Les appréhensions des Arabes devinrent de plus en plus vives, après cette découverte. Ils étaient dans le plus grand embarras pour savoir à quoi se décider, et les opinions se partagèrent quant au meilleur mode de mettre le camp à l'abri d'un autre coup de main. Quelques-uns penchaient pour un établissement de quelques jours auprès du puits, jusqu'à ce que la provision d'eau de l'ennemi fût épuisée. Golah serait alors forcé de revenir en faire une nouvelle ou de périr misérablement dans le désert. L'idée était ingénieuse; malheureusement, elle était impraticable, leurs provisions étant trop maigres pour permettre un si long délai, et l'on finit par s'arrêter à un projet de départ presque immédiat.

Juste au moment où ils se préparaient à lever le camp, une caravane de marchands arriva du sud, et le vieux cheik s'enquit minutieusement s'ils avaient rencontré quelqu'un sur leur route. Les marchands répondirent que dans la matinée ils avaient croisé trois hommes répondant exactement au signalement du chef, et que ces derniers leur avaient acheté des provisions.

Etait-il possible que Golah eût renoncé à sa vengeance? C'était bien improbable.

Avant le départ, le vieux cheik régla la succession des morts, en décrétant que leurs biens seraient partagés entre les survivants, ce qui donna satisfaction à tous. Après quoi le kafila se mit en route. Il n'alla pas loin toutefois. Le cheik autorisa la halte de nuit au bord même de la mer, afin de permettre aux esclaves de ramasser assez de coquillages pour apaiser la faim de toute la caravane.

La plupart des Arabes croyaient le cheik noir définitivement reparti pour son pays, satisfait de la vengeance qu'il avait tirée d'eux. Quelques-uns même allaient jusqu'à prétendre que leur veille nocturne était désormais superflue.

Mais le Kroumir était loin de partager cette opinion, et, redoutant de tomber de nouveau entre les mains du géant africain, il fit tout ce qu'il put pour convaincre son nouveau maître qu'ils étaient aussi exposés cette nuit-là que les autres à une surprise de l'ennemi.

Il donnait pour raison que si Golah avait formé le projet de les détruire à lui seul et à peine armé, il n'abandonnerait certainement pas cet espoir, après avoir tué presque la moitié d'entre eux et s'être adjoint deux compagnons non moins redoutables. Sa pointe vers le sud n'avait été qu'une feinte destinée à endormir leur vigilance, et il conjurait l'Arabe de ne pas s'y laisser prendre et d'établir une surveillance aussi active que possible.

— Dites-lui, fit Harry, que si ses hommes ne sont pas disposés à être de faction cette nuit, nous nous en chargerons nous-mêmes, à la condition toutefois qu'ils nous donnent des armes quelconques.

Le Kroumir transmit cette proposition au cheik, qui sourit pour toute réponse.

L'idée de confier la garde de son douar à des esclaves, et surtout de leur fournir des armes, paraissait divertir infiniment le vieux cheik.

Harry comprit la signification de ce sourire : c'était un refus ; mais il craignait tellement les conséquences trop probables d'une négligence, et les événements prédits par Térence, qu'il prit sur lui d'insister.

— Le cheik est un vieux fou, dit-il à l'interprète. Tâchez donc de lui faire comprendre que nous redoutons autant de tomber entre les mains de Golah que lui peut appréhender de nous perdre ou même d'être tué. Dites-lui combien nous désirons aller au nord, où nous sommes sûrs d'être rachetés, et que cette raison seule suffirait à nous rendre autrement vigilants que lui et tous ses Arabes réunis.

La force et la justesse de ces observations semblèrent frapper le cheik ; et comme les arguments du Kroumir l'avaient convaincu de la nécessité absolue de se tenir en garde contre une attaque possible, presque certaine, il donna l'ordre que le douar fût soigneusement surveillé par des factionnaires auxquels s'adjoindraient des esclaves blancs.

— Vous irez au nord et vous serez rendus à vos compatriotes, dit-il, si vous ne nous occasionnez pas d'ennuis dans l'intervalle. Nous sommes peu nombreux maintenant, et il est dur pour mes hommes de marcher tout le jour et de veiller toute la nuit. Si réellement vous craignez de retomber entre les mains de ce maudit nègre, et vous voulez nous aider à nous défendre contre ses attaques déloyales, vous êtes les bienvenus ; mais si un seul d'entre vous essaie de nous tromper, vous y perdrez immédiatement la tête tous les quatre. Je le jure par la barbe du prophète.

La nuit était tout à fait venue pendant ces pourparlers ; le cheik désigna donc aussitôt les hommes pour la garde, mais il se méfiait encore trop des blancs pour leur permettre de la monter ensemble.

Il s'enquit auprès du Kroumir quel était celui d'entre ces derniers qui avait eu le plus à se plaindre des mauvais traitements de Golah. Bill lui fut désigné, et l'interprète lui donna quelques détails sur les griefs du marin contre le cheik noir.

— Bismillah ! voilà qui est bien ! s'écria le vieil Arabe. Qu'il entre en faction. Après tout ce que vous venez de me dire, je crois facilement que la soif de la vengeance pourrait le tenir éveillé un mois entier. Ce n'est pas celui-là qui nous trahira !

XLIV.

NOUVELLE VISITE DE GOLAH.

Dans les dispositions prises pour la nuit, une des sentinelles fut placée sur le rivage à environ cent mètres au nord du douar. Elle avait pour consigne de parcourir un espace d'à peu près deux cents pas. Une autre fut postée à la même distance au sud du camp avec un parcours au moins égal à faire. Bill fut placé du côté où le douar faisait face à l'intérieur du pays, et dut occuper cet espace entre les rondes des deux sentinelles arabes qui, en le rencontrant à l'extrémité de leur parcours, devaient le saluer du mot « akka », afin que le marin ne pût pas les confondre avec l'ennemi.

Au moment où le matelot allait prendre son poste, le cheik vint à lui avec un énorme pistolet, une sorte d'espingole, qu'il lui remit en lui enjoignant par l'entremise de l'interprète de ne le décharger que s'il était certain de tuer Golah ou l'un de ses complices.

Bill avait une si profonde terreur de retomber au pouvoir de son ancien tyran, que, malgré sa fatigue, il promit avec joie de faire le quart toute la nuit sans perdre de vue les brisants, puis tout le monde se retira pour la nuit.

Les deux Arabes chargés de faire sentinelle avec lui savaient par expérience que si le kafila était attaqué, c'étaient eux qui se trouveraient les plus exposés au danger, et cette conviction était de nature à les stimuler. Aussi accomplissaient-ils leur devoir en conscience.

Pendant deux ou trois heures, tout alla bien. Chacun faisait sa ronde avec une régularité toute militaire; et chaque fois qu'il approchait de la fin de son parcours, Bill entendait le mot « akka » qui lui prouvait que ses compagnons de garde étaient comme lui sur le qui-vive.

L'une des sentinelles, celle du sud, repassant dans son esprit la manière dont les autres fois Golah avait pu surprendre les factionnaires et les tuer sans merci, concentrait toute son attention du côté de la terre, croyant le camp bien protégé par les flots de l'Océan.

Elle se trompait, la pauvre sentinelle! ne pouvant prévoir à quel stratagème l'ennemi avait eu recours pour s'approcher d'elle et la tenir en ce moment même sous sa surveillance attentive.

Golah avait fait comme naguère les aspirants. Il s'était enfoncé dans l'eau, laissant seulement sa tête laineuse au-dessus du flot mouvant, et de cette manière s'était approché à quelques mètres à peine de l'Arabe en faction, qui, tout à la crainte de voir l'Africain surgir devant lui, n'avait pas une fois tourné son regard vers la mer.

Il recommençait sa ronde pour la centième fois au moins, lorsque

Golah, profitant de ce qu'il tournait le dos au rivage, s'élança derrière lui. Le bruit de ses pas se perdait dans le sourd gémissement des vagues expirant sur la grève et se brisant sur les galets.

Golah n'avait qu'un cimeterre; mais dans ses mains, c'était une arme terrible. Il se glissa tout près du veilleur de nuit, leva sur lui son bras puissant, et l'Arabe s'affaissa en poussant un long soupir, qui se perdit au milieu de ceux de la brise et du flot.

L'assassin se saisit du fusil de sa victime, l'arma et suivit la direction dans laquelle il l'avait surprise, à la rencontre de la seconde sentinelle. Cette fois, il ne cherchait point à amortir le bruit de ses pas, espérant se faire passer pour l'homme qu'il remplaçait en effet. Quand il eut fait une centaine de pas, il s'étonna de ne rencontrer personne. Il s'arrêta, ses yeux ardents essayèrent de scruter les ténèbres environnantes, mais sans succès. Ne voyant rien, il se coucha par terre pour écouter.

Rien encore. Seulement, au bout d'un moment, il aperçut quelque chose de sombre qui formait excroissance à la surface du sol. Etant trop loin pour se faire une idée exacte de ce que c'était, il s'avança jusqu'à ce qu'il fut à portée de reconnaître un homme couché et qui semblait comme lui-même avoir collé son oreille contre terre. Dans quel but? Ce n'était pas pour épier l'approche de son compagnon, car il ne pouvait avoir aucune raison de se méfier de lui.

— Peut-être qu'il dort, se dit Golah; et s'il en est ainsi, la chance me favorise.

Et il continua de ramper vers l'homme allongé dans l'ombre.

Bien que celui-ci ne fît pas un mouvement, Golah n'était point sûr qu'il dormît. Il fit une nouvelle pause, et de nouveau enveloppa le corps de son regard investigateur. Si l'homme ne dormait pas, pourquoi laissait-il un ennemi l'approcher de si près? D'où provenait cette immobilité? et comment ne donnait-il pas l'alarme? Si Golah réussissait à se défaire sans bruit de cette sentinelle comme il avait fait de l'autre, il était certain de pouvoir, avec ses deux acolytes qui attendaient non loin de là le résultat de l'aventure, se glisser dans le douar et rentrer en possession de tout ce qui lui avait été ravi.

Cela valait la peine d'en courir le risque.

Il continua donc d'avancer. Alors, il vit que l'homme était couché sur le côté, le visage tourné vers lui, mais en partie caché par un de ses bras.

Le cheik n'aperçut point de fusil entre ses mains; par conséquent il y avait peu de danger à courir dans une rencontre corps à corps, s'il fallait en venir là.

Golah empoigna son cimeterre de la main droite, croyant frapper cette seconde victime comme la première d'un seul coup.

La lame d'acier brilla dans la nuit, et l'étreinte du cheik sur la poignée de son arme se resserra encore.

Bill, vieux marin, avez-vous déjà manqué à la parole donnée? Avez-vous si vite oublié la vigilance promise? Attention! Golah est proche. Son bras est levé, et il sourit intérieurement à la chance qui le favorise si ouvertement.

XIV.

BILL EN FACTION.

Après deux heures de promenade monotone, au milieu d'un silence troublé de loin en loin par le seul mot akka, et devant un horizon de sable grisâtre, Bill avait commencé à se sentir passablement las et à déplorer que le vieux cheik l'eût honoré de sa confiance.

Pendant sa première heure de garde, il n'avait pas perdu de vue le côté est ni son devoir de sentinelle. Peu à peu toutefois sa vigilance s'endormit, et, chose qui ne lui arrivait guère, il se mit à songer au passé et au futur, ses méditations ne dépassant que rarement la limite du moment présent. Enfin, pour se distraire, il se prit à examiner l'arme confiée par le cheik.

— Voilà un drôle d'outil comme pistolet, se dit-il, en le tournant et le retournant entre ses mains. Dans une lutte corps à corps, ça pourrait encore servir de massue, mais voilà tout. J'espère que je n'aurai pas à en faire usage. Un canon si mince et une balle au moins aussi grosse qu'un œuf, ça pourrait bien m'éclater à la figure. Mais j'y pense, peut-être qu'il n'est pas seulement chargé. On me l'aura donné comme un joujou ; il faut que je m'en assure.

Il tâtonna autour de lui et finit par mettre la main sur un petit rameau desséché, avec lequel il mesura la longueur du canon à l'extérieur ; puis, l'enfonçant ensuite dans le pistolet, il s'aperçut que la profondeur du canon n'était pas tout à fait égale à sa longueur. Il y avait donc quelque chose à l'intérieur, mais il était certain que ce n'était point une balle. Il examina ensuite le bassinet et trouva l'amorce en bon état.

— Ah ! je comprends, se dit-il, reprenant le cours de ses réflexions, le vieux cheik veut seulement que je fasse un beau tapage avec cela, dans le cas où j'apercevrais quelque chose de suspect. Il a eu peur d'y mettre une balle !... Voilà ce qui s'appelle de la confiance ! Il veut bien que j'aboie, mais que je puisse mordre, bernique ! J'en suis bien fâché, mais cela ne me va pas du tout, du tout ! Ma foi ! je vais me trouver un bon caillou que je glisserai dans le canon. S'il n'est pas content, tant pis pour lui !

Ce disant, il chercha autour de lui une pierre de la grosseur voulue, et fut quelque temps sans en rencontrer. Il n'avait sous la main qu'un sable fin et doux.

Tandis qu'il était ainsi occupé, il lui sembla entendre marcher du côté opposé à celui où il attendait le prochain mot d'ordre.

Il regarda dans cette direction, mais il ne vit rien que la surface grise du rivage.

Depuis qu'il vivait dans le désert, Bill avait plusieurs fois remarqué que les Arabes se couchaient à terre pour écouter. Il essaya de ce moyen.

Dans cette position, il s'imagina voir à une plus grande distance que debout. Le sol lui semblait mieux éclairé que lorsqu'il le regardait à quatre ou cinq pieds d'élévation, et les objets éloignés s'élevaient plus distinctement entre ses yeux et l'horizon.

Il entendit alors un bruit de pas du côté du rivage ; mais, persuadé que c'étaient ceux de la sentinelle, il n'y fit point attention. Il n'écoutait seulement que la répétition des sons qui lui avaient semblé venir de la direction opposée.

Puis il n'entendit plus rien, et il en conclut qu'il s'était trompé.

Mais une chose certaine, c'est que la sentinelle de babord s'approchait de lui plus que d'habitude, et que le mot akka n'avait point encore été prononcé.

Bill tourna ses yeux vers le rivage. Le bruit des pas avait cessé ; seulement il aperçut à peu de distance la forme d'un homme. Il était debout et regardait attentivement autour de lui.

Cet homme ne pouvait être la sentinelle.

L'Arabe était petit et mince ; l'individu qu'il voyait était grand et fort. De plus, au lieu de rester debout et de prononcer le mot d'ordre, l'étranger se baissa et colla son oreille contre la terre pour écouter.

Pendant quelques minutes, son attention parut fixée sur un autre point ; le marin en profita pour remplir de sable le canon de son pistolet.

Allait-il donner l'alarme, lâcher la détente et courir ensuite vers le camp ?

Non; sous l'empire de son imagination surexcitée, il pouvait s'être trompé. L'individu en ce moment couché n'était autre peut-être que la sentinelle, cherchant à s'assurer que tout était tranquille autour d'eux.

Pendant que le marin restait dans cette indécision, Golah s'avançait en rampant de son côté. Il arriva jusqu'à une dizaine de pas, puis, avec précaution, se redressa.

Bill fut alors parfaitement certain qu'il avait devant lui, non la sentinelle arabe, mais le cheik noir !

De sa vie le marin n'avait été si effrayé. Il songea à décharger son pistolet et à courir vers le douar, mais il réfléchit qu'il serait sûrement frappé avant de s'être relevé, et la crainte le retint immobile.

Cependant Golah se rapprochait de plus en plus; l'éclair de son arme sillonna l'obscurité. Ce fut alors que Bill prit enfin le parti d'agir.

Il dirigea son pistolet sur le noir, pressa la détente, et au même instant sauta sur ses pieds.

Il y eut une détonation assourdissante, suivie d'un cri de rage et d'agonie.

Bill ne s'arrêta pas à s'assurer de l'effet de son feu; il courut de toutes ses forces vers le camp, déjà sur le qui-vive, et où, dans une confusion inexprimable, les Arabes couraient en criant à qui mieux mieux.

Au-dessus de ce vacarme et le dominant, du côté où Bill avait tiré, on entendait des appels frénétiques : Muley ! Muley !

— C'est la voix de Golah, s'écria le Kroumir en arabe ; il appelle son fils, dont le nom est Muley.

— Ils vont attaquer le douar ! dit le cheik arabe.

Ces mots répandirent la terreur la plus vive.

Dans la confusion qui suivit, les deux femmes de Golah s'échappèrent du camp sans être remarquées, emmenant avec elles leurs enfants.

Elles avaient entendu le cri d'angoisse du maître tyrannique qu'elles redoutaient au jour de sa prospérité, et qu'elles plaignaient maintenant de tout leur cœur.

Les Arabes s'étaient en toute hâte, et tant bien que mal, préparés à rencontrer l'ennemi ; mais le temps s'écoula et l'attaque ne commença pas. Quelques minutes plus tard, le silence avait succédé au bruit, et on eût pu croire que l'alarme causée n'était qu'une panique sans fondement.

Le jour commençait à poindre, quand le cheik arabe, remis de sa terreur, se décida à faire l'inspection du douar et de ses habitants.

Deux faits importants prouvaient jusqu'à l'évidence que le bouleversement dont on se remettait à grand'peine avait eu une cause sérieuse et bien réelle. La sentinelle postée au sud du douar était absente, ainsi que les deux femmes de Golah disparues avec leurs enfants.

Cette disparition s'expliquait. Les deux mères s'étaient enfuies pour rejoindre l'homme qui appelait Muley.

Mais comment expliquer celle de l'Arabe ?

La vengeance de Golah avait-elle encore fait une victime ?

XLVI.

GOLAH SUBIT SA DESTINÉE.

Le cheik saisit le Kroumir, et, sans autre forme de procès, l'amena près de l'endroit où le vieux matelot, son quart terminé, s'était mis à ronfler.

— Demandez-lui, dit-il à l'interprète, pourquoi il a fait feu.

— Pourquoi ?... Mais pour tuer Golah donc, ce vieux moricaud ! Et je serais bien trompé si je ne lui ai pas donné son compte.

Traduite au cheik, cette réponse amena sur sa physionomie expressive un sourire tout particulier, puis il insista pour savoir si Bill avait réellement vu le cheik noir.

— Si je l'ai vu, répondit le marin, je le crois bien ! Il n'était pas à plus de quatre pas de moi quand je lui ai arrangé sa petite affaire. Je vous dis qu'il n'y reviendra plus.

La même expression d'incrédulité railleuse reparut sur les traits de l'Arabe.

Cet interrogatoire fut interrompu par la découverte du corps de la sentinelle, autour duquel tout le monde se groupa naturellement.

La tête était presque séparée du tronc, et le coup qui l'avait frappé n'avait pu venir que du bras puissant de Golah. Près du corps, on voyait des traces de pas que, seuls, les pieds du cheik noir pouvaient avoir laissées.

Il faisait maintenant grand jour, et les Arabes, en interrogeant l'aspect du rivage, firent une autre trouvaille du côté du sud. On apercevait deux chameaux et un cheval à environ cinq cents mètres. Ne laissant qu'un Arabe pour garder le douar, le vieux cheik, suivi de toute sa troupe, partit aussitôt dans l'espoir de rentrer en possession d'une partie de son bien.

En arrivant à l'endroit où se trouvaient les chameaux, on fut assez surpris d'être tout à coup en présence du beau-frère de Golah, qui s'était constitué leur gardien. Il était couché tout de son long ; mais, à l'approche des Arabes, il se leva vivement en leur tendant les deux mains.

Il n'avait aucune espèce d'armes, et son geste signifiait : Paix !

Les deux femmes, entourées de leurs enfants, étaient assises près de lui et avaient l'air d'être consternées. Elles ne prirent pas garde à l'arrivée de leurs maîtres, et ne levèrent pas les yeux quand ils parlèrent.

Les fusils et autres armes gisaient çà et là sur le sable. Un des chameaux était mort, et le jeune nègre dévorait un morceau de viande crue, pris dans la bosse de l'animal.

Le cheik demanda Golah. Celui auquel la question s'adressait désigna du geste la mer, où deux corps tournaient dans le ressac quand il venait se briser contre le rivage.

Sur l'ordre du cheik, les trois aspirants allèrent les chercher.

C'étaient ceux de Golah et de son fils Muley. Le visage du cheik noir était horriblement lacéré. Il n'avait plus d'yeux.

On s'enquit auprès du jeune homme survivant de la cause de ces deux morts inattendues.

— J'entendis Golah appeler Muley à la suite d'une détonation. Je compris qu'il était blessé. Muley courut à son secours, tandis que je restais à garder les chameaux. J'ai faim, je meurs de faim ! Presque aussitôt Muley revint en courant, suivi de son père, qui semblait possédé d'un mauvais esprit. Il bondissait de çà et de là, faisant tournoyer son cimeterre et cherchant à nous tuer, nous et les chameaux. Comme il n'y voyait pas, nous pûmes nous tenir hors de sa portée. Mais j'ai faim !

Ici le jeune nègre s'arrêta et mordit à belles dents son morceau de viande crue, qu'il dévorait avec une promptitude qui prouvait la véracité de son dire.

— Animal ! s'écria le cheik, parle d'abord, tu mangeras après.

— Gloire à Allah ! reprit le nègre ; Golah courut sur un des chameaux et le tua.

En effet, l'animal étendu sur le sable portait les traces des coups du fameux cimeterre.

— Après avoir assouvi sa rage sur la bête, le cheik redevint calme. Le mauvais esprit l'avait quitté, et il s'assit paisiblement à terre. Alors ses femmes s'approchèrent de lui, il leur parla avec bonté, passa la main à plusieurs reprises sur la tête des enfants en les appelant par leurs noms. Ils criaient en le regardant; mais Golah leur dit de ne point s'effrayer, qu'il allait laver son visage et qu'il ne leur ferait plus peur. Un petit garçon le conduisit au bord de l'eau, et il s'avança dans la mer aussi loin qu'il put. Il allait là pour y mourir. Muley courut après lui pour tâcher de le ramener, mais ils se noyèrent tous les deux. Que pouvais-je faire? J'avais trop faim!

La maigreur extrême du narrateur prouvait la vérité de son histoire. Il avait marché nuit et jour, presque toute une semaine, et n'eût pu supporter beaucoup plus longtemps cette extrême fatigue.

Au commandement du cheik, les esclaves enterrèrent les deux corps.

Délivré désormais de son terrible ennemi, le chef arabe, tout à la joie, résolut de fêter cet heureux événement par un jour de repos. Cette décision fut très bien venue des esclaves, ainsi que le régal de chair de chameau qui leur fut également accordé.

Un mystère planait encore sur la fin tragique de Golah. Les services du Kroumir comme interprète furent encore mis en réquisition.

Lorsque le cheik apprit comment Bill avait fait de son pistolet une arme effective en le remplissant de sable, il exprima une vive satisfaction de la manière dont le marin avait rempli son devoir.

Plein de reconnaissance pour le service qui lui avait été rendu, il promit que non seulement Bill, mais encore ses compagnons, seraient conduits à Mogador et rendus à leurs amis.

XLVII.

SUR LA LIMITE EXTRÊME DU SAHARA.

Après un affreux voyage de deux interminables journées, pendant lesquelles nos pauvres amis passèrent de nouveau par toutes les tortures auxquelles la faim, la soif, la fatigue, combinées avec un soleil de plomb, les avaient déjà initiés, on arriva en vue d'un autre étang.

Les jeunes gens reconnurent avec surprise cet endroit pour celui où ils étaient tombés entre les mains de Golah.

— Que Dieu ait pitié de nous ! s'écria Harry Blount en approchant. Il n'y a pas bien longtemps que nous avons quitté ces lieux. J'ai grand'peur que nous n'y trouvions pas une goutte d'eau. Nous n'en avions pas laissé la valeur de deux seaux ; et comme il n'a pas plu, elle doit s'être bien vite évaporée.

Le désespoir se peignit sur les traits de tous à l'idée de cette éventualité trop probable. Heureusement, leurs inquiétudes furent de courte durée. Il y avait de l'eau en abondance, une pluie d'orage étant tombée peu de jours auparavant sur la petite vallée, et ils purent à leur gré étancher la soif dévorante qui les consumait.

Le peu de provisions qui restaient aux voyageurs ne permettait pas de songer à une longue halte. Dès le lendemain matin, on se remit en route.

Les Arabes ne paraissaient garder aucune rancune au jeune homme qui avait aidé Golah à massacrer leurs compagnons. Le cheik mort, ils n'avaient plus rien à redouter de lui. Il n'était pas homme à s'enfuir, étant de ces natures qui n'agissent jamais pour leur propre compte. Le nègre, apparemment résigné à son sort, faisait maintenant partie des esclaves. Que lui importait ? Il avait changé de maître, voilà tout.

Huit jours se passèrent à marcher dans la direction du nord-est.

Ce furent pour les esclaves huit jours de véritable agonie. On ne trouva en route qu'un seul étang, dont l'eau était infecte, répugnante et couverte d'insectes morts. Mais leur soif était telle, qu'ils s'estimèrent heureux de s'y désaltérer.

On avait quitté le bord de la mer, ce qui empêcha nos aventuriers de ramasser des coquillages pour apaiser leur faim. Les Arabes avaient hâte d'arriver à quelque endroit où ils pourraient se procurer de la nourriture pour les animaux. Jamais le vieux marin, mauvais marcheur au possible, n'eût pu continuer le voyage, si les Arabes ne lui eussent permis de monter sur un chameau, quand il était par trop fatigué. Le haut fait qu'il avait accompli, en les débarrassant d'un ennemi qui les avait déjà décimés et eût certainement fini par les tuer tous, leur avait inspiré une reconnaissance relative dont il recueillait le fruit.

Pendant les deux derniers jours, les esclaves blancs remarquèrent dans le pays certains indices qui leur donnèrent quelque espoir. Le terrain était moins inégal, et ils apercevaient çà et là des buissons et des herbes, le tout bien rabougri, mais cherchant à vivre néanmoins.

Le kafila était arrivé sur le côté nord du grand Sahara, et dans quelques jours on devait trouver de la verdure, des bosquets, des ruisseaux en abondance.

Le soir du huitième jour, la caravane atteignit le lit d'une rivière récemment tarie. Bien qu'il n'y eût pas de courant, il y avait quelques étangs d'eau stagnante. Ce fut près de l'un d'eux qu'on établit le douar.

Au nord, sur une colline, croissaient quelques arbrisseaux verts ; on y conduisit les chameaux, et non seulement les feuilles, mais les branches elles-mêmes furent aussitôt dévorées par les malheureuses bêtes affamées.

Le crépuscule tombait quand le douar fut définitivement constitué. Ce fut à ce moment qu'on aperçut deux hommes se dirigeant vers le camp, ou plutôt vers les étangs, dans le but de remplir des outres portées par un chameau. Ils parurent aussi surpris qu'ennuyés de trouver la place occupée par des étrangers.

Voyant qu'il était trop tard pour pouvoir se dissimuler, les hommes s'avancèrent hardiment et commencèrent à remplir leurs outres. Pendant ce temps, ils dirent au vieux cheik qu'ils faisaient partie d'une caravane qui était tout près de là, qu'ils se rendaient au sud, et continueraient leur voyage le lendemain matin.

Après leur départ, les Arabes tinrent conseil.

— C'est un mensonge qu'ils nous ont fait, dit le vieux cheik. Ils ne sont pas en route le moins du monde ici, ou ils auraient fait halte près de l'eau. Par la barbe de notre prophète, ils en ont menti.

Tout le monde fut de cet avis. On supposa que les deux hommes appartenaient à un camp établi près du rivage, et occupé à ramasser le butin de quelque navire naufragé, ou à tout autre procédé plus ou moins légal.

C'était une occasion que nos Arabes ne voulaient point laisser perdre. Ils résolurent d'avoir leur part de la bonne fortune quelconque échue à leurs voisins. Au cas où il s'agirait d'un naufrage, des difficultés sérieuses pouvaient surgir au moment d'un partage forcé. On résolut donc d'attendre au lendemain pour agir, afin de mieux savoir à quoi s'en tenir sur les chances de succès d'un combat probablement inévitable.

XLVIII.

RIVALITÉ DE PILLARDS.

De bonne heure, le lendemain matin, le kafila était en route pour le bord de la mer, qui n'était pas fort éloigné. Un douar de sept tentes s'élevait sur la plage, et plusieurs hommes s'avancèrent pour le recevoir.

Les salutations d'usage furent échangées, et les nouveaux venus commencèrent à regarder autour d'eux. Plusieurs couples de bois éparses sur le rivage prouvaient qu'ils ne s'étaient pas trompés dans leurs conjectures au sujet d'un naufrage.

— Il n'y a qu'un seul Dieu, qui est également bon pour tous, dit le vieux cheik. Il jette les navires des infidèles sur nos rivages, et nous sommes venus réclamer notre part de ses faveurs.

— Vous êtes les bienvenus à tout ce que vous pouvez réclamer avec justice, répondit un homme d'une taille fort élevée, qui paraissait être le chef. Mahomet est le prophète de celui qui nous dispense le bien et le mal. S'il vous a réservé quelque chose, visitez la côte et tâchez de le découvrir.

Sur cette invitation, les chameaux du kafla furent déchargés et les tentes dressées. Les nouveaux venus se mirent ensuite en quête des débris du naufrage.

Ils ne découvrirent que quelques espars et d'autres couples de bois, sans valeur pour eux.

Un nouveau conseil fut assemblé, et tous se déclarèrent également convaincus qu'un navire avait dû s'échouer dans le voisinage. On en conclut qu'il fallait surveiller les pillards rivaux pour découvrir l'endroit où il se trouvait.

Ils cessèrent donc leurs recherches et se tinrent aux aguets.

Quand cette détermination fut connue dans l'autre camp, son chef demanda à conférer avec le vieil Arabe.

— Je suis Sidi-Hamet, dit-il, et ceux que vous voyez autour de moi sont mes parents et mes amis. Nous sommes tous membres de la même famille et fidèles serviteurs du prophète. Dieu est grand et s'est montré bon pour nous. Il nous a envoyé une prise. Nous sommes sur le point de recueillir les dons de sa miséricorde. Allez votre chemin et laissez-nous en paix.

— Moi, je suis Rias-Abdallah-Yessed, répondit le vieux cheik, et ni mes compagnons ni moi n'avons démérité de la faveur de Dieu; aussi avons-nous droit comme les autres au butin, quand il lui plaît de faire échouer sur nos côtes les navires des infidèles.

En réponse, Sidi-Hamet entama une longue harangue par laquelle il informait le vieux cheik que si un vaisseau s'était brisé sur la côte, et si les marchandises avaient échoué sur le rivage, lui, Rias-Abdallah-Yessed et sa troupe auraient droit autant qu'eux à recueillir ses richesses; mais malheureusement pour tous deux, ce n'était pas le cas. La coque d'un vaisseau contenant une cargaison se trouvait, il est vrai, à proximité sous l'eau ; mais c'étaient eux qui l'avaient découverte, et par conséquent ils prétendaient à tout ce qu'elle contenait. La troupe de Sidi-Hamet se composait de dix-sept hommes et avait le droit et le pouvoir de parler haut sans crainte d'être contredite.

Ils convinrent qu'ils travaillaient depuis dix jours à extraire la cargaison, mais que leur besogne n'était pas encore à moitié, ces marchandises étant très difficiles à sortir du navire.

Le vieux cheik demanda alors en quoi consistait cette cargaison ; mais il ne put obtenir de réponse satisfaisante.

Il y avait donc là un mystère. Dix-sept hommes ayant travaillé dix jours à décharger un bâtiment échoué, et ne voir nulle part trace des marchandises recueillies ! c'était bien fort.

Le vieux cheik et ses hommes étaient grandement intrigués. Ils avaient quelquefois entendu parler de caisses pleines d'argent trouvées sur des navires échoués, de marins naufragés sur leurs côtes qui, après avoir enterré ces richesses, avaient fini par avouer, dans les tortures, où elles étaient cachées.

Ce vaisseau-là portait-il de l'argent, et les caisses étaient-elles enterrées dès qu'elles abordaient au rivage ?

Les nouveaux venus résolurent d'attendre et de tâcher de savoir la vérité, pour arriver à réclamer leur part, s'il y avait lieu, et par tous les moyens possibles.

Sidi-Hamet et sa troupe étaient trop impatients de recueillir les richesses contenues dans le navire, pour attendre le départ du vieux cheik. La supériorité du nombre les mettait d'ailleurs au-dessus de toute crainte. Ils recommencèrent donc leurs opérations de déchargement.

Ils s'avancèrent sur le bord de l'eau, emportant avec eux une longue corde qu'ils avaient trouvée après les espars. A l'une des extrémités de cette corde, ils firent un nœud coulant, qu'un homme fixa autour de sa taille, avant de se mettre à l'eau.

Après quoi, il nagea à une centaine de mètres, plongea et disparut complètement sous l'eau, pour aller attacher à la corde un objet quelconque de la cargaison.

Une minute après, sa tête reparut à la surface, et il poussa un cri d'appel. Aussitôt ses compagnons commencèrent à tirer sur la corde, dont l'autre extrémité avait été laissée entre leurs mains.

Quand le nœud coulant reparut avec ce qu'il enserrait, il se trouva qu'on avait amené un gros bloc de grès du poids de vingt-cinq à trente livres.

Les trois aspirants mis au courant, par le Kroumir, des pourparlers engagés au sujet de la cargaison, regardaient avec un intérêt extrême les manœuvres du plongeur et de ses assistants.

Lorsque le bloc de grès fut à terre, ils s'entre-regardèrent avec la plus profonde surprise. Dans quel but, en effet, pouvait-on se donner tant de mal pour délester une coque de navire perdue? Nos amis ne le devinaient point.

La raison pour laquelle les travailleurs n'avaient point dit au vieux cheik quelle sorte de cargaison ils avaient tant de mal à amener au rivage, c'est qu'ils ne le savaient point eux-mêmes.

Ils pensaient naturellement que les esclaves blancs étaient aussi bien renseignés à ce sujet qu'eux-mêmes l'étaient peu; aussi scrutaient-ils avec soin l'expression de leurs physionomies, au moment où le bloc de lest fut amené à terre.

Ils furent mal récompensés de leurs peines.

La surprise qui se peignit sur les traits de Bill et de ses compagnons confirma les pillards dans leur croyance qu'ils arrachaient au flot quelque chose de valeur; cette pensée décupla l'ardeur des travailleurs et surexcita les convoitises des pillards rivaux, qui se croyaient réellement frustrés.

Le Kroumir essaya alors de désabuser son maître, en lui disant que ce qu'il prenait pour une prise de quelque valeur n'était absolument que de la pierre.

Mais son affirmation fut accueillie par un sourire d'incrédulité. Les travailleurs n'y crurent pas davantage et continuèrent leur besogne, persuadés que le Kroumir était ou un menteur ou un fou.

Le vieux cheik, prenant le Kroumir à part, chercha à en tirer quelques éclaircissements de plus, et, voyant qu'il persistait dans son assertion, il secoua la tête avec dédain.

Avait-on jamais ouï parler d'un navire qui ne transportât pas des objets de valeur? Quels pouvaient être les hommes assez insensés pour entreprendre un long et périlleux voyage sur mer, avec un chargement de pierres sans valeur ?

Et comme on ne trouvait à bord rien qui ressemblât à une cargaison de prix, c'étaient ces pierres-là qui devenaient précieuses.

Ainsi raisonnait l'Arabe.

Pendant que le Kroumir cherchait à faire comprendre au cheik l'utilité de la présence des blocs de grès à fond de cale, l'un des travailleurs vint l'informer qu'un homme blanc, malade, était dans une des tentes et désirait parler aux esclaves infidèles, dont il venait d'apprendre la présence.

Le Kroumir communiqua cette nouvelle à nos amis, qui s'empressèrent de se rendre à la requête du malade.

XLIX.

UN AUTRE ESCLAVE BLANC.

En pénétrant dans la tente qui leur avait été indiquée, nos amis se trouvèrent en présence d'un homme d'une quarantaine d'années, gisant par terre. Bien que ce ne fût guère qu'un squelette, il n'avait aucun des symptômes généraux caractéristiques d'une maladie grave. Par exemple, partout ailleurs qu'en Afrique, il n'eût jamais passé pour un *blanc*.

— Vous êtes les premiers Anglais que j'aie vus depuis trente ans, leur dit-il dès qu'il les aperçut, car je n'ai qu'à vous regarder pour être certain de votre nationalité. Vous êtes mes compatriotes. J'ai été blanc, moi aussi ; mais vous deviendrez bien aussi noirs, quand vous aurez été brûlés pendant quarante-trois ans, comme moi, par cet impitoyable soleil.

— Quoi ! s'écria Térence, y a-t-il si longtemps que vous êtes esclave dans le Sahara ? S'il en est ainsi, que Dieu nous protège ! Quelle espérance pouvons-nous conserver de redevenir libres un jour ?

La voix du jeune Irlandais avait l'accent du désespoir.

— Il est bien peu probable que vous revoyiez jamais votre patrie, mon garçon, reprit le malade ; mais il se présente aujourd'hui une chance pour moi, si vous et vos camarades ne venez pas me la détruire. Pour l'amour de Dieu, ne dites pas à ces Arabes qu'ils sont fous d'attacher du prix au lest de ce bateau perdu. Si vous faisiez cela, ils me tueraient, car c'est moi qui le leur ai mis en tête. Je leur ai persuadé que ces pierres ont une grande valeur, afin qu'ils les transportent pour en tirer parti dans quelque centre où je pourrai m'enfuir. C'est la seule possibilité de salut que j'aie eue depuis des années. Ne la détruisez pas, si la vie d'un de vos compatriotes vous est le moins du monde sacrée.

Dans la longue conversation qui suivit, l'infortuné leur raconta qu'il n'avait fait que parcourir le désert dans tous les sens, une quarantaine de fois au moins, sous cinquante maîtres différents, cherchant toujours, sans y arriver, à être conduit là où on l'eût sûrement racheté.

— Je ne suis avec ces gens-ci que depuis quelques semaines, continua-t-il. Ce qui nous a fait découvrir le navire échoué, c'est son mât de misaine qui sortait de l'eau. C'était le premier navire que mes maîtres rencontraient sans cargaison ; ils en conclurent que ces morceaux de grès avaient de la valeur, ne voyant pas d'autre raison à leur présence sur un navire. Je les confirmai dans cette opinion. Je leur dis que c'était une espèce de pierres renfermant de l'or, mais qu'il fallait les transporter dans un endroit où l'on pût avoir du charbon et du bois à volonté, afin de les faire fondre, et que ce travail devait être confié aux blancs, qui savent le secret d'extraire ce précieux métal des rochers. Ils me crurent facilement, d'autant plus qu'il y a dans ces pierres des parcelles brillantes, qui leur ont tout à fait donné le change. Pendant quatre jours, je dus les aider dans toutes leurs manœuvres; mais cela ne faisait pas mon compte, et j'ai fini par leur faire accroire que j'étais désormais dans l'impossibilité de rien faire.

— Pensez-vous réellement, demanda Harry Blount, qu'ils emportent le lest à une grande distance, sans être renseignés sur sa valeur exacte ?

— Oui, certes; ils le transporteront à Mogador, et ils m'emmèneront avec eux. C'est du moins ce que j'espère.

— Mais s'ils rencontrent quelqu'un sur leur route, on leur dira que leur chargement ne vaut rien.

— Non, la crainte d'être volés les empêchera d'en parler à personne. Déjà à présent ils cachent leur trésor dans le sable, au fur et à mesure que les pierres arrivent sur la grève, de peur qu'il ne survienne une bande plus nombreuse que la leur, qui la leur conteste. Lorsque nous serons sur le point de partir, je leur recommanderai de ne laisser voir leur butin à qui que ce soit avant d'être à Mogador et sous la protection du gouverneur. Que j'arrive seulement en vue d'un port de mer, et il n'y a pas dans toute l'Afrique assez d'Arabes pour m'empêcher de recouvrer ma liberté.

Tandis que le prétendu malade parlait ainsi, Bill l'observait avec un vif intérêt.

— Pardon de vous contredire au sujet de votre âge, dit le marin, dès que l'étranger eut fini son récit, mais vous ne me ferez pas croire que vous êtes ici depuis quarante ans. Il n'y a pas si longtemps, j'en réponds.

Après s'être dévisagés un instant, les deux hommes s'élancèrent l'un vers l'autre, la main tendue :

— Bill !

— Jacques !

Deux frères venaient de se retrouver.

Les aspirants se rappelèrent alors ce que Bill leur avait raconté d'un frère à lui, capturé dans le Sahara, et n'eurent pas besoin qu'on leur expliquât la scène touchante dont ils étaient les témoins. Ils laissèrent les deux frères seuls et retournèrent auprès du Kroumir.

Celui-ci venait justement, à force d'explications, de convaincre le vieux cheik que, provenant de la cale d'un navire ou d'ailleurs, des pierres n'étaient jamais que des pierres ; mais Sidi-Hamet et les siens ne voulurent point en démordre.

Toutefois les arguments employés par le vieux cheik furent rapportés à Jacques, le frère du marin, qui les battit en brèche en quelques mots :

— Naturellement, leur dit-il, ces étrangers vont tâcher de vous faire croire que la cargaison ne vaut rien. Ils veulent vous la faire dédaigner pour s'en emparer à votre place. Le bon sens ne vous dit-il pas que ce sont des menteurs ?

Et les travaux continuèrent.

— Quel est celui d'entre vous qui m'a trahi ? demanda Jacques aux aspirants, quand ils se trouvèrent de nouveau réunis. Ne saviez-vous pas quel prix j'attachais à votre silence ?

On lui expliqua que le Kroumir, n'ayant pu être prévenu à temps, avait seul éclairé son maître.

— Il faut que je lui parle, ainsi qu'à votre maître, dit Jacques. Si ces Arabes découvrent que je les ai trompés, ils me tueront certainement ; mais le vieux cheik y perdrait tout ce qu'il possède.

Une fois le Kroumir et Rias-Abdallah dans sa tente, Jacques leur adressa la parole en arabe.

— Laissez mes maîtres à leur folie, dit-il au vieillard ; ils sont assez occupés pour vous laisser partir en paix. Sinon, si vous leur révélez la vérité, ils vous dépouilleront de tout ce que vous avez. Vous en avez déjà dit assez pour éveiller leurs soupçons. Ils découvriront tôt ou tard que je leur en ai imposé. Ma vie n'est plus en sûreté entre leurs mains ; achetez-moi, puis allons-nous-en tous immédiatement.

— Les pierres ne valent-elles réellement rien ?

— Pas plus que le sable du rivage ; mais comme ils sont venus sur la côte pour y chercher fortune, il faudra qu'ils trouvent quelque chose à piller, et vous serez là tout à point. Ce sont des hommes redoutables ; croyez-moi, fuyons-les pendant qu'il en est temps encore.

— Vous êtes malade, dit le cheik ; et si je vous achète, vous ne pourrez pas marcher.

— Laissez-moi monter sur un chameau, jusqu'à ce que je ne sois plus en vue de mes maîtres, répondit Jacques ; et après, vous verrez si je ne puis pas marcher. Ils me vendront à très bon compte, car ils me croient fini ; mais je ne le suis pas, je vous en réponds.

Le vieux cheik promit de suivre cet avis et ordonna aussitôt les préparatifs du départ.

Il fit ensuite appeler Sidi-Hamet et lui demanda s'il ne voulait pas lui vendre quelques-unes des pierres du navire naufragé.

— Bismillah ! non ! s'écria l'écumeur ; vous dites qu'elles n'ont aucun prix, et je ne voudrais pour rien au monde tromper un vrai croyant.

— Voulez-vous m'en donner quelques-unes, au moins ?

— Non, Allah préserve Sidi-Hamet de jamais faire à un ami un cadeau indigne de lui.

— Je suis un marchand, reprit Rias-Abdallah, et je ne demande qu'à faire des affaires. N'avez-vous rien à me vendre, ni esclaves, ni autre chose ?

— Si fait, certes ; j'ai ce chien de chrétien que vous voyez là-bas ; je suis tout disposé à m'en défaire.

— O maître, ne me vendez pas. Vous m'avez promis de me conduire à Swearah, interrompit Jacques ; je me rétablirai bien quelque jour, et alors je travaillerai pour vous, je vous le promets.

Le prétendu désir de Jacques de ne pas changer de maître ne fut pas écouté, et, en échange d'une vieille chemise et d'une tente en poil de chameau, il devint la propriété de Rias-Abdallaz.

Le vieux cheik et sa troupe s'engagèrent alors dans le lit desséché de la rivière et s'éloignèrent en toute hâte, laissant les écumeurs du désert continuer en paix leur tâche aussi improductive que fatigante.

L.

LE FRÈRE DE BILL.

Les voyageurs marchaient d'un pas si rapide, que Bill et son frère eurent à peine la possibilité d'échanger quelques paroles. Mais quand le douar eut été installé pour la nuit, le vieux loup de mer et ses jeunes compagnons se groupèrent autour de celui dont ils avaient tant à apprendre, pensaient-ils.

— Maintenant, Jacques, dit Bill, raconte-nous ta longue croisière dans ces parages. Nous savons déjà un peu à quoi nous en tenir sur les douceurs de l'existence qu'on y mène ; aussi je ne m'étonne pas que tu te figures être à bord de cette galère depuis quarante-trois ans.

— Oui, c'est bien le temps que j'y ai passé, à mon compte, interrompit Jacques ; mais, Bill, je te trouve à peine vieilli depuis que je t'ai quitté. Combien y a-t-il de temps ?

— Onze ans environ.

— Onze ans ! Allons donc ! puisqu'il y a plus de quarante ans que je suis ici.

— Comment veux-tu qu'il en soit ainsi, frère ? Tu n'auras quarante ans que le 14 du mois prochain. Tu as perdu la raison ici, et vraiment cela ne me surprend guère.

— Il faut dire aussi qu'il n'y a rien dans le Sahara pour aider à se rendre compte du temps. Il n'y a pas de saisons, et les jours se ressemblent comme deux secondes de la même minute. Mais certainement je suis ici depuis plus de onze ans.

— Non ; à proprement parler, il n'y en a guère plus de dix et demi ; mais, après tout ce que tu as souffert, je trouve surprenant que tu m'aies reconnu.

— Aussi ne t'ai-je reconnu que quand tu as parlé. Je ne pouvais douter de ton identité en t'entendant mêler l'écossais de notre père, le jargon irlandais de notre mère et l'accent des Cockneys au milieu desquels s'est écoulée ton enfance.

— Vous voyez, maître Colin, dit Bill, mon frère ici présent a eu le grand avantage d'être plus jeune que moi de douze ans ; et lorsqu'il fut en âge d'aller à l'école, je travaillais à gagner de quoi l'y faire rester ; aussi je pense qu'il doit être bien aise de me revoir.

— Si j'en suis bien aise !... En douterais-tu, frère ?

— Non, non, mon Jacques ; mais dépêche-toi de nous conter ton histoire.

— Ce serait toujours la même chose, souffrances sur souffrances, désappointements sur désappointements. Tout ce que je puis dire, c'est qu'il me semble avoir passé des années à parcourir le désert, des années à cultiver l'orge, des années à creuser des puits, et des siècles à soigner des troupeaux. J'ai eu bien des maîtres, tous aussi mauvais. J'ai éprouvé plus d'une cruelle déception au sujet de ma liberté. Une fois entre autres je n'étais plus qu'à une journée de Mogador, je me croyais sauvé, quand je fus vendu et remmené au fond des déserts. J'ai essayé de m'enfuir à deux ou trois reprises ; mais j'ai été recapturé chaque fois, et presque assommé pour prix de mon impardonnable déloyauté ; voler mon maître d'un de ses esclaves, pensez donc !... J'ai souvent été tenté de me suicider, mais une sorte de curiosité puérile m'a retenu. Je voulais voir ce que le sort me gardait en réserve, si la fortune ne se lasserait pas de me persécuter ; surtout je sentais que celui qui essaie d'échapper au malheur par le suicide montre combien il était mal armé pour le combat de la vie.

— Vous avez parfaitement raison, dit Harry Blount ; mais j'espère que les plus rudes assauts de cette lutte sont passés pour vous. Nos maîtres nous ont promis de nous conduire à quelque endroit où nous pourrons être rachetés par nos compatriotes, et vous serez certainement des nôtres.

— Ne vous bercez pas trop de cet espoir, reprit Jacques. Moi qui vous parle, je me suis laissé tromper ainsi pendant des années. Chacun de mes maîtres m'en a dit autant, et, pour finir, vous voyez où j'en suis. J'avais cru avoir déterminé mes derniers propriétaires à m'amener dans le voisinage de quelque port de mer. Cette espérance a été déçue comme à l'ordinaire. Je veux bien croire qu'il y ait quelques individus échoués sur cette côte assez fortunés pour être rapatriés dans un délai plus ou moins long; mais la grande majorité meurt dans le désert, succombant aux mauvais traitements, aux privations et aux fatigues de cette existence, sans laisser plus de traces que les chiens ou les chameaux appartenant comme eux au même maître tyrannique. En un mot, en admettant que vous ayez passé trois mois dans le désert et moi dix ans seulement, multipliez par quarante ce que vous avez souffert au physique et au moral, tout l'odieux dont vous avez été victimes ou témoins, tous vos désenchantements, toutes vos douleurs, et dites-vous que tout cela, je l'ai souffert quarante fois plus que vous.

Bill et ses compagnons, qui, depuis plusieurs jours, se croyaient sur le chemin de la liberté et du bonheur, furent, par ces paroles d'un homme dont l'expérience était incontestable, replongés dans un monde d'appréhensions et d'incertitudes.

Les aspirants apprirent de Bill que son frère était officier de marine. On voyait d'ailleurs, à sa conversation, combien il était supérieur, comme instruction, intelligence et éducation, à leur humble ami le matelot.

Si un homme aussi distingué à tous égards, se disaient-ils, a passé dix ans dans le désert sans trouver le moyen d'en sortir, quel espoir pouvons-nous conserver de jamais revoir la mère patrie?

LI.

LES SAUTERELLES.

D'heure en heure, le changement d'aspect s'accentuait. Le kafila s'avançait vers un pays en comparaison fertile.

Le lendemain, on atteignit une ville fermée de murs; et sur le penchant des collines avoisinantes on aperçut quelques champs d'orge.

La caravane fit halte en cet endroit pour le reste de la journée. Les chevaux et les chameaux reçurent double ration de nourriture, et l'eau tirée de puits profonds parut délicieuse à nos amis; c'était la première eau potable qu'ils eussent rencontrée en Afrique.

Au point du jour, la marche fut reprise. Après deux heures de route, le vieux cheik et un de ses compagnons, qui chevauchaient fort en avant du gros de la troupe, s'arrêtaient devant quelque chose qui de loin représentait un large fleuve.

Tout le monde pressa le pas, et les aspirants se trouvèrent en présence d'un spectacle qui leur causa autant de surprise que d'effroi. C'était bien un torrent, mais un torrent de créatures vivantes se mouvant sur la plaine, une migration des fameuses sauterelles d'Afrique.

Elles étaient toutes jeunes et ne pouvaient encore voler. Quelle loi présidait à leur translation d'un lieu à un autre ? Nul n'eût pu le dire ; ce qui est certain, c'est qu'elles avançaient dans un ordre parfait et sous une discipline des plus sévères. Elles s'étendaient en longueur à perte de vue et en largeur sur une distance considérable, mais dont les bords extérieurs étaient aussi réguliers que si une ligne mathématique leur eût été tracée.

Pas un seul insecte ne s'écartait du corps principal, qui se mouvait sur un espace trop étroit pour le nombre, la moitié à peine ayant place sur le sable, tandis que les autres avançaient perchés sur le dos de leurs compagnons de voyage.

Les Arabes eux-mêmes parurent s'intéresser à cette bizarrerie de la terre africaine, et considérèrent un moment les progrès de ce torrent d'un nouveau genre. Le vieux cheik descendit de son chameau et, avec son cimeterre, fit une vaste entaille dans la ligne géométrique de cette masse mouvante. L'espace fut immédiatement rempli par les insectes qui avançaient derrière, et, la ligne droite reformée, le flot mouvant continua sa marche en avant sans la moindre déviation.

Cette vue n'était point nouvelle pour le frère de Bill. Il apprit à ses compagnons que, si on allumait un feu sur leur passage, les sauterelles, au lieu de se détourner pour l'éviter, passeraient droit sur lui jusqu'à ce qu'il fût éteint sous l'amoncellement de leurs corps.

Après s'être amusé quelques instants à les regarder, le cheik remonta sur son chameau, et le kafila entreprit de traverser la troupe de sauterelles.

Chaque sabot d'animal, en se posant à terre, en écrasait une vingtaine ; mais dès qu'il avait quitté la place, elle était aussitôt regarnie d'insectes bien vivants qui se pressaient à remplir les vides.

Plusieurs des esclaves avec leurs pieds nus se refusèrent de traverser ce flot vivant. Il fallut les y contraindre. La bande des insectes avait environ soixante mètres de large ; mais si courte que fût cette distance à parcourir, nos jeunes amis déclarèrent qu'ils aimeraient mieux refaire quatre lieues dans le désert qu'ils venaient de quitter, que de se soumettre de nouveau à cette désagréable corvée.

Un des noirs, ayant voulu en finir plus vite, se lança à la course ; mais, à moitié chemin, le pied lui glissa, et il tomba de tout son long dans cette masse rampante, au sein de laquelle il fut bientôt submergé.

Abasourdi par la crainte et le dégoût, le malheureux ne pouvait arriver à se redresser ; deux de ses compatriotes durent se dévouer pour l'aider à se dépêtrer de la fâcheuse compagnie où il s'était laissé choir, et il s'écoula quelques minutes avant qu'il fût assez remis du bouleversement que cela lui avait causé pour se remettre en marche.

Bill se trouva presque dans le même cas. D'abord on fut obligé de le traîner de force au milieu de la troupe, où on l'abandonna. Voyant qu'il n'y avait plus qu'à prendre son parti en brave, le vieux marin s'essaya à faire les plus longues enjambées possibles, ce qui n'empêchait pas que chaque fois que ses pieds touchaient le sol, il poussait une sorte de rugissement nerveux comme s'il eût marché sur une barre de fer rougie.

Jacques était maintenant si bien rétabli de sa feinte maladie, qu'il allait à pied avec son frère et les trois aspirants. La conversation était donc beaucoup plus suivie qu'au départ. C'est ainsi qu'à cette occasion, il leur raconta que, l'année précédente, un nuage de ces insectes avait été balayé par un orage assez loin sur l'Océan. Naturellement, ils s'y noyèrent tous, puis vinrent échouer sur la côte. Les effluves pestilentielles qui en résultèrent furent de telle nature, que l'on ne put faire la récolte de l'orge près du rivage, et que la moisson de plusieurs centaines d'acres fut complètement perdue.

LII.

LES ARABES CHEZ EUX.

Peu de temps après cet incident désagréable, le kafila arriva sur une route fréquentée qui traversait un pays fertile couvert de champs d'orge.

Ce soir-là, pour quelque raison inconnue à nos amis, les Arabes ne s'arrêtèrent point à l'heure accoutumée. Ils virent bien un certain nombre de villages enclos de murs, demeure des propriétaires des champs avoisinants, mais on passait devant sans y faire halte pour la distribution de nourriture et d'eau, dont les malheureux esclaves avaient cependant le plus grand besoin.

Ce fut en vain qu'ils se plaignirent de la soif et réclamèrent leur ration d'eau. Pour toute réponse, on leur enjoignait d'accélérer le pas, et le plus souvent on renforçait le commandement d'un coup de fouet bien appliqué.

Vers minuit, quand l'espoir et la force commençaient à les abandonner, le kafila s'arrêta devant un village clos de murs. Aussitôt une porte s'ouvrit devant la petite troupe, qui pénétra dans l'enceinte. Une fois là, le cheik annonça que désormais ou aurait à boire et à manger à discrétion, et que deux ou trois jours de repos complet allaient être accordés aux esclaves.

C'était pendant la nuit qu'ils étaient arrivés, ils n'avaient donc pu se rendre compte de l'endroit où ils se trouvaient. Le lendemain, ils reconnurent les lieux et virent qu'ils étaient parqués au milieu d'un carré formé par une vingtaine de maisons, environnées d'un mur fort élevé. Ils virent également des troupeaux assez nombreux, des moutons, des chèvres, des chevaux, des chameaux et des ânes.

Jacques leur apprit que les Arabes du Sahara ont des habitations fixes où ils séjournent une grande partie de l'année. Ce sont en général des villes comme celle dans laquelle ils venaient d'entrer. Le mur sert à deux fins : d'abord contre les voleurs, ensuite de barrière pour retenir les animaux pendant la nuit.

Dès le matin, les esclaves blancs comprirent que les Arabes étaient ici chez eux, car ils les virent aller et venir, entourés de leurs familles. Leur marche forcée s'expliquait.

— Je crains que nous ne soyons guère en bonnes mains pour recouvrer notre liberté, dit Jacques. Si ces gens étaient des marchands, ils pourraient nous emmener au nord pour nous vendre ; mais il n'en est rien. Ce sont des fermiers, des cultivateurs et des pillards à l'occasion. En attendant que leur orge mûrisse, ils ont poussé une pointe dans le désert, dans l'espoir de capturer quelques esclaves qui leur seraient de grand secours pour la récolte.

L'opinion de Jacques n'était que trop fondée.

Lui et ses compagnons ayant fait demander au vieux cheik quand il comptait emmener ses esclaves à Swearah, il leur répondit :

— Notre orge est mûre maintenant, nous ne pouvons la laisser perdre. Aidez-nous à la récolter, et nous pourrons d'autant plus tôt aller vous y conduire.

— Votre intention est-elle réellement de mener vos esclaves à Mogador? insista le Kroumir.

— Comment donc! N'avons-nous pas promis?... Mais nous ne pouvons laisser nos champs dans cet état. Bismillah! notre grain avant tout.

— C'est bien ce que je pensais, dit Jacques. Ils n'ont pas la moindre intention de nous conduire à Mogador. Cette même promesse m'a été faite vingt fois.

— Que faire alors? demanda Térence.

— Rien du tout, répondit Jacques. Nous ne devons les aider en aucune façon. Plus nous nous rendrions utiles, moins ils seraient disposés à se défaire de nous. Il y a des années que j'aurais reconquis ma liberté, si je n'avais cherché à capter les bonnes grâces de mes maîtres en leur rendant mille services. C'était une erreur, j'ai eu lieu de le reconnaître. Il ne faut pas que nous leur donnions la moindre assistance pour la moisson.

— Mais ils sauront bien nous y contraindre, interrompit Colin.

— Non, si nous sommes bien résolus; au contraire; et je vous dis qu'il vaut mieux pour vous vous laisser tuer tout de suite que vous soumettre. Si nous les aidons à cette première récolte, ils nous auront vite trouvé d'autre besogne, et vos beaux jours — comme les miens — s'écouleront dans l'esclavage. Chacun de nous doit se rendre à charge à son maître, l'obliger à des dépenses improfitables, et alors on sera trop content de nous céder à quelque marchand qui connaisse Mogador et sache le profit que nous lui vaudrons en nous y conduisant. C'est notre seule chance de salut. Ces Arabes ne sont pas certains du tout du parti qu'ils auraient pu tirer de nous dans le premier port de mer venu, et c'est pour cela qu'ils ne tiennent pas à courir le risque d'un voyage inutile. De plus, ce sont des voleurs de grand chemin qui doivent avoir de bonnes raisons pour ne pas s'avancer trop près des villes. Il faut absolument que nous les forcions à nous échanger, et nous ne pouvons y arriver qu'en refusant toute participation à leurs travaux.

Tous promirent de se laisser guider par les conseils de Jacques, bien que sachant d'avance à quelles difficultés ils se préparaient.

Le surlendemain, tous les esclaves, sans exception, furent réveillés de grand matin, et, après un déjeuner sommaire fait de gruau, ils reçurent l'ordre de suivre leurs maîtres dans les champs, hors des murs.

— Est-ce que vous voulez nous faire travailler? demanda Jacques directement au cheik.

— Bismillah! oui. Nous vous avons déjà trop longtemps entretenus dans la paresse. Qui êtes-vous pour prétendre vous faire nourrir par nous? Vous travaillerez pour vivre, comme nous.

— Nous ne pouvons rien faire, reprit Jacques. Nous sommes marins et nous ne savons travailler que sur nos vaisseaux.

— Par Allah! vous apprendrez bientôt; suivez-nous.

— Non. Nous avons fait le serment de mourir plutôt que de travailler pour vous. Vous avez promis de nous conduire à Swearah, et à Swearah nous voulons aller. Nous ne voulons plus être esclaves.

Plusieurs Arabes, avec leurs femmes et leurs enfants, s'étaient groupés autour des blancs. L'ordre de départ leur fut répété.

— Cela ne nous servira à rien, dit Jacques à ses compagnons, de refuser d'aller aux champs : ils peuvent nous y forcer, mais non nous contraindre d'y travailler. Suivons-les donc, mais qu'ils en aient du regret.

Les esclaves arrivèrent bientôt dans un champ d'orge. Une faux de manufacture française leur fut alors confiée, et on leur expliqua la manière de s'en servir.

— Allons, à l'œuvre, camarades! dit Jacques; nous allons leur montrer comment on moissonne sur les navires de l'Etat.

Jacques donna l'exemple en coupant les épis avec une maladresse exemplaire; il les envoyait tomber dans toutes les directions, puis marchait dessus sans pitié, écrasant le grain au fur et à mesure qu'il avançait. Bill, le Kroumir et Harry Blount travaillaient avec le même succès. Quant à Térence, il s'y prit si bien, qu'il brisa son outil du premier coup. Colin trouva moyen de se blesser un doigt et de feindre un évanouissement à la vue de son sang.

La matinée se passa pour les Arabes à essayer de dresser leurs esclaves au travail, mais il y avait de quoi lasser la patience d'un saint — et ce n'étaient pas des saints !

Les malédictions, les menaces, les coups pleuvaient sur eux. Ces chiens de chrétiens semblaient n'être bons qu'à faire du mal ! Pour ne pas perdre toute l'après-midi, on dut les autoriser à rester inactifs, étendus sur la terre ; mais cette victoire fut chèrement payée par des os moulus, une peau meurtrie, et des membres contusionnés, sans compter qu'ils furent privés de nourriture et surtout de boisson, alors que ces deux choses étaient abondamment réparties entre les autres travailleurs.

Cependant tous les cinq persistèrent en dépit de toutes les souffrances, personne ne voulant assumer la responsabilité d'être moins ferme que les autres et plus disposé à une lâche et servile obéissance.

LIII.

TRAVAILLER OU MOURIR !

Cette nuit-là, les esclaves furent parqués dans un large bâtiment en pierres où l'on enfermait souvent les animaux vicieux. Ils ne reçurent ni une goutte d'eau ni une ration d'orge, et des sentinelles furent postées à l'entour pour prévenir toute tentative d'évasion.

N'étant plus exposés à un soleil torride, leurs souffrances étaient en partie allégées. Ils avaient réussi à amasser en cachette quelques poignées d'orge ; mais qu'était-ce pour des estomacs tiraillés par le besoin ?

Tourmentés par une soif ardente, ils ne purent goûter aucun repos ; et quand on vint les détacher le lendemain pour les ramener aux champs, épuisés par la faim, la soif et une nuit sans sommeil, ils étaient bien près de céder à la tentation de se soumettre pour avoir la paix.

Colin feignit un évanouissement à la vue de son sang.

(*Jeunes Esclaves*, p. 272.)

Les esclaves qui avaient bien travaillé la veille avaient tout à discrétion. Ils prenaient un ample déjeuner quand les malheureux blancs passèrent devant eux.

— Jacques, dit Bill, tôt ou tard il faudra toujours que je cède. Il faut que je boive à tout prix ; plutôt maintenant que plus tard.

— N'y songe pas, frère, à moins que tu ne tiennes à passer ta vie en esclavage comme moi. Notre seule chance de salut est de contraindre nos maîtres à nous vendre à nos compatriotes. Ils ne nous laisseront pas mourir, ne te l'imagine pas. Ils savent trop ce qu'ils y perdraient. Ils veulent tirer de nous tout le parti possible, et ils préféreraient nous voir travailler ; mais c'est sur ce point que nous devons être intraitables.

Une fois dans les champs, on tenta de nouveau de les forcer au travail.

— Nous ne pouvons rien faire quant à présent, reprit Jacques. Nous sommes morts de faim et de soif. De plus, toute notre vie s'étant passée sur l'Océan, nous ne savons rien de ce qui se fait à terre.

— Il y a abondance de nourriture pour ceux qui travaillent ; mais ceux qui ne veulent rien faire n'y ont aucun droit.

— Alors donnez-nous à boire !

— À boire ?... Vous intervertissez les rôles. Est-ce que nous sommes vos domestiques ?

Ne pouvant rien obtenir de ces entêtés, le cheik les fit asseoir à l'ardeur du soleil, en ayant soin de laisser presque à leur portée, mais sous bonne garde, l'eau dont la vue redoublait leurs souffrances.

Pendant cette matinée, il fallut toute l'éloquence de Jacques pour empêcher son frère de se rendre. Une ou deux fois le vieux marin fut prêt à faire acte d'obéissance pour obtenir le droit de rafraîchir sa gorge desséchée.

De longues années de souffrances et de privations avaient endurci Jacques; moins facilement tenté par le besoin que les autres, il lui était plus facile de persévérer dans sa résolution. Depuis qu'il se trouvait avec des compatriotes, il avait repris courage. Il savait qu'un lot de cinq esclaves blancs avait une valeur réelle.

Très vexés de leur insuccès, les Arabes réfléchirent que, les esclaves ne voulant pas céder, il serait mieux de les laisser dans leur prison. Aux champs, on ne pouvait les empêcher de recueillir quelques grains d'orge et d'humecter leurs palais brûlants en mâchonnant quelques racines rafraîchissantes. Aussi dépêcha-t-on deux hommes pour les ramener à la ville.

Ce fut avec la plus grande difficulté que Bill et Colin purent regagner leur destination. A l'exception de Jacques, tous les autres étaient également dans un dépérissement extrême.

Quand ils furent à la porte de leur étable, ils se refusèrent absolument à y entrer et unirent leurs cris pour obtenir un peu d'eau.

On répondit à leurs réclamations par cette sage maxime : La volonté de Dieu est que ceux qui ne veulent pas travailler connaissent les horreurs de la faim.

Il fallut que les deux Arabes réquisitionnassent l'assistance de plusieurs personnes, avant que leurs prisonniers fussent réintégrés entre leurs quatre murs.

— Jacques, mon garçon, je ne puis supporter cela plus longtemps, dit enfin Bill. Appelle-les ; dis-leur que je suis prêt à faire tout ce qu'ils voudront, pourvu que j'aie un peu à boire.

— Et moi aussi, dit Térence. Rien dans l'avenir ne peut compenser de pareilles souffrances. Je n'en puis plus.

— Ni moi non plus, ajouta Harry, et je me demande jusqu'à quel point nous avons le droit d'en agir ainsi. C'est un véritable suicide dont nous sommes responsables.

— Courage! patience! reprenait Jacques. Ne vaut-il pas mieux souffrir quelques heures encore que de subir toute une vie d'esclavage?

— Et que m'importe l'avenir! répondait Térence; le verrai-je seulement? Nous sommes comme l'avare qui se laisse mourir de faim pour être riche après sa mort. Si je suis encore en vie, je travaillerai demain, j'en réponds.

— Oui, Jacques, mon bon Jacques, dis-leur que j'obéirai, répétait Bill d'une voix étranglée.

Mais ni Jacques ni le Kroumir ne se pressaient de transmettre les communications dont on les chargeait, et les signes des infortunés n'étaient point compris.

Vers le soir, deux nouvelles défections se produisirent. Colin et le Kroumir, qui avaient tenu bon jusqu'alors, déclarèrent qu'ils n'étaient plus de force à sacrifier le présent à l'avenir et que c'était contraire à toutes les lois humaines et divines.

Jacques épuisa de nouveau toute la série de ses arguments ; il se heurtait contre la réponse invariable de Colin et des autres :

— Nous ne sommes chargés de veiller que sur le présent, laissons l'avenir à la garde de Dieu. En tout cas, promettons tout ce qu'on voudra, quitte à savoir ce qu'il nous conviendra de tenir quand nous aurons mangé.

— Ils ne nous laisseront pas mourir de faim, reprenait Jacques ; je vous le garantis. Je ne vous demande plus qu'un jour de patience, un seul !

— Je ne puis pas, répondit l'un.

— Ni moi, ni moi, répondaient les autres en chœur.

— Commençons par manger, dit Térence ; puis nous saurons bien reconquérir notre liberté par la force. Il me semble qu'un verre d'eau me permettrait de culbuter tous les Arabes de la terre.

— Et moi aussi, dirent ensemble Colin et Harry Blount.

Le malheureux Bill, étendu par terre sans force et sans mouvement, répétait parfois d'une voix rauque : De l'eau ! de l'eau !

Le Kroumir et les trois aspirants unirent leur voix et se mirent à crier aussi haut que leur épuisement le leur permettait :

— De l'eau, apportez-nous de l'eau.

Mais leurs gardes ne parurent pas les entendre. Seuls les enfants du village s'assemblèrent pour s'amuser aux dépens des prisonniers.

La nuit s'écoula dans cette torture. D'heure en heure, les supplications devenaient plus courtes et plus faibles, jusqu'à ce qu'elles fussent devenues presque inintelligibles.

LIV.

VICTOIRE !

Au matin, quand les Arabes ouvrirent la porte de la prison, Bill et Colin étaient dans l'impossibilité de se mouvoir. Le premier semblait même avoir perdu connaissance.

Jusqu'à ce moment, la résolution de Jacques n'avait point faibli ; mais il se voyait dans l'impossibilité de tenir beaucoup plus longtemps. Toutefois il voulut, avant de céder, s'assurer des dispositions de leurs maîtres.

— Vous autres, chiens de chrétiens, êtes-vous maintenant disposés à gagner votre nourriture, oui ou non ? demanda le vieux cheik.

A demi fou de besoin et d'inquiétude pour son frère et ses camarades, Jacques allait répondre oui, quand une nuance, insaisissable pour tout autre que lui, dans le ton de l'Arabe lui donna à penser. Il tourna ses regards vers ceux qui l'accompagnaient, cherchant à surprendre sur leurs traits impassibles quelque chose qui pût le guider. De sa réponse dépendait la vie de six personnes : quelle responsabilité !

Il lui sembla qu'une détermination avait été prise entre leurs maîtres ; il espéra qu'elle était conforme à ses désirs, et, au lieu d'annoncer leur soumission volontaire, il répondit qu'ils étaient tous déterminés à mourir plutôt que de rester esclaves.

— Il n'en est pas un d'entre nous qui veuille vivre, dit-il, si ce n'est dans l'espoir de revoir sa patrie. Nos corps sont affaiblis, mais nos âmes sont vaillantes. Nous mourrons !

A cette réponse, les Arabes se retirèrent, en fermant après eux la porte de l'étable.

Le Kroumir, qui avait prêté l'oreille à ce qui s'échangeait, essaya de les rappeler d'une voix éteinte ; mais Jacques l'en empêcha, espérant toujours que sa persévérante fermeté aurait sa récompense.

Une demi-heure s'écoula lentement. Le frère de Bill se reprenait à douter. Hélas ! s'il s'était trompé sur l'expression qu'il avait cru surprendre !...

— Que leur avez-vous dit ? balbutia Térence ; si nous consentons à travailler, nous donneront-ils de l'eau ?

— Certainement, répondit Jacques, qui se repentait amèrement de n'avoir pas cédé quand il en était temps.

— Alors pourquoi ne viennent-ils pas nous délivrer ? demanda Térence, d'une voix que le désespoir rendait méconnaissable.

Jacques ne se hasarda point à répondre. Que dire? Le Kroumir, terrassé par la douleur, semblait ne plus rien comprendre.

Peu après, Jacques entendit les troupeaux sortir de la ville, et, ayant regardé par une fente du mur, il vit quelques Arabes se diriger vers les champs d'orge.

Etait-ce bien possible ? Allait-on leur infliger ce supplice encore un jour entier ? Terrifié par cette perspective, il réunit ses forces pour les appeler à grands cris ; mais de son gosier desséché par la soif, ne sortaient plus que des sons indistincts.

— Que Dieu me pardonne ! pensa-t-il ; mon frère et les autres seront morts avant la nuit ; c'est moi qui les aurai tués, et je me suis perdu avec eux !

Exaspéré par cette certitude, il eut un accès de rage si violent, que la force de crier lui revint un moment ; et certes ses gardes eussent dû l'entendre, car ses cris étaient ceux d'un fou furieux. Il se précipita sur la porte et, dans la fureur frénétique qui l'agitait, il parvint à l'enfoncer. Il s'élança dehors, résolu à tout promettre, à tout concéder, pour sauver les vies que son obstination avait si gravement compromises.

Mais il n'eut à faire aucune concession. Dès les premiers pas, il vit venir vers lui deux hommes et quatre garçons, portant des bols d'eau et des rations de bouillie.

Il avait vaincu. La lutte entre le maître et l'homme se terminait à leur avantage. Le cheik leur envoyait des provisions.

Saisissant une calebasse pleine, Jacques courut à son frère, et, le soulevant entre ses bras, il porte le vase à ses lèvres ; mais Bill n'avait pas la force d'aspirer ; il fallut faire pénétrer le liquide goutte à goutte dans sa gorge serrée.

Ce ne fut que lorsque tous ses compagnons eurent bu et mangé, que Jacques trouva le temps de songer à lui-même.

L'effet d'une nourriture sagement administrée est toujours merveilleux. Il en fut ainsi pour nos pauvres amis qui revenaient de si loin.

Bientôt Jacques put les complimenter sur leur constance, en leur apprenant l'heureux résultat de son plan.

— Nous sommes victorieux, mes amis, victorieux sur toute la ligne ! Nous n'aurons pas à travailler à leur moisson. Nous serons nourris, engraissés, puis vendus et peut-être emmenés à Mogador. Remercions Dieu de nous avoir soutenus dans cette crise difficile. Céder, c'était accepter l'esclavage.

LV.

ENCORE VENDUS !

Deux jours se passèrent, durant lesquels on servit aux naufragés deux rations par jour de gruau. Quant à l'eau, elle était à discrétion. Ils n'avaient que la peine d'aller la chercher au puits, et de subir pendant ce temps les insultes des femmes et des enfants de la tribu.

Le second Kroumir, qui, dans un moment de faiblesse, avait cédé pour éviter la soif, ne pouvait plus maintenant obtenir d'être dispensé du travail. Il venait chaque soir causer avec son compatriote, et exprimait amèrement le regret de n'avoir pas eu son courage.

Le soir du second jour, les esclaves blancs furent visités dans leur retraite par trois Arabes qu'ils n'avaient jamais vus auparavant. Ceux-ci étaient bien vêtus et bien armés, et avaient un air beaucoup plus respectable que les indigènes fréquentés jusqu'à ce jour par nos amis.

Jacques entra aussitôt en conversation avec eux. Il apprit que c'étaient des marchands voyageant avec une caravane, et qu'ils avaient demandé l'hospitalité dans la ville pour une nuit.

— Vous êtes justement les personnes que nous désirions rencontrer, leur dit-il en arabe, langue qu'après un si long séjour dans le pays il avait parfaitement acquise. Nous voudrions être achetés par quelque marchand qui nous conduirait à Mogador, où nous avons des amis qui nous rachèteront.

— J'ai acheté une fois deux esclaves, répondit l'un des Arabes, et les emmenai à grands frais à Mogador. Ils m'avaient dit que leur consul les rachèterait, mais ils n'avaient pas de consul dans cette ville. Il me fallut les remmener, et j'en fus pour ma peine et mon argent.

— Etaient-ce des Anglais ? demanda Jacques.

— Non, des Espagnols.

— C'est ce que je pensais. Des Anglais eussent certainement été rachetés.

— Ce n'est pas si certain, reprit le marchand. Les Anglais n'ont pas toujours un consul à Mogador pour racheter leurs compatriotes.

— En tout cas, cela ne nous fait rien à nous, répondit Jacques. Un de ces jeunes gens-là a un oncle, un riche marchand, établi à Mogador, et qui paiera non seulement pour lui, mais pour tous ses amis. Ces trois jeunes hommes sont des officiers de la marine anglaise ; leurs pères sont riches ; ce sont de grands cheiks dans leur patrie; et ils étudiaient pour être capitaines, quand leur navire a échoué. L'oncle de l'un d'eux nous rachètera tous.

— Quel est celui qui a l'oncle riche ? fut-il demandé.

Jacques désigna Harry Blount.

— Le voici, dit-il; son oncle a de nombreux vaisseaux qui viennent chaque année à Swearah, chargés de riches cargaisons.

— Quel est le nom de cet oncle ?

Pour donner une apparence de vérité à son histoire, il fallait que les autres parlassent à leur tour. Jacques se tourna vers Harry.

— Monsieur Harry, lui dit-il à demi-voix, dites quelque chose, n'importe quoi.

— Pour l'amour de Dieu, qu'il nous achète ! s'écria le jeune Anglais, pour satisfaire l'étrange requête de son compagnon.

Jugeant nécessaire de donner aux Arabes un nom qui ressemblât aux paroles prononcées par Harry, Jacques leur dit que le marchand s'appelait « Pour l'amour de Dieu, achetez-nous. »

Après avoir répété cette phrase à plusieurs reprises, les Arabes purent la prononcer à leur manière, qui eût paru amusante à tout autre qu'à des gens qui traitaient une question de vie ou de mort.

— Demandez au jeune homme, commanda l'un d'eux, s'il est sûr que le marchand « Pour l'amour de Dieu » voudra vous racheter tous.

— Quand j'aurai fini de parler, souffla Jacques à Harry, dites oui, faites un signe de tête, et ensuite prononcez quelques paroles.

— Oui, s'écria Harry, en faisant un grand signe de tête affirmatif.

Je pense que je comprends où vous voulez en venir, Jacques. Tout va bien.

— Oui, répondit Jacques à son tour, en s'adressant aux Arabes. Le jeune homme dit que certainement son parent paiera notre rançon à tous. Nos amis lui rendront l'argent plus tard.

— Mais l'homme noir, demanda encore l'Arabe, ce n'est pas un Anglais ?

— Non, mais il parle anglais, il a navigué sur des vaisseaux anglais et sera racheté avec nous.

Les Arabes quittèrent alors nos amis, en promettant de revenir les voir le lendemain de bonne heure.

Après leur départ, Jacques rapporta à ses amis toute sa conversation avec eux, ce qui eut pour effet de ranimer leur courage et leur espérance.

— Ah ! dites-leur ce que vous voudrez, promettez-leur ce qu'ils demanderont ; car je pense que nous serons rachetés, bien que certainement je ne me connaisse pas d'oncle à Mogador et que j'ignore absolument s'il existe un consul anglais dans ce port.

— Parvenir à Mogador est notre seule chance de salut, reprit Jacques ; et je voudrais n'avoir jamais sur la conscience de plus grand crime que celui de les tromper pour leur persuader de nous emmener. J'espère que ces gens s'imagineront faire une bonne spéculation ; et s'il faut des mensonges pour les en convaincre, je leur en tiendrai autant qu'il en faudra. Et vous, continua-t-il en se tournant vers le Kroumir, gardez-vous de leur laisser voir que vous parlez leur langue ; autrement ils ne donneraient pas de vous un dollar. Quand ils reviendront demain, causez avec nous en anglais, afin qu'ils soient bien persuadés que vous serez racheté aussi.

Comme il avait été convenu, les marchands revinrent le lendemain, et les esclaves, suivant leur désir, se levèrent et sortirent devant eux pour être examinés de plus près.

Après s'être assuré que tous étaient en état de voyager, un des Arabes, s'adressant à Jacques, dit :

— Nous allons vous acheter, si vous nous démontrez que vous n'essayez pas de nous tromper et si vous acceptez nos conditions. Dites au neveu du marchand anglais que nous exigeons 150 dollars espagnols pour la rançon de chacun de vous.

Jacques transmit la communication à Harry, qui consentit immédiatement à la somme demandée.

— Quel est le nom de l'oncle ? reprit l'un des Arabes ; laissez le jeune homme nous le dire lui-même.

— Ils redemandent le nom de votre oncle, dit Jacques en se tournant vers Harry ; répétez celui que vous avez donné hier, pourvu que vous ne l'ayez pas oublié, car il m'est interdit de vous rafraîchir la mémoire.

— Pour l'amour de Dieu, achetez-nous, s'écria Harry.

Les Arabes s'entre-regardèrent avec une expression qui semblait dire : Tout va bien !

— Maintenant, reprit l'un d'eux, je dois vous prévenir de ce qui vous attend, si, en arrivant à Mogador, nous nous apercevons que vous nous ayez trompés. Le jeune homme à l'oncle aura le cou tranché ; et vous, nous vous ramènerons au désert et nous vous vendrons pour y subir un esclavage perpétuel.

Jacques rapporta à Harry les paroles du cheik.

— Très bien ! s'écria celui-ci en souriant de la menace ; cela me vaudra toujours mieux que de rester esclave.

— Maintenant regardez le Kroumir, fit Bill, et parlez-lui un peu pour faire penser à lui.

Harry suivit ce conseil et se tourna vers l'Africain.

— J'espère, dit-il, qu'ils achèteront le pauvre garçon et que nous pourrons faire payer sa rançon. Après tous les services qu'il nous a rendus, je serais désolé d'être obligé de l'abandonner.

— Il consent à ce que vous tuiez le Kroumir, si nous ne sommes pas rachetés, dit Jacques aux Arabes ; mais il ne veut pas promettre plus de 100 dollars pour un nègre. Son oncle pourrait refuser de payer davantage.

Pendant quelques minutes, les Arabes causèrent ensemble à voix basse, et l'un d'eux répliqua ensuite :

— C'est bien. Nous accepterons 100 dollars pour le nègre ; et maintenant apprêtez-vous à partir ; nous nous mettrons en marche demain matin, dès le point du jour.

Les Arabes quittèrent alors les esclaves. Après leur départ, ceux-ci se livrèrent à la joie ; l'espoir de la liberté leur souriait de nouveau.

Jacques raconta sa conversation au sujet du Kroumir.

— Je connais si bien le caractère arabe, dit-il, que je n'ai pas voulu accepter toutes leurs conditions d'emblée et sans discussion ;

autrement, ils auraient pensé que nous les trompions. De plus, comme le Kroumir n'est pas sujet anglais, nous pourrons réellement rencontrer de grandes difficultés pour obtenir sa rançon ; il valait donc mieux à l'avance obtenir le prix le plus modique possible.

Peu de temps après le départ des Arabes, on leur apporta un supplément de nourriture si copieux, qu'ils devinèrent aussitôt que c'était aux frais de leurs nouveaux possesseurs. Cela les fit augurer d'autant mieux pour l'avenir, et les pauvres gens passèrent, pour la première fois depuis leur naufrage, une nuit de véritable repos sur les plages inhospitalières du Sahara.

LVI.

EN ROUTE.

Le lendemain matin, à l'aube, les esclaves blancs étaient sur pied.

Les Arabes leur amenèrent trois ânes, achetés à leur intention, et sur lesquels ils devaient monter tour à tour. Quant à Harry Blount, il fut jugé digne d'une distinction particulière. Comme neveu d'un riche personnage, il lui fut destiné un chameau.

Harry voulut en vain protester contre une pareille élévation. Il eût préféré n'être pas séparé de ses amis. Les Arabes ne tinrent aucun compte de ses remontrances, et quelques mots de Jacques les lui firent cesser.

— Ils pensent que nous devons être rachetés par l'argent de votre oncle, et nous ne devons certes rien faire pour les détromper. Ne pas les laisser agir à leur guise serait éveiller leurs soupçons. Du reste, comme vous êtes le seul responsable, celui qui doit payer de sa vie l'insuccès de notre stratagème, vous avez droit à une petite distinction en compensation de votre surcroît d'anxiété.

Le malheureux Kroumir qui avait accepté de travailler plutôt que de souffrir, était aux champs lorsque la petite caravane se mit en route ; il ne put dire adieu à son compatriote plus fortuné.

Après avoir fait une douzaine de milles à travers un pays fertile et cultivé, les marchands arabes établirent leur camp pour la nuit. L'eau était contenue dans un étang fait en pierre et disposé de manière à recevoir toute la pluie qui tombait dans une étroite vallée supérieure dont il était le réservoir.

Jacques avait déjà passé par là ; il apprit à ses compagnons que ces travaux avaient été faits par un homme dont la mémoire était encore en grande vénération, bien qu'il fût mort depuis près de cent ans.

Pendant la nuit, le Kroumir resté au village arabe fit soudain son apparition, tout heureux d'avoir échappé à ses possesseurs et de marcher vers la liberté. Au coucher du soleil, il était parvenu à se dissimuler derrière un tas d'épis, jusqu'à ce que ses maîtres fussent hors de vue ; puis il avait suivi la trace de la caravane.

Son beau rêve de liberté ne fut pas de longue durée. Le lendemain, au moment où la kafila se remettait en route, trois hommes apparurent dans le lointain et arrivèrent au grand trot de leurs dromadaires. C'était Rias-Abdallah-Yessed et deux de ses partisans.

Ils accouraient en toute hâte pour ressaisir le fugitif, et l'on juge de l'exaspération dans laquelle sa fugue les avait plongés. Les aspirants, touchés de la désolation de l'infortuné, persuadèrent aux marchands de l'acheter également, et ceux-ci s'y prêtèrent de bonne grâce. Mais Rias-Abdallah refusa obstinément de le vendre à un prix tant soit peu raisonnable. Le Kroumir avait fait ses preuves. C'était un excellent ouvrier pour la moisson, et l'Arabe en voulait un prix beaucoup plus élevé que les autres. Les marchands n'étant point disposés, malgré leur bonne volonté, à débourser une somme si forte, le malheureux dut reprendre cet esclavage dont un moment il s'était cru délivré.

— Avais-je raison, oui ou non? demanda Jacques. Un esclave qui travaille leur rapporte plus dans son année que le prix qu'ils tirent de celui qui ne veut rien faire. Donc avantage pour eux de se défaire de l'un et de conserver l'autre.

Ses compagnons ne pouvaient nier l'évidence de ce qu'ils venaient de voir; mais ils étaient un peu humiliés par le sentiment que la transformation de leur sort n'était due qu'au courage et à la persévérance de Jacques. Sans lui, qu'eussent-ils été de plus que le Kroumir qui s'éloignait, le désespoir dans l'âme ?

Le soir, les marchands firent halte près d'un puits autour duquel un camp arabe très considérable était déjà dressé. De nombreux troupeaux paissaient dans les plaines environnantes, et nos amis eurent le loisir d'observer un peu les coutumes de ce peuple nomade. Pour la première fois, ils virent faire le beurre à la façon arabe.

Une outre en peau de chèvre, remplie de lait mélangé de chamelles, d'ânesses, de brebis et de chèvres, fut accrochée au portant d'une tente, et agitée dans le même sens par un enfant jusqu'à ce que le beurre fût fait. On fit écouler le petit-lait, puis les femmes dégagèrent le beurre de cette singulière baratte en le retirant avec leurs mains malpropres.

Les Arabes prétendent à l'honneur d'être le premier peuple qui ait découvert l'art de faire le beurre, mais ils ne peuvent en tirer qu'un mérite médiocre. La nécessité de renfermer le lait dans des outres où il est sans cesse ballotté devait bien vite, à leur insu, créer le produit lui-même et leur suggérer l'idée de se le procurer d'une manière identique lorsqu'ils étaient au repos.

A cet endroit, on donna aux esclaves des gâteaux d'orge et un peu de ce beurre, et, malgré les mains qui l'avaient touché, il leur parut le plus parfait du monde.

Dans la soirée, les trois marchands, ainsi que plusieurs Arabes de l'autre camp, se formèrent en cercle. Une pipe fut allumée; chacun en tirait une longue bouffée, puis la repassait à son voisin de gauche.

Ils avaient, pendant ce temps, une conversation animée, dans laquelle le mot Swearah revenait fréquemment. Swearah est le nom arabe de Mogador.

— Ils parlent de nous, dit Jacques. Il faut que nous sachions dans quel but. J'ai grand'peur que cela n'aille pas tout droit. « Kroumir, dit-il en s'adressant à l'Africain, ils ignorent que vous savez leur langue. Allez donc vous coucher par là, à portée; vous feindrez de dormir, mais vous écouterez attentivement. C'est peut-être grave. Moi, je ne puis me risquer assez près, ils me chasseraient. »

Le Kroumir obéit aussitôt et s'en alla d'un air indifférent rôder aux alentours du cercle. Il avait l'air de chercher une place unie, propice à son repos de la nuit. Il finit par la découvrir et s'étendit à quelques pas des Arabes.

— J'ai été si souvent déçu dans mon espoir d'obtenir ma liberté, dit Jacques, que je désespère d'y parvenir jamais. Ces gens parlent trop de Mogador, et je n'aime pas beaucoup leur manière d'être. Attention ! Qu'est-ce que j'entends?... « Plus, bien sûr, que vous n'en retirerez à Swearah. » Je crois qu'ils font des propositions à nos maîtres. Oh ! si c'est cela, que leur prophète les maudisse !

LVII.

UN AUTRE MARCHÉ.

La conversation des Arabes se prolongea fort avant dans la soirée; et pendant ce temps nos amis étaient dans des transes, attendant impatiemment le retour du Kroumir.

Il revint enfin quand les Arabes se furent retirés pour la nuit, et tous se pressèrent autour de lui pour entendre ce qu'il avait à dire.

— J'en ai appris long, très long, et rien de bon, malheureusement.

— Quoi donc?

— Deux d'entre vous seront vendus demain.

— Lesquels?

— On ne sait; un de ces hommes doit nous examiner demain matin, mais il n'en prendra certainement que deux.

Le Kroumir leur expliqua alors dans son style diffus, qui exigeait une dose de patience considérable, comment l'un des nouveaux Arabes était un éleveur de bestiaux, possédant de riches troupeaux, et revenu depuis peu de Mogador. Il avait affirmé aux marchands qu'ils n'obtiendraient pas grand'chose de leurs esclaves dans cette ville et seraient à peine défrayés des dépenses d'un aussi long voyage. Il ajouta que jamais consul chrétien ou marchand étranger à Mogador ne donnerait un dollar de plus pour racheter six esclaves que pour deux ou trois; qu'ils n'étaient même pas toujours disposés à acheter, et que quand ils achetaient un esclave, ils ne considéraient pas tant sa valeur que le temps et la dépense nécessaires pour l'amener.

Ces réflexions avaient déterminé les marchands à céder deux de leurs esclaves à l'éleveur, puisqu'ils ne devaient pas avoir plus de bénéfice en en gardant six qu'en en nourrissant quatre.

— Je pensais bien qu'il y avait quelque brisant sous roche hier soir, dit Jacques. Mais rien ne doit nous séparer que la liberté ou la mort. Il faut que nos maîtres nous emmènent tous à Mogador, comme ils l'ont promis. Nous aurons encore bien du mal en perspective, mais la fermeté qui nous a sauvés une fois sera encore notre salut, j'en ai la confiance.

Quand tous eurent promis de se laisser guider par lui, ils se couchèrent côte à côte, et, malgré leurs nouvelles appréhensions, ils furent bientôt profondément endormis.

Le lendemain, pendant qu'ils déjeunaient, l'éleveur vint les examiner.

— Quel est celui qui parle arabe? demanda-t-il.

Jacques, désigné, fut immédiatement choisi et mis à part.

— Dis-lui de m'acheter aussi, frère, dit Bill. C'est bien le moins que nous fassions voile de conserve, bien qu'il m'en coûte de me séparer de ces braves jeunes gens.

— Il ne dépendra pas de moi que nous ne restions pas ensemble, dit Jacques avec fermeté; mais nous aurons à souffrir. Eh bien! soyons de vrais démons.

Pendant ce temps, l'éleveur avait jeté son dévolu sur Térence.

Le marché allait être conclu, quand Jacques s'approcha des marchands arabes. Il leur déclara très catégoriquement qu'ils étaient tous décidés à mourir plutôt qu'à être séparés, qu'ils ne feraient jamais rien comme esclaves, et qu'ils voulaient aller à Mogador.

Les marchands sourirent de cette interruption, et continuèrent leurs affaires.

En vain Jacques fit appel à leur cupidité, en leur rappelant que « Pour l'amour de Dieu, achetez-nous » leur paierait un prix beaucoup plus élevé que celui qu'ils avaient consenti. Rien n'y fit, et il fut, ainsi que Térence, emmené par son nouveau maître.

Les marchands montèrent alors sur leurs dromadaires en donnant l'ordre aux quatre autres esclaves de les suivre.

Harry Blount, Colin et Bill ne répondirent qu'en s'asseyant tranquillement sur le sable. Un nouveau commandement, fait d'une voix menaçante, les laissa aussi indifférents.

— Obéissez-leur, cria Jacques. M. Térence et moi, nous vous rejoindrons. Nous supporterons seuls le feu; soyez sans inquiétude. Ils ne me retiendront pas vivant ici!

Colin et Bill montèrent chacun sur leur âne, et Harry se hissa sur son chameau. Les marchands arabes parurent très satisfaits de la docilité de leurs esclaves.

Jacques et Térence essayèrent alors de les suivre ; mais leur nouveau possesseur s'y attendait, et, sur un signe de lui, plusieurs Arabes les saisirent et les lièrent solidement.

Harry, Colin et Bill tournèrent bride aussitôt, descendirent de leur monture et montrèrent leur détermination de rester avec leurs compagnons, en s'allongeant à côté d'eux.

— Ces chiens de chrétiens ne veulent donc plus leur liberté! s'écria un des Arabes. Qu'à cela ne tienne! Par Allah! ce n'est pas nous qui les contraindrons à l'accepter. Qui veut nous les acheter? Y a-t-il amateur ici?

Ces quelques mots renversèrent tous les plans de Jacques. Il vit qu'il allait priver ses compagnons de leur seule chance de récouvrer leur liberté.

— Allez! allez-vous-en! s'écria-t-il, ne résistez plus. Il est possible qu'ils vous conduisent à Mogador. Ne rejetez pas l'occasion.

— Nous ne t'abandonnerons pas, Jacques, non pas même pour la liberté. Du moins moi; c'est une affaire réglée, ça.

— Certainement nous ne vous quitterons pas, à moins que nous n'y soyons contraints, ajouta Harry. N'avez-vous pas dit que nous devions rester ensemble?

— Et n'avez-vous pas tous promis de vous laisser guider par moi? demanda Jacques. Je vous répète maintenant qu'il ne faut plus de résistance. Elle est nuisible. Suivez-les, il le faut.

— Jacques doit savoir ce qu'il fait, interrompit Colin. Le plus sage est de lui obéir.

Ce ne fut pas sans une extrême répugnance que Bill et Harry regagnèrent leurs montures. Mais au moment où ils allaient les mettre en mouvement, Jacques les rappela en leur disant de ne le quitter à aucun prix, et de persévérer tous dans leur résolution de ne pas se laisser séparer.

— Décidément, il est devenu fou, pensa Harry. Il ne faut pas que nous nous abandonnions sans contrôle à ses caprices. Mais cette fois il s'agit de Térence, que nous ne pouvons laisser en arrière. Allons le rejoindre.

Tous les trois retournèrent donc auprès des prisonniers garrottés sur le sable, et s'assirent tranquillement à côté d'eux.

LVIII.

NOUVELLES TORTURES. — ESPÉRANCES DÉÇUES.

Le contre-ordre donné par Jacques provenait de quelques mots surpris par lui dans la conversation des Arabes.

Voyant les marchands disposés à les vendre tous plutôt que d'avoir des ennuis par leur fait, il n'avait pas voulu priver son frère et les autres d'une chance d'obtenir leur liberté. Mais au moment où, sur son conseil, ils s'éloignaient tranquillement, il apprit par les Arabes que l'homme qui l'avait acheté, ainsi que Térence, refusait de se charger de plus d'esclaves et que les autres n'étaient point disposés non plus à en acquérir.

Pour se défaire d'eux, les marchands devaient donc les emmener plus loin.

L'espoir revint alors à Jacques : en résistant aux désirs des marchands arabes, lui et Térence pourraient peut-être se voir rachetés et conduits avec les autres à Mogador.

C'était cet ordre d'idées qui l'avait déterminé à rappeler ses compagnons. Quelques mots suffirent pour faire comprendre la raison de ce revirement à Colin et à Harry, et tous s'engagèrent de nouveau à résister aux tentatives faites pour les emmener les uns sans les autres.

En vain les Arabes, après avoir commandé, supplièrent-ils les chiens de chrétiens d'avancer sans tant d'embarras. Bientôt les coups succédèrent aux exhortations et aux menaces. Harry, auquel jusqu'alors ils avaient témoigné un certain respect, fut battu jusqu'à ce que ses minces vêtements fussent trempés de sang, et les autres ne furent pas plus épargnés.

Jacques et Térence, désespérés de les voir ainsi maltraités, eurent recours aux plus touchantes objurgations pour les déterminer à partir ; mais rien ne prévalut, et c'était entre les deux jeunes gens, Bill et le Kroumir, un assaut de courage à qui montrerait le plus de fermeté et de stoïcisme.

Comprenant que toutes ses supplications seraient impuissantes à faire cesser la scène douloureuse dont il était le témoin obligé, Jacques tenta un dernier appel à leurs anciens maîtres.

— Rachetez-nous et emmenez-nous tous à Swearah, comme vous l'aviez promis, et nous vous suivrons avec joie comme auparavant. Je vous répète que vous serez bien payés de vos peines.

Un des marchands, un peu ébranlé par cette affirmation répétée, offrit d'acheter à son compte personnel Jacques et Térence ; mais leur nouveau maître se refusa absolument à les revendre.

Une foule d'hommes, de femmes et d'enfants s'étaient assemblés à l'entour, et de toutes parts on entendait crier : « Tuez donc ces entêtés de chiens de chrétiens ! Comment osent-ils résister à la volonté des vrais croyants ? »

Inutile de dire que cet avis était donné par ceux qui n'avaient aucun intérêt pécuniaire dans la question ; mais les marchands ne se souciaient nullement de satisfaire leur colère aux dépens de leurs bourses.

Une seule manière de se tirer de cette difficulté s'offrait à eux. C'était de séparer les esclaves par la force, d'emmener les quatre qui leur appartenaient et de laisser les deux autres à celui qui ne voulait pas revenir sur son marché.

Les assistants furent donc priés de donner leur concours ; et, bon gré mal gré, on saisit Harry et on le hissa sur le dos du chameau, sur lequel il fut solidement attaché.

Puis ce fut le tour de Colin, de Bill et du Kroumir ; on les plaça de force sur leurs ânes, les pieds liés sous le ventre de l'animal, afin qu'ils ne pussent bouger.

Moyennant une petite somme, les Arabes engagèrent deux des individus présents à les accompagner à la frontière du Maroc pour surveiller les esclaves.

Au moment du départ, un des marchands, s'adressant une dernière fois à Jacques, lui fit l'observation suivante :

— Dites au neveu de « Pour l'amour de Dieu, achetez-nous » que, puisque nous partons pour Swearah, dans la croyance que son histoire est vraie, il faut maintenant que nous l'y menions de gré ou de force, et que si d'une façon quelconque il nous a trompés, il mourra sûrement.

— Il ne vous a pas trompés, dit Jacques ; emmenez-nous, et vous en acquerrez la preuve.

— Alors pourquoi ne se laissent-ils pas conduire de bonne volonté ?

— Parce qu'ils ne voulaient pas se séparer de leurs amis.

— Chiens d'ingrats ! Ne devraient-ils pas être reconnaissants de leur bonne fortune ? Nous prennent-ils pour des esclaves, que nous soyons tenus d'en agir à leur guise ?

Pendant ce court échange de paroles, les deux autres marchands avaient pris la direction de la grand'route ; et une minute après, Harry Blount et Colin étaient emportés loin de leur cher camarade, sans espoir de le revoir jamais.

Pendant la première heure de leur voyage, Harry, Colin et Bill furent passivement emmenés par leurs montures, sur le dos desquelles ils étaient liés. Ce mode de transport était si désagréable, qu'ils prièrent le Kroumir d'informer leurs maîtres qu'ils les suivraient désormais sans résistance, si on voulait bien leur rendre l'usage de leurs membres. C'était la première fois que le Kroumir s'adressait aux Arabes dans leur langue.

Il reçut des coups et des malédictions pour avoir fait mystère de son savoir ; mais nos pauvres amis furent enfin déliés et conduits en avant de la petite troupe, sous la surveillance des deux Arabes loués à cet effet et dont les ordres à leur égard étaient fort sévères.

Assez tard dans la nuit, les voyageurs arrivèrent devant un mur élevé qui formait un petit village. On y fit entrer les esclaves ; et quand la porte fut retombée sur eux, leurs maîtres, délivrés de toute inquiétude à leur sujet, acceptèrent l'hospitalité du cheik, qu'ils suivirent dans sa maison, non sans avoir donné des ordres pour qu'on leur donnât à manger.

On leur servit un copieux repas consistant en pain d'orge et en lait, après quoi ils furent conduits dans une étable, où ils passèrent une partie de la nuit à se battre contre d'énormes puces comme ils n'en avaient jamais vu.

Ce ne fut qu'au matin, presque à l'heure ordinaire de leur lever, qu'ils finirent par s'endormir. Las de corps et d'esprit, ils ne se réveillèrent que tard dans la matinée, quand un Arabe leur apporta leur déjeuner.

Le soleil était déjà haut dans le ciel, comment ne les avait-on pas prévenus plus tôt ? Ils eurent aussitôt le pressentiment de quelque nouveau malheur. Les heures se passèrent, et leurs maîtres ne parurent pas.

Leur anxiété était au comble. Ils se demandaient vainement de quelle nature était l'obstacle à leur départ. Les marchands ayant exprimé l'intention de les conduire à Mogador le plus rapidement possible, ils supposaient que quelque chose de grave devait être survenu à leurs maîtres.

Tard dans la journée, ceux-ci parurent, et dans cette entrevue leurs pires craintes se trouvèrent confirmées.

Avec l'aide du Kroumir, ils firent comprendre à Harry qu'ils avaient connaissance d'avoir été trompés. Le cheik dont ils avaient reçu l'hospitalité connaissait parfaitement Swearah et tous les résidents étrangers, et il leur avait affirmé qu'aucun marchand du nom de « Pour l'amour de Dieu, achetez-nous » n'existait dans cette ville. En se faisant conduire à Mogador, les esclaves blancs n'avaient qu'un but : leur échapper et leur faire perdre leur argent.

— Nous ne vous tuerons pas, dit l'un des Arabes à Harry, car nous n'avons pas eu la peine de vous conduire jusqu'à la fin du voyage, et nous croirions nous faire du tort à nous-mêmes ; mais nous vous ramènerons aux confins du désert, où vous serez vendus ce que vous vaudrez.

Harry dit alors au Kroumir de répondre qu'il avait librement engagé sa vie comme preuve de ce qu'il avait avancé ; qu'il avait effectivement de riches amis à Mogador qui les rachèteraient tous, si son oncle était absent ; que, du reste, parents et amis n'étaient pas de telle importance, puisqu'à défaut le consul anglais suffisait seul à payer leurs rançons. Dites-leur bien, ajouta Harry, que s'ils nous mènent à Mogador et que nous ne soyons pas rachetés comme je m'y suis engagé, je leur offre ma vie bien volontiers. Je mourrai de bon cœur alors ; mais qu'ils ne nous vendent pas avant de s'être assurés si nous les avons trompés ; ils se feraient tort en même temps qu'à nous en ajoutant trop de foi aux paroles d'un étranger.

Les marchands répondirent qu'ils avaient appris que les esclaves amenés du désert dans l'empire du Maroc pouvaient réclamer la protection de ce gouvernement, ce qu'ils faisaient quelquefois. Ils étaient alors rendus à la liberté sans avoir rien eu à payer, et ceux qui avaient eu le mal de les amener n'avaient pas même un remerciement pour leurs peines.

L'un des marchands, du nom de Bo Muzem, paraissait assez disposé à écouter les représentations de Harry ; mais il en fut empêché par les autres. Ainsi, toutes les assurances du jeune Anglais sur la richesse de ses parents dans sa patrie, sur sa valeur à lui et à ses camarades comme officiers de marine, manquèrent totalement leur but.

Les Arabes se retirèrent enfin, laissant Harry et Colin dans un désespoir sans bornes. Quant à Bill et au Kroumir, ils semblaient devenus indifférents à tout. La perspective de retourner dans le désert les avait comme paralysés. Ils n'avaient plus la faculté de sentir. Le vieux marin, toujours si disposé à exhaler à haute voix sa pensée secrète, surtout quand il était de mauvaise humeur, n'avait plus même l'énergie suffisante pour maudire ses ennemis.

LIX.

EL HAJI.

Le second soir de leur séjour dans la ville, à une heure assez avancée, deux voyageurs frappèrent à la porte et demandèrent à entrer.

L'un d'eux donna son nom, qui créa un véritable émoi sur la place, à juger par l'empressement que chacun tint à montrer au nouveau venu.

Les marchands veillèrent tard en compagnie de ces étrangers et du cheik de la ville ; ce qui ne les empêcha pas d'être debout le lendemain avant le jour pour faire leurs préparatifs de départ.

On servit le déjeuner de nos amis, en les prévenant qu'ils eussent à manger vite pour aider à seller les animaux ; et on leur confirma qu'ils retournaient au Sahara pour y être vendus.

— Que ferons-nous ? demanda Colin. Il s'agit de vivre ou de mourir ; et pour moi, je vous le déclare, je préfère la mort à l'esclavage.

Nul ne répondit. Le désespoir avait pris le dessus sur ces âmes vaillantes.

Les marchands durent caparaçonner eux-mêmes leurs montures, et ils étaient sur le point d'employer quelque argument irréfutable pour contraindre leurs esclaves à les suivre, quand on vint les prévenir que El Haji (le pèlerin) voulait parler aux chrétiens.

Quelques instants après, on vit approcher lentement un des personnages arrivés la veille.

C'était un grand vieillard à l'aspect vénérable, avec une longue barbe blanche tombant sur sa poitrine. Ayant accompli le pèlerinage de la Mecque, il avait droit au respect et à l'hospitalité de tout bon musulman. Avec le Kroumir comme interprète, il adressa plusieurs questions aux esclaves et parut s'intéresser à leurs réponses et à leur misérable condition.

Il s'enquit du nom du navire perdu, du temps qu'ils avaient passé en esclavage, et des traitements qui avaient pu les réduire à un tel état d'épuisement et de maigreur, puis des amis que les infortunés avaient laissés dans leur patrie.

Harry lui dit que Colin et lui avaient leur père et leur mère, des frères et des sœurs, qui tous devaient les pleurer comme morts ; que lui et ses compagnons étaient certains d'être rachetés, s'ils trouvaient quelqu'un d'assez compatissant pour les conduire à Mogador. Il ajouta que leurs présents maîtres s'étaient engagés à les y conduire, et refusaient maintenant de remplir leur promesse, par l'appréhension de n'être point assez rétribués de leurs peines.

— Je ferai tout ce qui sera en mon pouvoir pour vous aider,

répondit El Haji, après que le Kroumir lui eut transmis les paroles de Harry. J'ai contracté une dette de reconnaissance envers l'un de vos compatriotes, et je la paierai ainsi. J'étais malade au Caire et mourant de faim, lorsqu'un officier de marine, Anglais comme vous, me donna une pièce d'or. Cet argent me sauva la vie ; je pus continuer mon voyage et rejoindre mes parents et mes amis. Nous sommes tous les enfants du vrai Dieu, et c'est notre devoir de nous entr'aider. Je vais parler à vos maîtres.

Le vieux pèlerin se tourna alors vers ces derniers.

— Mes amis, leur dit-il, vous avez promis de conduire à Swearah les esclaves chrétiens qui ont la possibilité d'y être rachetés. N'avez-vous donc pas la crainte de Dieu, que vous teniez si peu de compte de vos engagements ?

— Nous pensons qu'ils nous ont trompés, répondit l'un des marchands, et nous craignons de leur faire traverser le Maroc, où ils peuvent nous être repris sans aucun dédommagement. Nous ne sommes que de pauvres gens, et nous avons payé ces esclaves fort cher ; nous n'avons pas le moyen de les perdre.

— Vous n'avez rien à craindre en les emmenant à Swearah. Ils appartiennent à un gouvernement qui ne laisse pas ses sujets en esclavage. Il n'y a peut-être pas dans la ville un seul négociant anglais qui se refuserait à les racheter, car il n'oserait jamais retourner dans son pays.

— Mais une fois là, ils peuvent en appeler au gouverneur, qui nous renverra de la ville sans un dollar de compensation. Cela s'est déjà vu. Le bon cheik qui nous reçoit aujourd'hui connaît un marchand à qui cela est arrivé. Il perdit tout, pendant que le gouverneur empocha tranquillement la rançon.

C'était un argument qu'El Haji n'était pas de force à réfuter, mais il trouva rapidement le moyen de tourner la difficulté.

— Eh bien ! ne les emmenez pas au Maroc avant d'être payés, leur dit-il. Deux d'entre vous peuvent rester ici avec eux, tandis que le troisième ira à Swearah avec une lettre de ce jeune homme à ses amis. Vous n'avez encore aucune preuve qu'il veuille vous tromper, et, par conséquent, loyalement vous n'avez pas d'excuse pour manquer à votre promesse. Portez une lettre à Swearah ; et si l'argent ne vous est pas remis, vous aurez le droit de les retenir et d'agir avec eux comme vous l'entendrez. La responsabilité ne vous en incombera plus.

Bo Muzem, le plus jeune des marchands, approuva immédiatement la proposition du pèlerin et se prononça énergiquement en sa faveur.

Il fit observer qu'il n'y avait qu'une journée de marche entre eux et Agadhir, ville frontière de l'empire du Maroc, et Swearah pouvait être atteint en trois jours.

Les deux autres se consultèrent quelques minutes et déclarèrent enfin qu'ils adoptaient l'avis d'El Haji. Bo Muzem se rendrait à Swearah, porteur de la lettre de Harry à son oncle.

— Avertissez le jeune homme, dit un des marchands à l'interprète, avertissez-le bien de ma part que si la rançon n'est pas payée, il mourra certainement au retour de Bo Muzem.

Le Kroumir transmit la communication dont il était chargé, et Harry, sans aucune hésitation, accepta les termes de la transaction.

Un bout de papier sale et froissé, une plume rouillée et un peu d'encre furent mis à la disposition de Harry. Tandis qu'il rédigeait sa lettre, Bo-Muzem commençait ses préparatifs de départ.

Sachant que leur seule chance de salut était de faire connaître leur situation à quelque compatriote résidant à Mogador, Harry prit la plume et parvint, non sans difficulté, à tracer ce qui suit :

« Monsieur, deux aspirants de la marine de S. M. B. (naufragés il y a quelques semaines, près du cap Blanco) et deux marins sont en ce moment retenus en esclavage dans une petite ville à une journée d'Agadhir. Le porteur de ce billet est un de nos maîtres. Son voyage à Mogador a pour but de savoir si l'on nous rachètera. S'il ne trouve personne qui veuille fournir l'argent de notre rançon, celui qui vous écrit doit être tué. Si vous ne pouvez pas ou ne voulez pas payer la somme convenue (150 dollars pour chacun de nous), veuillez envoyer le porteur chez quelqu'un que vous jugerez disposé à faire le nécessaire pour nous racheter.

« Un autre aspirant de marine du même navire que nous et un autre marin sont également retenus en esclavage à une journée au sud de cette ville.

« Peut-être le porteur de cette lettre, Bo Muzem, serait-il amené à les racheter, s'il avait la certitude de toucher une rançon pour eux aussi.

« Harry Blount. »

Le jeune homme adressa son billet à un marchand anglais, à Mogador.

Bo Muzem était prêt. Avant de s'éloigner, il fit redire à Harry que si son voyage à Swearah n'avait point un résultat favorable à ses intérêts personnels, lui, Harry, le dédommagerait de ses peines en lui fournissant l'occasion de la vengeance.

Il partit ensuite, enjoignant à ses coassociés de bien veiller sur leurs prisonniers, et promettant d'être de retour dans huit jours au plus tard.

LX.

LE VOYAGE DE BO MUZEM. — RAIS MOURAD.

Bo Muzem, bien que trafiquant arabe, se trouvait être un honnête homme, ayant quelques égards pour les assertions des autres, parce que les siennes étaient généralement vraies.

Il poursuivit sa route vers Mogador par un sentiment de devoir et de loyauté, mais sans accorder grande confiance toutefois aux affirmations du jeune Anglais. Il avait plus de foi dans l'opinion exprimée par le cheik que dans les hypothèses du pèlerin, mais il trouvait juste, après sa promesse formelle donnée aux esclaves de les conduire à Mogador, de s'assurer qu'ils n'avaient aucune chance d'y être rachetés.

Avec ce mépris de la fatigue si caractéristique dans sa race, il se pressa donc pour arriver. Après avoir traversé l'Atlas, il atteignit, le soir du troisième jour, une petite ville fermée de murs. Il n'était plus qu'à trois heures du fameux port de mer de Mogador.

Il s'arrêta là pour la nuit, avec l'intention de se remettre en marche le lendemain à la première heure. En entrant dans la ville, Bo Muzem se trouva en présence d'un visage connu.

C'était l'éleveur de bestiaux auquel peu de jours auparavant avaient été vendus Térence et Jacques.

— Ah! mon ami, vous m'avez ruiné, ruiné! s'écria celui-ci après les salutations d'usage. J'ai perdu ces deux chiens de chrétiens que vous m'aviez vendus et je suis un homme ruiné.

Bo Muzem le pria de s'expliquer.

— Après votre départ, dit l'éleveur, j'essayai d'obtenir un peu de travail de ces infidèles; mais ils ne voulurent pas m'obéir, et je crois qu'ils eussent préféré mourir plutôt que de se rendre utiles. Comme je suis très pauvre, je ne pouvais les garder dans la fainéantise, ni me donner la satisfaction de les tuer, ce dont j'avais grande envie pourtant. Le lendemain du jour où vous me quittâtes, je reçus un avis de Swearah, où j'étais obligé de me rendre immédiatement pour une affaire sérieuse, et, pensant que peut-être je rencontrerais en cette ville quelque imbécile de chrétien qui donnerait quelque chose pour ses compatriotes, je les emmenai avec moi. Ils me promirent que si je voulais les conduire à leur consul, celui-ci paierait largement leur rançon. Quand nous entrâmes dans Mogador, nous nous dirigeâmes aussitôt vers la maison du consul; mais une fois là, ces chiens ne me dirent-ils pas qu'ils étaient libres?... Ils me défièrent de les faire sortir de la ville. Je n'ai pas pu obtenir seulement une piastre pour ma peine et mes dépenses! Le gouverneur de Swearah et l'empereur du Maroc sont en termes d'amitié avec le gouvernement des infidèles, et ils détestent, eux aussi, les Arabes du désert, comme vous et moi. Il n'y a pas de justice à Mogador pour nous. Si vous conduisez vos esclaves dans la ville, vous êtes sûr de les perdre.

— Je ne les mènerai même pas sur les limites de l'empire, avant d'avoir reçu l'argent, répondit Bo Muzem.

— Ce n'est pas à Swearah que vous toucherez jamais un sou! Leur consul ne vous donnera pas un dollar. C'est bien plus commode de les déclarer libres sans bourse délier.

— Mais j'ai une lettre d'un de ces esclaves pour son oncle, un riche marchand de Swearah. C'est lui qui doit payer.

— Il en a menti. Il n'a pas d'oncle ici, et je vous en convaincrai bientôt, si vous le désirez. Il y a précisément dans ce village un juif de Mogador qui connaît tous les marchands infidèles de la cité, et il comprend leurs langues. Montrez-lui votre lettre.

Impatient de savoir à quoi s'en tenir, Bo Muzem accepta cette proposition avec empressement, et, en compagnie de l'éleveur, se rendit à la maison habitée par le juif.

Quand ce dernier eut pris la lettre, l'Arabe lui demanda avec empressement à qui elle était adressée.

— A un marchand anglais à Mogador, répondit celui-ci.

— Bismillah! s'écria Bo Muzem, tous les marchands anglais ne sauraient être les oncles de ce jeune chien-là! Dites-moi, reprit-il, avez-vous jamais entendu parler d'un riche infidèle du nom de «Pour l'amour de Dieu, achetez-nous»?

Le juif contint avec peine une violente envie de rire, puis il expliqua à l'Arabe la véritable signification du nom du prétendu marchand.

Certain d'avoir été « refait », Bo Muzem ne fut guère surpris.

— Je n'irai pas plus loin, dit-il. Je repars immédiatement. Nous allons mettre à mort le chien qui a osé se moquer ainsi de nous, et vendre ses compagnons pour ce que nous en pourrons tirer.

— C'est ce que vous avez de mieux à faire. Ils ne méritent pas la liberté, et puisse Allah s'opposer à ce qu'aucun vrai croyant se mêle jamais de la leur faire obtenir !

De bonne heure le lendemain, Bo Muzem repartit, bénissant le sort qui lui avait épargné une partie de la peine en le mettant sur la piste de la vérité.

Il était accompagné de l'éleveur, qui par hasard suivait la même direction.

— J'ai l'intention d'acheter les premiers esclaves chrétiens que je rencontrerai, dit-il au cours de la conversation.

— Bismillah ! vous m'étonnez, répondit Bo Muzem, ne me disiez-vous pas que votre dernier marché vous avait ruiné ?

— En effet, répondit l'éleveur, et c'est justement pour cela. Je veux racheter des infidèles pour avoir l'occasion de me venger des autres. Je les ferai mourir à la peine, les chiens !

— Eh bien ! achetez-nous les nôtres, reprit Bo Muzem. Nous ne les vendrons pas cher. Je n'en réserve qu'un, celui qui a écrit la lettre et que j'ai promis, par la barbe du prophète, de tuer pour me venger !

Disposées comme l'étaient les deux parties, l'une à vendre, l'autre a acheter, il n'était pas bien difficile de tomber d'accord sur le prix. L'éleveur offrit 10 dollars et quatre chevaux pour chacun des esclaves, et poussa la complaisance jusqu'à mettre un de ses hommes à la disposition des marchands arabes pour conduire les chevaux à un marché où ils pussent s'en défaire.

Bo Muzem se frottait les mains. Dans sa simplicité, il ne s'apercevait pas que c'était maintenant qu'il venait de se faire « rouler », car l'histoire de la fuite des deux esclaves Jacques et Térence était complètement fausse.

Six jours s'étaient écoulés, pendant lesquels les esclaves blancs avaient été comparativement fort bien traités. Ils n'avaient point eu à souffrir de la soif et avaient eu une nourriture presque suffisante.

Le sixième jour, leurs maîtres vinrent les visiter en compagnie d'un étranger maure.

On leur commanda de se lever, et ils furent examinés par le Maure avec une attention qui semblait indiquer la volonté de les acheter.

Le nouveau venu portait un cafetan richement brodé sur la poitrine et sur les manches, fixé autour de sa taille par une ceinture. De coquettes petites bottes en maroquin jaune sortaient de dessous de larges culottes du satin le plus beau, et il portait un turban de soie écarlate. A en juger par le respect que lui témoignaient les marchands, c'était un personnage important. Sa suite était nombreuse, et tous ses hommes montaient de magnifiques chevaux arabes.

Le Maure se retira ensuite, et peu de temps après le Kroumir apprit par un des hommes de son escorte que les esclaves blancs étaient devenus la propriété de l'opulent voyageur.

L'espoir de la liberté si chèrement entretenu par nos pauvres amis depuis quelques jours s'évanouit à cette nouvelle. Ils restèrent un moment muets de déception et de douleur.

Harry Blount fut le premier à se remettre de ce choc.

— Où sont nos maîtres les marchands? Ils n'ont pas le droit de nous vendre, ils ne nous vendront pas. Venez tous! suivez-moi!

A la tête de ses compagnons, le jeune homme se précipita hors de leur abri vers la demeure du cheik. Tous étaient au comble de l'exaspération.

— Pourquoi nous avez-vous vendus? s'écria le Kroumir, qui avait peine à traduire tout ce qui lui était dicté. N'avez-vous pas promis de nous conduire à Mogador? et l'un de vous n'est-il pas parti pour aller toucher le montant de notre rançon?

Les deux marchands, de fort bonne humeur à la suite d'un marché avantageux, daignèrent répondre à ces réclamations.

— En supposant que Bo Muzem trouve à Mogador un homme disposé à payer pour vous, quel prix doit-il donner?

— Cent dollars pour moi, répondit le Kroumir, et 150 pour chacun des autres.

— C'est cela; et à ces conditions, nous devons vous mener à Swearah et subvenir à toutes vos dépenses?

— Oui.

— Bien. Rais Mourad, ce riche Maure, vous a achetés 150 dollars chacun. Ne serions-nous pas fous de vous emmener à Mogador pour le même prix? Sans compter que nous pourrions fort bien ne rien recevoir du tout, tandis que nous tenons l'argent de Rais Mourad. Vous êtes à lui maintenant.

En recevant cette réponse, les aspirants virent bien que leur sort était fixé. Le Kroumir tâcha alors de découvrir la direction que leur nouveau possesseur comptait suivre; mais il ne put rien obtenir, sinon l'ordre d'aller manger vite pour être prêts au départ; mais personne n'avait le courage de rien prendre, et Bill déclara qu'il n'avalerait plus une bouchée de nourriture, jamais, jamais!

— Ne vous laissez pas abattre ainsi, Bill, dit Harry; il y a encore quelque espoir.

— Où en vois-tu, mon cher? Dis-le-moi, car je suis incapable de l'apercevoir!

— Si nous changeons constamment de maîtres, nous pourrons finir par en trouver un qui nous conduise à Mogador.

— C'est là-dessus que tu bases ton espérance? dit Colin tout désappointé.

— Songez à mon pauvre Jacques, interrompit le vieux marin; il a eu une cinquantaine de maîtres, et il n'est pas libre encore et ne le sera probablement jamais.

— Allons-nous nous soumettre à notre nouveau propriétaire ou lui résister? demanda Colin.

— Nous soumettre, mon cher? Mon dos est encore à vif à force d'avoir été battu. En voilà assez pour le présent. Avant de m'exposer à de nouveaux coups, je veux être certain que ce soit à bon escient.

Rais Mourad, n'ayant point de montures de reste, et voulant que son voyage pût s'effectuer rapidement, avait acheté quatre chevaux pour ses esclaves. Pendant le temps qu'on les sellait et bridait, nos amis étaient dans une grande anxiété sur la route qu'ils allaient suivre. Toutes les tentatives faites par le Kroumir pour satisfaire leur légitime curiosité ne lui attiraient que cette réponse :

— Dieu le sait et ne vous le communique pas. Pourquoi en ferions-nous plus que lui à votre égard ?

Au moment où le Maure et sa troupe allaient s'éloigner, Bo Muzem, en compagnie de l'éleveur, se faisait ouvrir les portes de la ville.

LXI.

LE RETOUR DE BO MUZEM. — LE COMPROMIS.

Dès que les esclaves reconnurent le messager, ils se précipitèrent à sa rencontre.

— Parlez, Kroumir, informez-vous s'il apporte l'argent de notre rançon, car, dans ce cas, nous serons libres, libres enfin !...

— Ici, ici, criait Bill de son côté, en reconnaissant l'éleveur; demandez à cet homme ce que sont devenus Jacques et Térence.

Le Kroumir n'eut pas le loisir d'obéir, car Bo Muzem n'attendait qu'une occasion pour laisser éclater sa fureur, et la vue des aspirants suffit pour la déchaîner.

— Chiens que vous êtes ! vous m'avez menti ! Femmes, enfants, vieillards, que tous s'assemblent pour être témoins du sort que ce menteur va subir.

Dès que Bo Muzem s'arrêta pour reprendre haleine, d'autres voix s'élevèrent autour de lui pour lui apprendre que les esclaves blancs ne leur appartenaient plus, et dans quelles conditions avantageuses ils avaient passé en d'autres mains.

Si Harry Blount eût été excepté de la vente consentie au Maure, Bo Muzem eût été enchanté de ce qui avait été fait ; mais cette réserve n'existant pas, il déclara que ses coassociés n'avaient aucun droit de traiter une transaction en son absence, puisque les blancs lui appartenaient au même titre qu'aux autres et qu'on connaissait le serment de vengeance qu'il avait fait.

Rais Mourad arriva sur le lieu de la discussion. Il fut promptement au fait de ce qui se passait. Il donna aussitôt à son escorte l'ordre d'entourer les blancs et de les faire partir immédiatement.

Bo Muzem, aveuglé par sa rage impuissante, tenta vainement de s'opposer à cet arrangement. Tous étaient contre lui, jusqu'au cheik, qui intervint en disant qu'il ne voulait pas que l'enceinte de sa cité fût souillée par du sang répandu.

Les esclaves étaient maintenant à cheval et s'éloignèrent, laissant l'infortuné Bo Muzem fou de colère. Un seul homme sympathisait avec lui, l'éleveur soi-disant frustré de Jacques et de Térence. Il essaya même de faire valoir ses droits. Il s'avança vers le Maure et lui déclara avoir acheté les esclaves le jour précédent. Il se plaignit d'avoir été lésé et menaça d'amener deux cents hommes, s'il le fallait, pour être remis en possession de son bien.

Rais Mourad ne tint aucun compte de ce moyen d'intimidation, et bien que la nuit fût près de tomber, il ordonna à sa troupe de prendre la route d'Agadhir.

Quelques minutes après, on voyait l'éleveur partir au galop de son cheval dans la direction opposée.

— Que je regrette de n'avoir pas eu, par cet homme, des nouvelles de Jacques et de Térence, dit Colin ; mais il est trop tard maintenant.

— Oui, trop tard, répéta Harry, et je voudrais qu'il fût notre maître, au lieu de celui-ci. Au moins nous eussions été réunis. Que dis-tu, Colin, de ce nouveau coup du sort ?

— Je ne m'en plains pas. Il y a trois heures, nous nous désespérions d'avoir été vendus au Maure. C'était une erreur, car autrement tu aurais cessé de vivre à présent. Bill, à quoi rêvez-vous donc là, tout seul ?

— A rien. Je ne veux plus ni rêver ni penser.

— Nous sommes sur la route de Swearah, observa tout à coup le Kroumir.

— C'est vrai, s'écria Harry en s'orientant. Irions-nous à Mogador malgré tout ?

— A quoi bon, puisque Bo Muzem n'a trouvé personne pour acquitter notre rançon ?

— Il n'y est pas allé, interrompit le Kroumir, il n'en a pas eu le temps.

— Je crois que l'Africain a raison, reprit Harry ; on nous a assuré qu'il fallait quatre jours pour y aller, et il est revenu au bout de six à peine.

Ici, leur conversation fut interrompue par les Maures qui ne cessaient de les exciter à presser l'allure de leurs chevaux.

La nuit était venue, fort sombre. Bill, toujours incapable, comme il en convenait lui-même, de « diriger une embarcation de terre, » ne se tenait sur son cheval qu'avec des efforts prodigieux et en s'accrochant des deux mains à la crinière du pauvre animal. Vers minuit, il trouva moyen de mettre pied à terre et refusa d'aller plus loin. Il ne voulait point, dit-il, se casser le cou, ce qui arriverait infailliblement si on le mettait de force sur le dos de l'animal.

On fit part de cette réponse à Rais Mourad, qui s'enquérait avec colère du retard survenu dans la marche. Ce fut le Kroumir qui servit d'interprète, et la mauvaise humeur du Maure se dissipa dès qu'il vit qu'il pouvait communiquer avec ses esclaves.

— Vous et vos compagnons désirez-vous votre liberté? demanda-t-il lui-même au Kroumir.

— C'est notre vœu de tous les instants.

— Eh bien ! dites à cet homme que la liberté n'est pas ici ; s'il veut l'obtenir, qu'il me suive.

Le Kroumir traduisit ces mots à Bill.

— Je ne veux plus entendre parler de liberté, répondit celui-ci ; j'en ai assez ; qu'on la promette moins et qu'on nous la donne un peu plus vite.

Ni prières ni menaces ne purent persuader au marin d'avancer ; et Rais Mourad donna l'ordre de faire halte.

Harry et Colin ne purent fermer l'œil. Ce Rais Mourad, si intelligent, ne saurait-il pas comprendre le parti qu'on pouvait tirer d'eux près d'un consul ? Ne marchaient-ils pas vers la liberté ?

Au petit jour, Rais Mourad donna l'ordre et l'exemple du départ. Le soleil se leva bientôt, et sur une haute colline, à environ quatre lieues de distance, on aperçut les murs blancs de la ville de Santa-Cruz, ou Agadhir, comme l'appellent les Arabes.

La cavalcade s'avançait vers une plaine fertile, où l'on apercevait çà et là de petits villages clos de murs, mais environnés de riches plantations de vignes et de dattiers.

On fit halte à un de ces bourgs, et l'on fut admis dans ses murs. Nos pauvres amis se laissèrent aussitôt tomber à l'ombre de quelques grands arbres et s'y endormirent profondément.

Trois heures après, ils furent réveillés pour prendre leur repas. Il consistait en miel et gâteaux d'orge fraîchement cuits.

Avant la fin du déjeuner, Rais Mourad s'approcha d'eux et se mit à parler au Kroumir.

— Que dit le Maure ? demanda Harry.

— Il dit que si nous sommes de bonne foi, il nous mènera au consul anglais de Swearah.

— Vous pouvez lui dire que nous sommes prêts à nous engager à tout ce qu'il voudra et qu'il sera bien récompensé de sa peine.

Le Maure répliqua qu'il savait parfaitement à quoi s'en tenir, mais qu'il voulait une promesse écrite de la somme qui lui serait remise, somme qu'il fixait d'avance à 200 dollars pour chacun.

Rais Mourad prit alors une plume et écrivit lui-même les termes de l'engagement en arabe. Il ordonna ensuite au Kroumir de les traduire à ses compagnons mot à mot. Celui-ci obéit et lut :

Au consul anglais.

« Nous sommes quatre esclaves chrétiens. Rais Mourad nous a

achetés aux Arabes. Nous avons promis de lui donner 200 dollars pour chacun, soit 800 dollars pour nous quatre, s'il nous conduit devant vous. Veuillez les lui remettre promptement. »

Harry et Colin signèrent sans la moindre hésitation. Quant à Bill, ce fut une tout autre affaire. Il lui fallut choisir une place convenable, disposer une selle en guise de pupitre, essayer la plume et faire, en un mot, autant de cérémonies que s'il eût été chargé de tracer le portrait de ses camarades ou de lui-même. En moins d'un quart d'heure, il avait achevé ses hiéroglyphes et, dodelinant toujours sa tête, mais cette fois d'un air satisfait, il tendit le papier à Harry, qui avait encore à écrire en anglais, sur le verso de la page, le même engagement et à le signer. C'était pour être sûr que ses esclaves apposeraient leur nom sur le compromis que Rais Mourad avait pris la peine de l'écrire lui-même.

Deux heures avant le coucher du soleil, la petite troupe remontait à cheval et prenait le chemin de Santa-Cruz. A mi-route environ, ils aperçurent derrière eux une troupe d'une trentaine de cavaliers arrivant au grand galop. Rais Mourad, se souvenant de la menace de l'éleveur de bestiaux, commanda à sa suite de presser le pas pour gagner l'enceinte de la ville, où elle serait en sûreté. Mais les chevaux des esclaves étaient de petite race, en mauvais état et incapables d'escalader, au pas de charge, la pente assez raide de la montagne qu'ils gravissaient alors, bien que leurs cavaliers fussent réduits à leur plus simple expression.

Avant d'avoir atteint le sommet de la colline, la troupe arabe avait gagné beaucoup de terrain sur celle de Rais Mourad. Un demi-mille à peine les séparait encore. La porte de la ville était à quinze cents mètres au moins, et les Maures faisaient des efforts surhumains pour l'atteindre.

Au moment où les gens de Rais Mourad approchaient du but, la tête des chevaux ennemis apparaissait sur la dernière pente gravie. Ayant vu d'un coup d'œil que ses esclaves étaient désormais en sûreté, le grand personnage rallia sa troupe en bon ordre et fit son entrée dans la ville avec tout le décorum que son rang exigeait. Cinq minutes après, nos amis mettaient pied à terre, et Rais Mourad leur enjoignait — bien inutilement à coup sûr — de bénir Dieu d'avoir atteint les limites de l'empire du Maroc; ils n'avaient pas besoin d'être excités à la reconnaissance.

Moins d'un quart d'heure après, Bo Muzem et l'éleveur arrivaient accompagnés d'une troupe d'Arabes à l'aspect farouche. La colère des deux hommes semblait aussi vive que jamais, et ils fondirent sur Harry, le principal objet de la vengeance de Bo Muzem.

Mais Rais Mourad n'eut qu'un mot à dire. Il appela un officier de garde, sous la protection duquel il plaça le jeune homme. Celui-ci déclara au marchand arabe qu'il n'avait le droit de molester personne dans l'enceinte de la ville et lui fit donner sa parole de rester en paix.

Les Arabes durent se rendre à l'évidence et comprendre que leurs mœurs du désert n'étaient point de mise dans une ville civilisée, et pourraient leur attirer plus de désagréments que d'avantages. Ils se soumirent. Un quartier différent ayant été assigné à chaque troupe, toute chance de bataille se trouva heureusement différée.

LXII.

JUSTICE MAURE. — LE SAUT DU JUIF.

Le lendemain matin, Rais Mourad fut convoqué devant le gouverneur de la ville, ainsi que ses esclaves. Il ne témoigna aucune répugnance à obéir à cet ordre et se rendit, accompagné d'un soldat, à la résidence du magistrat. Bo Muzem et l'éleveur y étaient déjà, et le gouverneur entra bientôt dans la salle d'audience. C'était un vieillard de soixante-six ans, d'une apparence sympathique. Dès le principe, Harry et Colin se sentirent rassurés sur l'arrêt, quel qu'il fût, qu'on attendait de lui.

Bo Muzem parla le premier. Il établit comment, associé à deux autres marchands, il avait acheté les esclaves présents, et comment il n'avait point consenti au marché intervenu entre ses associés et le Maure. Il appuya surtout sur ce fait qu'il avait toujours été convenu qu'un des blancs ne serait point vendu et paierait pour tous les autres. Celui-là, il le réclamait comme sa propriété. Quant aux autres, il avait été officiellement chargé d'en disposer, et ils appartenaient à Mohammed, son ami l'éleveur, auquel il les avait cédés.

Mohammed fut interrogé à son tour. Sa déposition fut courte. Il constata avoir acheté trois esclaves chrétiens à son ami Bo Muzem, pour le prix de 10 dollars chacun, et quatre chevaux. Ces esclaves avaient été emmenés de force par Rais Mourad, et c'était ce qui motivait sa réclamation.

Le Maure fut alors appelé à réfuter cette accusation. Pourquoi retenait-il la propriété d'autrui ? Il répondit que ses esclaves lui avaient été cédés par deux marchands arabes, au prix de 150 dollars d'argent par tête, payés comptant.

Le gouverneur resta silencieux quelques minutes. Enfin, se tournant vers Bo Muzem :

— Vos associés, lui demanda-t-il, vous ont-ils offert de partager l'argent reçu pour les esclaves ?

— Oui, mais je n'ai pas accepté.

— Avez-vous, vous et vos deux associés, reçu de l'homme qui réclame les trois esclaves, douze chevaux et 30 dollars ?

Après un peu d'hésitation, Bo Muzem dut répondre négativement.

— Les esclaves appartiennent à celui qui les a payés. Retirez-vous.

Chacun s'en alla de son côté, et l'on entendit l'éleveur grommeler qu'au Maroc il n'y avait pas de justice pour les pauvres Arabes.

Rais Mourad donna des ordres immédiats pour le départ. Au moment de se mettre en selle, il pria le marchand de l'accompagner en dehors des murs de la ville.

Celui-ci y consentit, mais à la condition expresse d'emmener avec lui son ami Mohammed. Un sourire singulier se dessina sur les lèvres de Rais Mourad en acquiesçant à cette proposition.

— Mon bon ami, dit-il d'un ton protecteur à Bo Muzem, vous avez été trompé. Si vous aviez conduit ces chrétiens à Swearah, comme vous le leur aviez promis, vous auriez été largement indemnisé de vos peines. Moi qui habite Swearah, je vous parle sciemment. Obligé de m'absenter pour une affaire, j'ai heureusement, à mon retour, rencontré vos associés, et le bénéfice que je réaliserai sur ces pauvres gens couvrira et au delà tous les frais de mon expédition. Quant à Mohammed, que vous appelez votre ami, il avait acheté deux autres chrétiens. Il les a vendus au consul anglais, et, comme il a tiré 200 piastres de cette transaction, il était tout naturel qu'il eût bonne envie de la renouveler. C'est pour gagner quelques centaines de piastres de plus qu'il voulait ceux-ci. Il vous trompait, afin d'obtenir vos esclaves pour rien. Il n'y a qu'un Dieu, Mahomet est son prophète, et Bo Muzem est un imbécile.

La vérité se fit jour aussitôt dans l'esprit du marchand. Il resta une minute comme accablé par une sorte de honte, à laquelle succéda une rage bien naturelle. Il s'élança vers l'éleveur en brandissant son cimeterre. Celui-ci s'attendait à l'attaque. Le combat entre eux fut terrible. Les esclaves blancs les regardaient sans sympathie ni pour l'un ni pour l'autre.

Dans ces sortes de querelles armées, le musulman compte généralement plus sur la justice de sa cause que sur sa force ou son adresse ; et quand il se reconnaît dans son tort, il perd beaucoup de sa vaillance naturelle.

Fort de l'injure qu'il avait subie, Bo Muzem comptait sur la bonté de sa cause pour sortir victorieux de la lutte. Il était trop fataliste pour se croire en péril. En effet, son attaque impétueuse, jointe au sentiment de sa propre infériorité morale, paralysa Mohammed, qui n'opposa qu'une faible résistance et tomba bientôt sans vie aux pieds de son adversaire.

— En voilà toujours un de moins, dit Bill en guise d'oraison funèbre. Je voudrais seulement qu'il eût amené avec lui Jacques et maître Térence. Qui sait ce qu'il en a pu faire ?

— Si nous le demandions au Maure, répondit Harry; il doit le savoir, et peut-être pourrait-il les racheter.

A la prière de Harry, le Kroumir s'approchait pour faire la demande, quand il fut prévenu par Rais Mourad, qui, d'un ton péremptoire, ordonna à chacun de reprendre son rang pour réparer le temps perdu.

Après avoir recommandé à Bo Muzem de se méfier de la troupe de Mohammed, le Maure reprit la tête de son kafila, et l'on se remit en route dans la direction de Mogador.

La route suivie par Rais Mourad s'étendait à travers un pays très accidenté. Parfois le kafila s'engageait dans une vallée étroite sur le bord de la mer, et une heure après serpentait sur un sentier abrupt au flanc de quelque montagne escarpée. En pareil cas, les animaux devaient avancer à la file, et leurs cavaliers avaient besoin de la plus grande circonspection, que le Maure, du reste, leur recommandait incessamment.

Vers midi, pendant une courte halte destinée à faire reposer les chevaux, le Kroumir trouva sous une pierre plate un énorme scorpion.

Il creusa un trou dans le sable et y fit tomber l'animal, puis il lui prit fantaisie d'aller à la recherche d'autres scorpions pour tenir compagnie au prisonnier. Il en trouva sous presque toutes les pierres qu'il retourna ; et lorsqu'il en eut réuni une douzaine dans la même prison, il se mit à les taquiner avec un bâton.

Exaspérés par ce traitement, les scorpions commencèrent entre eux un combat mortel qui n'excita guère plus d'intérêt chez les aspirants que celui des deux Arabes.

Une lutte entre deux scorpions commence par une vive escarmouche, chacun essayant de saisir l'autre avec ses pinces. Dès que l'un d'eux est parvenu à bien tenir son adversaire, l'autre manifeste la bonne disposition de se rendre ; mais nul quartier ne lui est accordé, et il ne tarde pas à expirer sous la piqûre qui lui est infligée. Quand la lutte fut terminée, le Kroumir se chargea de détruire lui-même le dernier survivant. Harry ne put se contenir et lui adressa quelques représentations sur ce qu'il traitait de cruauté inutile, à quoi l'Africain répondit que dans son pays on considérait comme un devoir de faire disparaître le plus grand nombre de ces créatures nuisibles.

Dans l'après-midi, la kafila atteignit un endroit appelé le « Saut du Juif ». C'était un étroit sentier sur le versant d'une montagne, dont la base baignait dans l'Océan. Il avait environ huit cents mètres de long sur un mètre trente à soixante centimètres de largeur à peine. Pas un buisson, pas un arbre, rien pour offrir la plus légère résistance à la chute d'un corps. Quiconque aurait eu le malheur de tomber là, ne pouvait espérer qu'en la miséricorde divine.

Le Kroumir connaissait cette route. Il apprit à ses compagnons que jamais on ne s'y aventurait par l'humidité, cette voie étant en toutes saisons considérée comme extrêmement dangereuse. Seulement, comme elle abrégeait d'une douzaine de kilomètres, en évitant le détour de la montagne, on s'y risquait encore assez souvent. Il leur raconta d'où provenait cette appellation singulière de Saut du Juif. Un parti d'Israélites se rencontra un soir avec un parti de Maures venant en sens inverse. Ni les uns ni les autres ne pouvant reculer, un conflit s'engagea, et une bonne partie des deux troupes fut culbutée dans la mer. Seulement les Maures, peu désireux de perpétuer un souvenir désagréable pour eux, désignèrent l'endroit sous le nom qui lui est resté jusqu'à ce jour.

Avant de s'aventurer dans ce dangereux passage, Rais Mourad s'assura avec soin que personne ne venait dans la direction opposée. Il appela à plusieurs reprises et, ne recevant point de réponse, il passa le premier, donnant à sa troupe l'ordre de le suivre, et recommandant à chacun de s'en rapporter plus à l'instinct de sa monture qu'à son habileté de cavalier. Quand ce fut le tour des esclaves, deux Maures furent placés en arrière-garde pour veiller sur eux.

Au bout de quelques pas, le cheval de Harry s'effraya. C'était une toute jeune bête élevée dans les plaines du désert, et peu accoutumée aux chemins de montagne.

Tandis que les autres avançaient avec une sage lenteur, lui, s'arrêta soudain.

Il est permis, dans une passe semblable, de s'inquiéter des excentricités de sa monture, et Harry se préparait à mettre pied à terre, quand l'animal fit un brusque mouvement rétrograde pour regagner l'entrée du défilé.

Le jeune Anglais venait le dernier, et il était suivi de près par un des Maures, qui, alarmé pour sa sûreté personnelle, frappa l'animal réfractaire pour le faire avancer. Celui-ci, effrayé, leva à la fois ses deux jambes de derrière; et quand il voulut les reposer par terre, elles ne trouvèrent plus que le vide du précipice, au bord duquel lui et son cavalier restaient en équilibre.

En vain le malheureux quadrupède tentait de reprendre pied. Il devenait évident qu'il n'y parviendrait jamais, lorsque Harry le saisit par les oreilles, et d'un élan vigoureux sauta par-dessus sa tête. Il sentait à peine la terre ferme sous ses pieds, quand le cheval disparut aux regards, et quelques secondes après, son corps frappait l'eau avec un bruit sourd, comme si la vie l'eût déjà abandonné.

Le reste du chemin se fit sans autres incidents. Quand tous se retrouvèrent sains et saufs à son extrémité, il n'y eut qu'une voix pour féliciter Harry de sa délivrance, de son admirable sang-froid, de son adresse....

Le jeune homme restait silencieux.

Son âme était trop pleine de reconnaissance envers Dieu pour prêter grande attention aux paroles des hommes.

LXIII.

CONCLUSION.

Dans la soirée du surlendemain, Rais Mourad et sa suite arrivaient à Mogador, trop tard pour s'en faire ouvrir les portes. Il fallut attendre encore une nuit.

Harry, Colin et Bill purent à peine fermer l'œil. La liberté leur semblait à la fois et si proche et si lointaine !

Les premiers rayons du soleil levant les trouvèrent debout, tant ils étaient impatients de connaître leur sort. Mais Rais Mourad, sachant qu'aucune affaire n'était possible avant trois ou quatre heures au moins, ne leur permit pas d'entrer dans la ville.

Ils passèrent ce temps dans l'anxiété la plus vive. Ce délai leur paraissait de fâcheux augure, et ils recommençaient à s'abandonner au désespoir, quand Rais Mourad parut, donnant enfin l'ordre de le suivre.

Après avoir traversé bien des rues étroites et tortueuses, au détour d'une d'elles, nos amis virent tout à coup un drapeau s'agiter à la brise. Leurs cœurs bondirent à cette vue, un cri de joie simultané s'échappa de leurs lèvres : c'était le drapeau de la vieille Angleterre, leur drapeau ! Ils étaient devant la maison du consul.

Rais Mourad frappa à la grande porte, qui s'ouvrit sans tarder. A peine dans la cour, nos amis virent s'élancer à leur rencontre.... Jacques et Térence.

Au même instant, un homme à la fois imposant et distingué s'avançait vers Harry et Colin, et, leur pressant les mains, les félicitait de toucher enfin au terme de leur esclavage.

La présence de Jacques et de Térence au consulat fut bien vite expliquée. L'éleveur, après les avoir achetés, s'était empressé de les conduire à Swearah, où le consul lui versa immédiatement le montant de leur rançon. Après quoi, il s'était engagé à racheter les trois autres esclaves et à les amener de même à Mogador, pour être libérés.

Le consul ne fit aucune difficulté de donner le prix convenu entre le Maure et Harry Blount. Mais il ne se crut pas autorisé à dépenser l'argent de son gouvernement au rachat du Kroumir, qui n'était pas sujet anglais.

L'infortuné, en entendant ces paroles, s'abandonna au plus violent désespoir. N'était-ce pas une sentence d'esclavage perpétuel au moment où il s'était cru sauvé ?

Ses compagnons de misère ne pouvaient rester spectateurs indifférents d'une si amère douleur. Ils lui promirent que, coûte que coûte, il serait libre. Ils avaient tous des parents riches en Angleterre ; il ne s'agissait que de trouver à Mogador quelque marchand anglais qui consentît à leur faire une avance d'argent.

Ils ne furent pas déçus dans cet espoir. Le lendemain même, le Kroumir était rassuré sur son sort.

Le consul ayant raconté le cas à divers marchands étrangers, une souscription fut aussitôt ouverte et la somme requise versée entre les mains de Rais Mourad.

Les aspirants furent largement équipés et pourvus de tout ce dont ils avaient besoin ; ils n'avaient plus qu'à attendre paisiblement l'arrivée d'un navire qui pût les rapatrier.

Ce ne fut pas long. Peu de temps après, les grands mâts d'un vaisseau de guerre anglais projetaient leur ombre sur les eaux de la baie de Mogador.

Les trois jeunes gens reprirent avec joie leur place à bord, tandis que Bill, son frère et le Kroumir étaient accueillis avec la plus grande cordialité sur le gaillard d'avant.

Harry, Térence et Colin se distinguèrent maintes fois au service de leur pays, qui les en récompensa par des grades et des honneurs. Malgré les hasards de leur carrière aventureuse, ils ne se perdirent jamais de vue ; et toutes les fois que l'occasion s'en présentait, ils aimaient à se retrouver ensemble et à se rappeler le temps où, *jeunes esclaves*, ils faisaient leur apprentissage de la vie sous le soleil de plomb du Sahara.

FIN DES JEUNES ESCLAVES.

COUP D'ŒIL

SUR L'ÉTAT ACTUEL

DE LA GÉOGRAPHIE DE L'AFRIQUE.

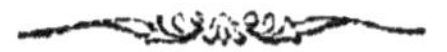

Que connaissait-on de l'Afrique, il y a trente ans? Les côtes septentrionales, le Maroc, encore n'était-ce pas l'intérieur, le Sénégal et ces immenses contrées que Denham, Clapperton, Mungo Park et notre compatriote Caillié avaient visitées. Si l'on connaissait l'existence du lac Tchad, on avait oublié et ce lac Maravi que d'Anville, à la fin du siècle dernier, indiquait encore sur ses cartes dans le S.-E. de l'Afrique, et ces grandes nappes d'eau, tantôt deux, tantôt trois ou plus encore, qu'on voit marquées sur la mappemonde de Mercator et sur la plupart des cartes de la fin du XVIe et du XVIIe siècles.

Ces informations, qu'on les dût aux Arabes ou aux Portugais, après être restées si longtemps sans être confirmées, passaient maintenant pour fabuleuses. Nous possédions bien quelques comptoirs dans le golfe de Guinée; mais on n'avait pas encore essayé de remonter ni le Voltat, ni l'Ogowaï, ni plus bas le Zaïre ou Congo, ces fleuves immenses dont le cours est peut-être plus considérable que celui des plus grands fleuves américains.

Quant au Nil, à qui l'Egypte doit sa fertilité, depuis l'expédition que les centurions de Néron avaient faite pour en connaître les sources et qui avait été arrêtée par d'immenses marais, vers le 9e degré de latitude nord, dans les environs de Khartoum, on n'avait jamais songé à l'explorer, à connaître les causes qui le font déborder, alors que toutes les rivières, sous l'influence des chaleurs estivales, sont au plus bas de leur étiage.

C'est seulement en 1849 que Méhémet-Ali, poussé par les Européens qu'il avait à son service, et qui lui représentaient la grandeur d'une tâche dans laquelle avaient échoué les Romains, envoya une expédition de reconnaissance qui dut s'arrêter aux environs du 4e degré de latitude nord, là même où fut plus tard fondée la mission autrichienne de Gondokoro.

Quelques années auparavant, les révérends Krapf et Rebmann avaient fondé une mission à Mombaz, sur la côte orientale d'Afrique. Rapidement familiarisés avec les langues et les mœurs des indigènes, les missionnaires avaient insensiblement étendu le champ de leurs explorations; ils recueillirent ainsi, sur une longueur de côte de deux ou trois degrés, des informations précises et jusqu'alors inconnues.

Les résultats les plus curieux de ces courses furent la découverte de deux pics neigeux, le Kilimandjaro et le Kenia, hauts de douze à quinze mille pieds, et l'assurance que les indigènes donnèrent aux missionnaires de l'existence de deux lacs situés non loin du Kenia, les lacs Baringo et Zamburu.

Ces renseignements ont été plus récemment confirmés par un

autre missionnaire, M. Wakefield, qui apprit d'un marchand arabe, qui avait parcouru toute la région au delà du Kenia et du Kilimandjaro, que là s'étendait un immense plateau de quatre mille pieds de haut, dominé par des pics neigeux, arrosé par quantité de ruisseaux qui se jettent dans l'océan Indien.

Quant au lac Baringo, il serait séparé par un isthme étroit d'un autre lac, peut-être le Victoria-Nyanza, et borné au nord par des montagnes élevées sur le versant septentrional desquelles prendrait sa source l'Assua, un affluent du Nil. Pour le Zamburu, situé à deux degrés au nord du Kenia, au milieu d'un pays de plaines, le Burkeneddschi, et habité par des populations pastorales peu avancées, il est aussi grand, mais plus étroit que le Baringo.

Telles sont les seules données que nous possédions aujourd'hui sur cette partie de l'Afrique. Nous avons lieu d'espérer qu'elles seront bientôt complétées et rectifiées, s'il y a lieu, par un jeune voyageur, M. Raffray, qui a déjà séjourné à l'île de Mombaz et dans le pays des Ouanika. Il a l'intention de pénétrer dans quelques mois, comme il l'annonçait dernièrement au Congrès de géographie, dans le pays des Massaï, peuples belliqueux et énergiques par lesquels le baron de Decken fut assassiné en 1865. M. Ach. Raffray compte s'installer sur le Kilimandjaro et étendre de là ses courses dans l'intérieur du pays.

Si le Baringo et le Zamburu existent réellement, forment-ils des bassins indépendants? sont-ils en communication entre eux et avec le bassin du Nil par quelque rivière? Le Baringo ne serait-il qu'une expansion du Victoria? Enfin ces lacs se déverseraient-ils par quelque cours d'eau dans l'océan Indien? Autant de questions auxquelles il est encore impossible de répondre ; cette partie de l'Afrique, négligée jusqu'à ce jour pour la solution du grand problème des sources du Nil, offre au voyageur, à l'ethnologue et au géographe, bien des mystères ; souhaitons à M. Raffray de pouvoir les percer.

Les découvertes des révérends Krapf et Rebmann avaient frappé l'esprit d'un officier de l'armée des Indes, le capitaine Richard Burton. Fort de l'appui de la Société de Géographie de Londres, il débarqua sur la côte orientale, à Zanzibar, après s'être adjoint le lieutenant Speke. Les deux voyageurs quittèrent Zanzibar au mois de juin 1857, traversèrent la zone marécageuse et d'alluvions qui s'étend jusqu'au revers du plateau de l'Afrique, traversèrent l'Ounyamouezi ou pays de la Lune, nom déjà cité par Ptolémée, atteignirent Kaseh, capitale de ce pays très peuplé et entrepôt arabe où viennent converger les marchandises de l'intérieur : l'ivoire et les esclaves.

Enfin ils arrivèrent, après avoir traversé un pays bien cultivé, arrosé par de nombreux cours d'eau, et qui s'abaissait graduellement, le 13 février 1858, à la cime d'une ligne de hauteurs d'où ils aperçurent à leurs pieds une immense nappe d'eau, le Tanganika, et sur ses bords la ville d'Ujiji. Situé entre les 27e et 28e degrés de longitude et les 8e et 3e degrés de latitude australe, le Tanganika, aux eaux douces et poissonneuses, est enfermé dans un cercle de collines rocheuses hautes de six à neuf cents mètres. Revenus malades à Kaseh, les voyageurs durent s'y arrêter.

Speke, bientôt rétabli, résolut d'explorer un lac dont les habitants lui avaient maintes fois parlé, et qui était situé dans la direction de l'équateur. Il atteignit en effet, après vingt-cinq jours de marche, une immense nappe appelée par les indigènes Nyanza (eau) et à laquelle il donna le nom de Victoria. Malheureusement, ses inquiétudes sur le sort de Burton ne lui permirent d'en explorer que la pointe méridionale ; il apprit cependant des indigènes qu'il s'étendait jusqu'au *bout du monde*, et put constater qu'il y avait entre le Tanganika et le Victoria une différence de niveau assez sensible pour lui permettre de croire qu'ils appartenaient à des systèmes hydrographiques différents. Speke revint en Europe, persuadé qu'il venait de découvrir un des réservoirs du Nil. Burton, peut-être un peu jaloux, se montrait moins affirmatif.

A peine de retour en Angleterre, Speke exposa ses vues et ses projets à la Société de Géographie : le cours d'eau qui s'échappait de l'extrémité septentrionale du Victoria *était* le Nil, et il comptait arriver à Gondokoro en le descendant. Il s'adjoignit, pour la nouvelle expédition qu'il entreprit, le capitaine Grant, et débarqua avec lui à Zanzibar au mois d'août 1859. Il engagea aussitôt à grands frais une escorte et des porteurs, et reprit la route qu'il avait suivie avec Burton.

Mais les plans les mieux combinés sont sujets, dans ces contrées inhospitalières, à de longs retards. La guerre entre les Arabes et les naturels, une famine qui avait désolé le pays, retinrent les voyageurs pendant une année entière dans les régions déjà explorées. Ce fut seulement au mois d'octobre 1861 qu'ils atteignirent le Victoria ; ils consacrèrent une seconde année à explorer la rive orientale du lac, dont le niveau était autrefois beaucoup plus élevé. Des informations recueillies auprès des indigènes, il résultait que deux lacs se trouvaient dans le voisinage : l'un le Baringo, dont nous avons parlé plus haut ; l'autre le Mwoutan Nzighé, sur la rive occidentale du Nyanza et au N.-O., à huit ou dix journées de marche.

Les voyageurs auraient vivement désiré vérifier ces renseignements, mais leurs fatigues depuis deux ans, l'épuisement de leur cargaison, enfin le désir de revenir en Europe et de vérifier si c'est bien réellement le Nil qui s'échappe du Victoria, leur faisaient une loi de gagner l'Egypte sans retard. Ils s'avancèrent donc vers l'extrémité septentrionale du lac et suivirent le plus important des courants qui s'en échappent jusqu'aux cataractes de Karuma, d'où il faisait un coude énorme dans l'ouest pour aller se jeter, disaient les naturels, dans le lac Mwoutan Nzighé, d'où il ne tardait pas à ressortir. Mais la guerre qui désolait ces contrées ne leur permettait pas cet immense détour ; ils piquèrent droit au nord et rencontrèrent, par 3° 1/2 de latitude nord, une rivière plus considérable que celle qu'ils avaient quittée et qui leur parut être la même. C'était le Nil blanc.

Ils ne tardèrent pas à atteindre, le 15 février 1863, Gondokoro, où ils trouvèrent un de leurs compatriotes, sir Samuel White Baker, qui avait le dessein de se porter à leur rencontre et de tenter par le nord le voyage qu'ils venaient de réaliser en partant du sud. Nos voyageurs furent reçus en Angleterre avec un vif enthousiasme ; ils parvinrent à faire partager à une partie des membres de la Société de Géographie la persuasion qu'ils avaient qu'ils venaient de découvrir les sources du Nil. Il n'en était rien cependant ; car leur séjour dans ces régions centrales n'avait pas été assez long, leurs explorations assez minutieuses, pour qu'ils pussent démêler, dans les nombreux cours d'eaux qu'ils avaient rencontrés, celui qui forme la tête du fleuve ; bien plus, ils n'avaient vu qu'une rive du Victoria et ne savaient si un grand courant ne se jetait pas sur le bord opposé ; ils n'avaient pas reconnu le Mwoutan Nzighé, et à plus forte raison ses affluents probables. La question restait donc entière. Speke n'en publia pas moins le récit de son voyage sous ce titre affriolant : *Journal de la découverte des sources du Nil.*

Baker avait appris de Speke et de Burton les principaux résultats de leur voyage et ses *desiderata*. Son plan était donc tracé : gagner le Mwoutan Nzighé, vérifier si le courant qui sort du Victoria s'y jette réellement, et si celui qui sort du Mwoutan est bien le Nil blanc.

Obligé de se mettre à la remarque et sous la protection d'une troupe de ces chasseurs d'esclaves qui désolent le Soudan, Baker, accompagné de sa femme et de son neveu, s'avança vers l'est au milieu du pays des Baris, tribu d'origine négroïde, puis chez les Latoukas, beaux, braves, gais et francs, les Français de l'Afrique, comme dit Baker. Bientôt, à l'insu de son escorte, il changea de direction et s'enfonça dans le sud-ouest, traversa le pays d'Obo, franchit l'Assua, affluent du Nil, traversa le pays de Madi, et arriva, après des fatigues incessantes et des dangers continuels, aux cataractes de Karuma, visitées par Speke et Grant. N'insistons pas sur les exigences, les mensonges et les fourberies quotidiennes de Karamsi, le roi de l'Unyoro, qui ne savait quel moyen inventer pour empêcher Baker de gagner le Mwoutan Nzighé, et disons que l'intrépide voyageur put, le 14 mars 1864, contempler les eaux d'un lac immense auquel il donna le nom d'Albert-Nyanza.

De Vacovia, point où il l'atteignit, il remonta en canot vers le nord jusqu'à Magungo par 2° 16'. A quinze ou vingt milles de là s'échappait, par un large delta, une importante rivière dont on pouvait suivre au loin le cours marqué par une ligne verdoyante de roseaux : c'était la vallée du Nil, assure Baker, bien qu'il n'ait pu s'en assurer en la descendant. Puis il remonta, à partir de Magungo, le courant qui tombait dans le lac. Il fut arrêté par une chute de cent vingt pieds de haut, la chute Murchison, continua de s'avancer par terre, constata l'existence de nombreux rapides, et expliqua ainsi la différence de niveau entre l'Albert et le Victoria-Nyanza.

Le point acquis d'une façon indiscutable par cette belle expédition fut la mise en communication des deux lacs par le Nil Victoria ou Sommerset. Maintenant, était-ce bien le Nil qui s'échappait de l'Albert ? Tout le faisait présumer ; mais, malgré les expéditions qui se sont succédé dans ces régions, le fait n'est pas prouvé, car personne, ni Baker, ni Gordon, ni Laing, n'a encore remonté en canot ou suivi sur ses bords le Nil jusqu'à l'Albert-Nyanza.

Nous ne nous arrêterons pas sur la seconde expédition de Baker : entreprise philanthropique, car elle avait la prétention d'amener la suppression de la chasse à l'homme ; guerrière et conquérante, car il s'agissait de soumettre à l'Egypte tous les pays qui s'étendent jusqu'à l'équateur. Elle n'a d'ailleurs pas donné lieu à de nouvelles découvertes ; et bien qu'une plus intime connaissance des mœurs, de la langue et de la manière de vivre des différentes races qui peuplent l'Afrique centrale, en soit résultée au grand profit de la science, nous dirons seulement que si une administration à la fois sage et ferme, honnête et douce (ce qui semble bien difficile, lorsqu'on parle des Egyptiens), vient mettre un terme aux ravages des chasseurs d'esclaves et aux guerres intestines, il y a grande chance de voir se développer dans la voie de la civilisation des peuples nombreux, intelligents, riches en troupeaux, et dont quelques-uns sont déjà adonnés à l'agriculture. Déjà des progrès ont été accomplis, grâce à la sagesse et à l'humanité du colonel Gordon, le successeur de Baker comme gouverneur des provinces nouvellement annexées.

Il nous faut maintenant arriver à Livingstone et expliquer en peu de mots comment ses découvertes se rattachent à celles que nous venons de résumer. Lorsqu'il revint en Afrique en 1866, son intention était de compléter l'exploration, au nord, du Nyassa des Maravis et du pays qui s'étend entre ce lac et le Tanganika, visité en 1859 par Burton et Speke. Il découvrit que descend des montagnes qui bordent la rive occidentale du Nyassa une grosse rivière, le Tchambeze, qu'il confondit longtemps, comme l'avaient fait avant lui les Portugais, avec le Zambesi, dont la sépare une rangée de hautes collines, les monts Koné et Muxinga.

La vallée du Tchambeze s'ouvre d'abord de l'est à l'ouest ; et lorsque cette rivière s'échappe du lac Bangweolo, elle coule au nord jusqu'au lac Moero, sous le nom de Luapala, en sort sous le nom de Lualaba, tourne à l'ouest, tombe dans le lac Kamolondo, en sort au nord, fait un nouveau coude à l'ouest, reçoit sur sa rive gauche le Lufira, puis le Lomane qui sort du lac Lincoln, reprend sa direction primitive vers le nord, reçoit sur la rive droite le Luamo et le Lindi, et se déverse, suivant ce que Livingstone apprit des naturels, dans un *lac inconnu* ou Ulenghé, peut-être le lac signalé par Piaggia ; et ce lac, avant-dernier anneau de cette chaîne immense, se jetterait, suivant une vue personnelle à Livingstone, dans l'Albert-Nyanza ; ce que rend assez improbable l'existence des montagnes Bleues qui l'enserrent et qui ont été signalées pour la première fois par Baker.

Certains géographes ont voulu reconnaître dans cette immense ligne de drainage un affluent du Nil, le Bahr-el-Ghazal. L'exploration par le docteur Schweinfurth de cette rivière jusqu'à ses sources, la découverte qu'il a faite au sud, par 3° 45', d'une grande rivière, le Ouellé, allant de l'est à l'ouest et paraissant courir vers le lac Tchad, rendent cette dernière supposition tout à fait insoutenable.

Or, si nous devons rejeter la communication de cette immense série de lacs et de rivières avec l'Albert (ce qui ne sera prouvé que le jour où l'on aura exploré la rive occidentale et l'extrémité méridionale de l'Albert), si ce n'est pas le Bahr-el-Ghazal, il ne nous reste que deux suppositions à faire : ou bien le Lualaba appartient à un système d'eaux équatoriales encore inconnues, à quelque mer intérieure, ou bien il rejoint le Kassabi, s'il n'est le Kassabi lui-même, affluent du Congo, qui deviendrait ainsi la branche mère du fleuve.

L'existence d'une grande mer intérieure dans le centre de l'Afrique s'étendant de 8° de latitude sud jusqu'à 12° 1/2 est signalée sur nombre de cartes du XVIe siècle. A cette époque, un grand nombre de voyageurs portugais avaient pénétré dans l'intérieur du continent par les ports de la côte orientale. Or, si vous examinez les cartes d'Afrique de Juan de la Cosa (1500), de Ruyck (1508), la carte espagnole conservée à Weimar (1520), enfin celle du fameux cartographe Diego Ribero (1529), vous n'y voyez pas tracée cette mer intérieure. Consultez maintenant la carte de Juan Freire, dressée en 1546, vous l'y verrez marquée. C'est donc entre 1529 et 1546 qu'aurait eu lieu la découverte de ce grand lac.

Or, il est assez curieux que certains renseignements modernes viennent confirmer l'existence de cette mer intérieure, alors que les découvertes de Livingstone, de Speke, de Burton et de Baker, sont, d'un autre côté, venues donner raison aux anciens pombeiros portugais. Carlo Piaggia, trafiquant d'ivoire, parle de l'existence, à l'ouest de l'Albert, d'un quatrième lac très considérable. Enfin, en 1870, alors que Baker allait entreprendre sa seconde expédition vers l'Albert-Nyanza, M. de Bizemont, un lieutenant de vaisseau de la marine française, qui devait l'accompagner et qui ne put dépasser Khartoum, rappelé qu'il fut par la déclaration de guerre, M. de Bizemont, disons-nous, recueillit d'un cheik arabe des renseignements qui, pour ne porter avec eux qu'un caractère d'authenticité et surtout de précision fort contestables, n'en sont pas moins fort curieux.

Saïd Mohammed Chenh Guetit, parti du Sénégal, aurait atteint Khartoum après avoir traversé l'Afrique dans sa plus grande largeur. Parlant de la partie centrale du continent, au sud du lac Tchad, il dit : « Cette partie de l'Afrique est la plus basse de toutes, en sorte qu'elle formerait une immense cuvette dans laquelle viendraient s'amasser en abondance les eaux fluviales de l'Afrique centrale. De fait, il paraît qu'un grand nombre de rivières s'y jettent avec un courant rapide, entre autres le Tchari, qui, après avoir reçu les eaux du lac Tchad et celles du Bahr-el-Ghazar (ce qui est une erreur), se dirige du nord au sud vers un lac central. »

Il croit pouvoir affirmer ce fait, continue M. de Bizemont, un autre cheik sénégalais de ses amis ayant suivi le Tchari d'un bout à l'autre. Ce grand lac porte, dans le pays, le nom de Djoliba, nom du Niger dans une partie de son cours, et qui se rapproche singulièrement de celui de Liba que porte un petit lac jeté au hasard sur nos cartes. Ce dernier est-il un satellite du grand lac, ou est-il le grand lac lui-même dont les dimensions auraient été mal appréciées ? Ce lac recevrait-il les cours d'eau découverts par Livingstone ? Et, dans le cas où les renseignements du cheik arabe seraient exacts, l'Ogowaï, cet important cours d'eau dont MM. Marche et de Compiègne ont tenté l'exploration que vont reprendre MM. Savorgnan de Brazza et Marche, n'en serait-il pas l'exutoire ?

Quant au Zaïre ou Congo, qui se jette dans l'océan Atlantique par 6° de latitude sud, après avoir traversé la sierra Complida qui forme le versant du plateau intérieur de l'Afrique sur l'Atlantique, il reçoit un grand nombre d'affluents, entre lesquels il convient de citer le Kassabi, exploré jusqu'au 8° par le Hongrois Ladislas Magyar, et qui fait un grand coude dans l'est, après avoir pris, croit-on, sa source dans les monts Mossamba et s'être dirigé du sud au nord. Le Lufira ou plutôt le Lomane de Livingstone serait, pensent certains géographes, le Kassabi. Le changement de nom des rivières, qui est si commun en Afrique, n'est pas un obstacle à cette identification ; c'est l'opinion des docteurs Beke et Petermann, ainsi que du président de la Société de Géographie de Londres, M. Rawlinson.

D'un autre côté, le Tanganika, qu'on avait jusqu'à ces derniers temps considéré comme un bassin séparé, car ni Speke, ni Grant, ni Livingstone, ni Stanley ne lui avaient trouvé de déversoir, possède une issue découverte en 1874 par le lieutenant de la marine anglaise Cameron, qui a pris la suite des explorations de Livingstone. Or, Cameron pense que ce cours d'eau va rejoindre le Kassabi. Sommes-nous donc en présence de deux fleuves immenses : l'un, le Congo, ayant pour affluent le Kassabi recevant les eaux du Tanganika seulement, ou plus haut, la chaîne des lacs découverte par Livingstone, et le Nil alimenté par le Victoria-Nianza ?

Il y a lieu de croire que nous ne tarderons pas à recevoir quelques éclaircissements sur ces importantes questions. Le lieutenant Cameron a de nouveau quitté Ujiji, a dû pénétrer dans le Manuyema qu'a déjà exploré Livingstone, et il a l'intention de suivre le Lualaba pendant tout son cours ; il ne désespère pas d'arriver ainsi dans l'océan Atlantique, à l'embouchure du Congo.

M. Stanley est également reparti ; on n'est pas fixé sur la direction qu'il va suivre, mais il avait l'intention de travailler à la solution du problème du Victoria-Nyanza et de sa communication supposée avec le Nil.

Si la géographie de l'Afrique intérieure est encore loin d'être fixée, même dans ses traits principaux, on voit cependant quels immenses progrès elle a accomplis depuis trente ans. L'intérieur de ce continent n'est pas, comme on l'a cru longtemps, un désert de sable, mais au contraire une série de dépressions où coulent d'innombrables ruisseaux et des fleuves larges et profonds, qui se déversent dans des lacs qui n'ont d'analogues comme grandeur et comme disposition que ceux de l'Amérique septentrionale. Là où l'on croyait qu'erraient quelques rares tribus sauvages et affamées, vivent, au contraire, des peuples innombrables, pour la plupart adonnés à l'agriculture et possesseurs de troupeaux immenses. L'Afrique n'est plus seulement le domaine des animaux féroces, c'est un pays riche, fertile, très peuplé, où le commerce, l'industrie, et, pour mieux dire, la civilisation, ne peuvent tarder à se développer aussitôt qu'on aura mis fin aux déprédations des chasseurs d'esclaves et à l'avidité des Arabes.

TABLE DES CHAPITRES.

FIN DE LA TABLE.

Rouen. — Imp. MÉGARD et Cᵉ, rue Saint-Hilaire, 136.

www.ingramcontent.com/pod-product-compliance
Lightning Source LLC
LaVergne TN
LVHW010537100826
845148LV00001B/212

* 9 7 8 2 0 1 2 1 7 1 5 8 9 *